U0591376

光明岛
GUANGMING ISLAND

www.gmisland.com

中国首家互动出版平台

给读者不一样的阅读体验

扫一扫

就能和光明岛互动了

INTERACTIVE
PUBLISHING
互动出版

由 读 者 参 与 的 出 版 平 台

传统出版都是单向的出版，出版社出什么书，读者就读什么书。读者阅读的过程是被动的，所以往往没什么兴趣。近年来，在如何提高读者阅读兴趣上，出版社绞尽脑汁。终于，光明岛想出了一个好方法，就是打破"作者"与"读者"之间的界限，让读者参与到出版的过程之中。

在每一位读者的阅读之旅中，都会有一些文字，一句话，一个情节甚至一部作品，能够跟你产生共鸣，引发你的联想，让你忍不住要写点什么。这时，你要抓住这转瞬即逝的灵感，把它写下来，然后发给编辑部。编辑会对这些文字予以筛选和整理，将之加注于书上。

光明岛所有图书每版只印5000册，等到图书再版时，也许你的名字和你的批注，就会出现在全国读者面前。这样，你既是读者，同时又成为这本书的编者之一了。

这就是光明岛倡导的互动出版，让每一个读者都有机会参与到出版过程中！

THE WIZARD OF OZ
THE WATER BABIES

绿野仙踪 水孩子

〔美〕鲍姆◎著
〔英〕金斯利◎著
张炽恒◎译

<全译本>

光明日报出版社

编想编说

对于每一个人来说，成长就是一种历险。《绿野仙踪》和《水孩子》都是讲述关于成长的童话故事。

《绿野仙踪》中的一个迷路的小女孩多萝茜，一个缺乏头脑的稻草人，一个追寻心灵的铁皮人，一只没有勇气的狮子，他们四个伙伴为了达成自己的梦想，无论陷入怎样的绝境，都不放弃。在一点一滴的努力中，那看上去遥不可及的梦想其实已经渐渐成为现实：没有头脑的稻草人在危急时刻总能想出好办法，没有心的铁皮人时刻留意需要帮助的人和动物，胆小的狮子驮着朋友飞身越过深沟……在漫长的旅途中，他们都得到了不同程度、不同方面的成长，以至最后他们都实现了自己的梦想。过程其实就是结果，甚至比结果更重要。学会享受每天的努力，而不是执着于最终的结果，这是《绿野仙踪》传达给我们的一种成长的智慧。

《水孩子》是一位父亲写给儿子的童话。父亲没有对儿子进行说教，而是通过一个有很多坏毛病的小男孩，怎么通过自觉、自愿的努力而成为一个真正的男子汉，委婉的说给儿子如何成长。也许，这样一本书是每一个为人父母者都愿意买给孩子看的吧。也许，我们每个人的成长过程中都应该有这样的书来引导我们、影响我们。也许，曾几何时我们也是那个品性不坏，但是也有许多坏习惯的孩子，就像汤姆那样。

几乎每个孩子的成长都有童话故事的伴随。有了它，愿每一个孩子都能更好的成长，快乐的成长。

译本序

  大约是我十岁的时候，有一天父亲带回来一本翻译童话书，它的书名和一部分内容，比其他任何一本书更长久地留在了我的记忆里。它就是《水孩子》。只是我还没来得及读完那个美丽的故事，书就失踪了。

  我难过了好一阵子，也曾经到处寻觅，但是直到大约十五年后，我才因为一个偶然的机会，重新读到了它。不过，那是一本将近一百年前（1913年）出版的英文原著。我虽然已是成人，却再一次被它迷住了，我一口气把它读完，唯恐再一次留下遗憾。

  它确实是一本迷人的书，这就是我要把它介绍给你的原因。

  它的作者金斯利是一位博学之士，一个对海洋非常着迷的牧师。他一生写过很多很多书，包括大量的杂文、诗歌和小说，其中只有一本书是童话。但正是这许多书中的唯一一部童话，使他名垂世界文学史，时至今日仍然被人们提起。你肯定已经知道了，这本书就是《水孩子》。

  它的诞生颇有点传奇色彩。金斯利有四个孩子，他为每个孩子都写了一本书。1862年春，有一天他忽然想到，小儿子亚瑟已经三岁，他的三个大孩子，"萝斯、莫里斯和玛丽都有了自己的书，但小宝宝还没有，"于是他走进了书房。半小时后，他从书房里出来，手里拿着一小叠文稿，文稿的第一页上写着："给我的幼子格伦威尔·亚瑟"。

  后来它成了《水孩子》的第一章。这本书从1862年8月正式开始写，1863年3月即告完成。作者是在繁忙工作的间隙撰写此书的，但整个写作过程可以说是一气呵成，从头到尾几乎未改动一字。

  金斯利是个天才的作家，只可惜他的创作精力主要用在针砭时弊的政论文写作上，没有给我们留下更多的儿童文学作品。

  这本书讲述了一个扫烟囱的孩子如何变成水孩子，在仙女的引导下，经历各种奇遇，最后长大成人的美丽故事。

作者用最简单的字眼，最简洁的行文来叙述故事，但读来让人感到带着诗意，非常的美。像微风一样轻柔，像流水一样畅快。有的段落简直就是诗，例如第一章汤姆和师傅出发时对黎明景色的描绘：

　　其余的一切都默不作声，因为大地老夫人还在沉睡。就像许多可爱的人一样，她显得比醒着时更加可爱。那些巨大的榆树，沉睡在泛着金光的草地上，树下睡着奶牛。
　　附近的云也在沉睡，它们很困了，就躺在大地上休息，拉得长长的，白色的，一小片一小片和一条一条的，在榆树的树干之间，在溪边赤杨树的树顶上，等待太阳出来吩咐大家起床，在清澈的蓝天下忙碌一天的事情。

　　又如第三章，汤姆从溪流"下海去！下海去！"那几段合唱般的旋律，再如第五章对圣布伦丹的仙女岛的描述，还有最后汤姆通过"后楼梯"后所见到的美景：

　　汤姆第一眼看到的是黑幢幢的雪松，它们沐浴在玫瑰色的晨曦里，在天空的映衬下，身影高大而清晰。宁静、宽广的银色海水，一平如镜，倒映着圣布伦丹岛的倩影。
　　风儿在雪松的枝叶间轻轻歌唱，海水在那些洞穴中间唱着歌；一连串的海鸟一边飞向海洋，一边唱歌；陆地上的鸟儿一边在树枝中间聚集，一边歌唱。
　　空中充满了歌声，连沉睡在树荫下圣布伦丹和他的隐士们，也被惊动了，开始在梦中张开善良而古老的嘴唇，唱他们的晨之礼赞。

　　这些美丽的场景，在充满诗意的同时，又是那么栩栩如生。书中对于汤姆的各种遭遇的描述，都既生动，又充满温情，充满爱和慈悲。
　　整篇故事虽然是平铺直叙，却丝毫不让人觉得平淡。平静温情的段落，仿佛缓缓流动的大片明亮的水；达到一个个高潮时，则如同水流中涌起一个漩涡，一片浪花。故事中间插入的几首小诗毫不做作，质朴而充满了韵律感，非常打动人心。例如：

我曾经有一个可爱的小布娃娃，亲爱的，

那是世界上最漂亮的小布娃娃；

她的脸那么红艳那么洁白，亲爱的，

她有一头那么迷人的卷发。

但我失去了可怜的小布娃娃，亲爱的，

那一天我在野地里游戏玩耍；

我为她哭了不止一个礼拜，亲爱的，

但是我一直没有能够找到她。

我终于找到了可怜的小布娃娃，亲爱的，

那一天我在野地里游戏玩耍；

人家说她已经变得不成样子，亲爱的，

因为她身上的漆已经掉光啦，

她的胳膊已经被母牛踩掉，亲爱的，

她的头上找不到一根卷发：

但是，为了老交情，亲爱的，她还是

世界上最最漂亮的小布娃娃。

  一些读者告诉我，他们读到这首诗时，非常感动，甚至眼睛都湿润了。

  第四章开始不久，故事便以大海为背景。辽阔神秘的大海在这本书里给我们的是家的感觉，这要感谢作者丰富的海洋知识。1856年金斯利出版了两本与海洋有关的书：以海洋为题材的小说《向西去啊》和自然历史学著作《海岸的奇迹》。这两本包含了极丰富的海洋知识的书，为作者创作这本小书提供了完美的准备。

  人像海洋生物一样在海水中生活是不可能的，正因为如此，它对我们显得特别神秘。很多人有过在大海中生活的梦。从凡尔纳的《海底两万里》到现代不少有关海底城之类的科幻小说，都寄托了人类对于海洋的向往。大海是生命的摇篮。有一种说法，认为大海是一切动物的故乡。但鲨鱼和冰冷的海水显然不是我们向往大海的原因，我们是因为一种回归的情结而向往它，它似乎象征着自由、无限与永恒。这本书使我们置身于这样一个糅合了真实与虚幻、现实与梦想的海洋里。它先是一条小溪，然后是一条大河，然后我们跟随着汤姆，游入了无比、无比辽阔的海洋，我们亲近大海的愿望得到了满足，我们在梦想中得到了自由和自由带来的愉悦。

还有教益。书中包含了不少讽喻，也有劝诫的成分，但绝不是生硬的说教，而是寓于故事之中，寓教于乐，亲切自然，幽默风趣。

故事中的寓意寄托了作者对自己的孩子和所有孩子的希望：爱清洁，行善事，勇敢正直，健康成长，成为博闻广识、心胸开阔的人。汤姆听到的声音是："下海去！下海去！"他得到的教导是：世界是如此的精彩，如果他想成为一个男子汉的话，就必须到外面的世界去闯一闯。他必须像每一个降生到这个世界上来的人一样，完全靠自己在外面闯。用自己的眼睛看，用自己的鼻子闻，自己睡自己做的床，自己玩火就烫痛自己的手指头……

所以，《水孩子》不但是一本非常有趣非常美的书，也是一本真正有益的书。

我是1997年翻译《水孩子》的，它是我翻译的第一本童话。那一年我的儿子张达释三岁，有一天我忽然想到，金斯利是在他的儿子亚瑟三岁时写《水孩子》的，于是决定放下手头的其他翻译工作，先译《水孩子》。也许是因为太喜爱这本书的缘故，也许是因为有个可爱的孩子在身旁的缘故，也许是因为我始终有一颗童心的缘故，翻译工作不但进行得非常顺利，而且令我自己感到满意。有时简直有如神助。

比如汤姆到了一个岛，那里的孩子因为唯一的事情就是读书和考试，样子是大脑袋的萝卜，没有身体。这个岛的英文名字是作者生造的：Tomtoddies，我很快就想到了用"头无托底子"来译它，正好谐音，又译出了这个岛的特征，表达出了原文的意思和意味。

再如这岛上的一个"大萝卜"告诉汤姆：I must go in for general information，意思是"我得研究常识"，汤姆说自己did not know General Information,nor any officers in the army……意思是他不认识英福美星将军，什么军官也不认识。他显然误会了大萝卜的意思，原因是general可以理解"总的，一般的"，但如果大写，就变成了将军。读上去完全一样，区别只在general和information的大小写。这是一个有趣的误会。我把它译成：

……我得去将就了解一些常识。"

去将军了解一些上士？汤姆对他说，他不认识……

所以，我翻译这本书是很用功的。因为我知道，做一件事，就要尽力把它做好；如果你糊弄别人，最终你的人生也会被糊弄。而且，我爱孩子。孩子是尘世间的天使。孩子们的书，我翻译起来是更加用功的。

这个中译本第一次出版的时候，我在译序中把它作为送给儿子的礼物。但是，我译这本书是为了所有喜欢它的读者，包括我自己，包括小读者和大读者。我想，对于大读者，它也是值得一读的。

希望你也喜欢它。

现在我们要来说《绿野仙踪》了。我是因为常听人提起这本书才翻译它，也许你也是因为听人说起它才读这本书。是的，它很有名。它自从问世以来，已经被翻译成二十几种文字，画成小人书，还拍成了电影。

因为它确实有趣：呼，一阵龙卷风把你刮到云端，刮到一个神奇的国度，遇到许多不可思议的美妙事情，有时甚至有些惊险，但始终让人感到快乐，并且最后安然回到了故乡，见到亲人——我想，很多人都做过类似的白日梦，包括你和我。只不过弗兰克·鲍姆把它写出来了，而且写得特别清新，特别生动。

没有别的，它就是一个像美梦一样让人觉得很享受的故事。美丽而且快乐。但有人会觉得它有些肤浅，甚至作者自己也在"前言"中也说，"只是为了愉悦今天的孩子们"。他似乎认为，那种含有寓意和道德教训的童话已经过时。

不，我不这样认为。也许作者自己没有感觉到，他的这个故事也是有寓意的。想想看，一个没有大脑的稻草人，一个失去了心脏的铁皮伐木人，一只胆小鬼狮子，在愉快的历险中各自得到了完善，这不就是寓意么？每一个都不是完美的，而我们的成长历程就是一个自我完善的过程：我们会逐渐拥有自己的思想，我们的心胸会逐渐变得善美和宽广，我们会逐渐得到面对这个世界的勇气，敢于做一个正直和自由的人……

这只是我的看法，并不见得会比你的看法更高明。如果你读完这本书有自己的看法想告诉我，我会非常高兴。

《绿野仙踪》本名"奥兹国的神奇巫师"，它的作者弗兰克·鲍姆是个沉迷于童话和幻想故事的人。他从事过很多职业，都失败了；但他在自己真正喜欢做的事情——给孩子们讲故事——这件事上取得了成功。他一直喜欢给孩子们讲故事，而孩子们同样喜欢听他讲故事，他们甚至在路上"拦截"他，非要他讲个故事才肯放他走。他一生写了近百本故事书，其中最有名的是"奥兹国"系列，这系列中最好的又是第一本：《绿野仙踪》。它也是"美国儿童文学史上20世纪第一部受到赞赏的童话。"

好了，我已经够啰唆了。抛开我的这些话你自己来读这两个童话故事吧——自己读，用自己的大脑去想，用自己的心去判断。

张炽恒
2013 年 5 月于奉贤海湾

目录
Contents

绿野仙踪

第一章　龙卷风

　　多萝茜和叔叔婶婶一起，住在堪萨斯大草原的中部。叔叔亨利是个农夫，婶婶爱姆就是个农夫的妻子。他们的房子很小，因为造房子的木材要用马车从许多英里外的地方运过来。四面墙、一面天花板一面地板，合起来就成了一间房子。这房子里有一个外表生锈的烧饭炉子，一只放碟子的碗橱，一张桌子，三四把椅子，两张床。叔叔亨利和婶婶爱姆的大床放在一个角上，多萝茜的小床搁在另一个角上。根本就没有阁楼，也没有地窖，只挖了一个地洞，名叫龙卷风避难穴。大龙卷风起来时，所过之处房子都哗啦啦地被摧毁，那种时候，一家人可以躲到里面去。拉开地板中间的活板门，沿着梯子下去，就可以藏身在那个又小又黑的地洞里了。

　　如果多萝茜站在屋门口，放眼眺望四周，东南西北全是灰蒙蒙的大草原，再也看不到别的东西。没有一棵树一所房屋阻断视线，四面八方都是一览无余的平坦的旷野，直达天际。太阳把耕种过的原野烤成了灰蒙蒙一大片龟裂的荒地。草也不再是绿的了，因为太阳烧焦了长长的叶片的尖梢，使青草和四周一切的景物一样，变成了灰色。房子曾经漆过，可太阳在油漆上灼起了泡，然后雨水把它们侵蚀冲刷掉了，如今的模样已经变得像草原上的万物一样灰不溜丢。

　　婶婶爱姆刚嫁过来的时候，是个年轻俊俏的少妇。可太阳和风也把她的模样改变了。它们从她眼睛里夺走了光彩，只留下了黯灰；它们从她脸颊和嘴唇上夺走了红晕，剩下的也是一脸的灰白。她变得又瘦又憔悴，如今已见不到她的笑容。多萝茜是个孤儿，刚来到婶婶爱姆身边时，她被这孩子的笑吓得够呛：每当多萝茜的欢笑声传到她耳朵里时，她总是一声尖叫，用手摁住胸口。她惊讶地看着小女孩儿，很纳闷，怎么什么事儿都能让她发笑。

叔叔亨利从来不笑。他辛辛苦苦每天从早工作到晚，不知道快乐是怎么回事。从长长的胡须到劣质的靴子，他也是一身灰色。他总是神情严肃，沉默寡言。

让多萝茜欢笑，并且使她避免像周围环境一样变成灰色的，是托托。托托不是灰色的，他是一条黑色的小狗，一身长长的毛像丝绸一样，一只有趣的小不点儿鼻子两边，两只黑黑的小眼睛快乐地眨巴着。托托整天玩耍个不停，多萝茜和他一起玩，并且深爱着它。

可是今天他们不在玩。叔叔亨利坐在门前的台阶上，忧心忡忡地望着天，今天的天空比平时还要灰。多萝茜把托托抱在臂弯里，站在门口，也在望着天。婶婶爱姆在洗碟子。

他们听见北方很远的地方，有一种低沉的哀号声，那是风的悲鸣。叔叔亨利和多萝茜看见，长长的草在逼近的风暴前起伏着波浪。这时，从南方的空中传来了一种尖锐的呼哨声，他们把目光转过去，看见那个方向的草也起了波澜。

叔叔亨利突然站了起来。

"龙卷风来了，爱姆，"他喊他的妻子，"我去看看牲口，"说完就向关着母牛和马儿的牲口棚跑去。

婶婶爱姆丢下手里的活儿，来到门口。她只看了一眼，便知道危险已近在眼前。

"快，多萝茜！"她尖叫着，"快去避难穴！"

托托从多萝茜臂弯里跳下地，钻到床下面躲了起来，女孩儿便蹦过去捉他。吓坏了的婶婶爱姆猛地掀开地板上的活门，顺着梯子爬下去，躲进了又小又黑的地洞里。多萝茜终于捉住托托，追随婶婶快步穿过房间向洞口走去。她刚走到一半，就听得一声风的狂啸，房子剧烈地摇晃起来，她一个站不住，猛地坐倒在地板上。

接下来发生了一件奇怪的事。

房子旋转了两三圈，然后缓缓地升向空中。多萝茜觉得自己仿佛在乘着气球升上天去。北边和南边来的两股风在房子所在之处汇合，使它正好成了龙卷风的中心。在龙卷风的风眼里，空气通常是静止的，但房子的每一面所受的巨大风压，把它越举越高，直推到龙卷风的最顶端。它就停留在这顶上，被带出去许多许多英里，轻而易举，就像你带走一片羽毛一样。

天地间一片黑暗，风在多萝茜四周可怕地吼叫着，但她发现自己腾云驾雾一样在空中相当舒服。起先房子转了几圈，还有一回倾斜得很厉害，然后她就觉得，自己仿佛在被人轻轻地摇晃着，就像摇篮里的婴儿一样。

托托不喜欢这样。他在房间里到处跑，一会儿这边，一会儿那边，还大声地吠叫。但是多萝茜安静地坐在地板上，等着看下面会发生什么事。

有一回托托离敞开的活板门太近，掉了进去。起先，小女孩以为失去他了，但她很快就发现，他的两只耳朵透过门洞冒了上来。风的压力很强，托住了他，掉不下去。她爬到洞边，抓住托托的耳朵，把他拽回了房间里。然后，她关上活板门，这样，就不会再发生意外了。

时间一小时一小时地过去，多萝茜渐渐地克服了恐惧，但是她感到十分孤独，风在周围呼啸得那么响，她几乎成了聋子。起初她心里面没有底，不知道房子下坠的时候自己会不会摔得粉身碎骨；但是几个小时过去了，并没有可怕的事情发生，她就不再担忧，决定安安静静地等着。前面是什么样的境遇，且等着看了。最后，她爬过摇摇晃晃的地板，爬到自己的床上，躺了下来；托托跟过来，躺在了她旁边。

虽然房子在不住地摇晃着，虽然风在不停地哀号着，多萝茜很快就闭上眼睛睡熟了。

第二章　会见芒奇金人

　　她被震醒了。这个震动那么厉害，来得那么突然，如果多萝茜不是躺在柔软的床上，也许就受伤了。刺耳的嘎嘎声蓦然响起，她屏住了呼吸，不知道发生了什么事。托托把冰凉的小鼻子贴在她脸上，呜呜地哀叫着。多萝茜坐起来，注意到房子不再动了，天空也不再是一片昏暗，因为灿烂的阳光透过窗户，倾泻在了小小的房间里。她从床上跳起，托托跟在她脚边，她跑过去打开了门。

　　小女孩看看四周，哇的一声惊叫，她的眼睛越瞪越大，眼前的景象太奇妙了。

　　龙卷风把房子轻轻地——对于龙卷风来说那是很轻的了——放在了一片奇美的旷野的中央。到处是一小片一小片可爱的绿草地，一棵棵高大的树上结满了甘美芬芳的果子，前后左右都是成片成片的绚丽的花朵。鸟儿长着鲜亮而珍奇的羽毛，在树林和灌木丛中震颤着翅膀，唱着歌。不远处，一条小河在翠绿的两岸间奔流着，闪烁着光亮，发出汩汩的声音；对于一个长久住在干旱灰暗的草原上的小女孩，这声音实在太动听了。

　　她正呆立在那儿，贪婪地看着这一片美丽奇异的景色，突然发现一小群人向她走来。这是她见过的最奇特的人，他们的个子没有她往常见到的成年人那么大，但也不是很小。实际上，他们和多萝茜差不多高，这高度在她的年龄可算是长得不矮了；可是隔着这么远仍然可以看出，他们的年龄要比她大好多好多。

　　三男一女，身上的服饰都很奇异。他们戴的圆帽子，帽顶越往上越尖，帽尖高出头顶有一英尺；帽子边沿有一圈小铃铛，走路时叮叮当当响起来很好听。男人们的帽子是蓝的，那小个子女人的帽子却是白的，她身上穿的一件带褶子的白袍子，从肩膀上披挂下来，上面有许多闪烁的小星星，在阳光下像钻石一般璀璨。男人们身上的衣衫也是蓝的，和帽子的颜色深浅一样。他们脚上的靴子擦得锃亮，靴筒边沿有很宽的蓝色翻边。多萝茜心想，那些男人和叔叔亨利年纪差不多，因为其中两位有胡子。但小个子女人无疑老很多。她脸上长满了皱纹，头发已经差不多全白了，走路的样子不太灵便。

多萝茜站在门口，那些人走到房子近前就停下脚步，低声地互相交谈，好像不敢再走上前来。然后小个子老妇人走到多萝茜面前，深深地一鞠躬，用悦耳的声音说道：

"最高贵的女魔法师，欢迎你来到芒奇金人的土地上。我们非常感激，多谢你杀死了东方的邪恶女巫，感谢你使我们的人民摆脱奴役，获得了自由。"

多萝茜听到这番欢迎词，非常惊讶。小个子女人称她为女魔法师，说她杀死了东方的邪恶女巫，这到底是什么意思呀？多萝茜是个天真无邪的小女孩，被一阵龙卷风从家乡刮起来，经过许多英里来到这儿，她一生中从未杀死过任何生灵。

可是很显然，小个子女人正期待着她的回应，于是多萝茜犹犹豫豫地答道，"感谢你一番好意，但你可能弄错了。我从来没有杀死过任何生灵。"

"无论如何，你的房子杀了人，"小个子老妇人笑着答道，"这没什么两样。你看！"她指着房子的一角，接着说道："那是她的两只脚，仍然从木板下面向外支棱着呢。"

多萝茜望过去，吓得轻轻地叫了一声。就在架起房子的那根大横木所在的屋角下面，有两只脚向外支棱着，穿着尖头银鞋。

"哦，天哪！哦，天哪！"多萝茜叫道，沮丧的双手握在一起，"一定是房子掉下来压在她身上了。我们该怎么办？"

"什么也不必办，"小个子女人平静地说。

　　"她是谁呀？"多萝茜问。

　　"她就是我说过的，邪恶的东方女巫，"小个子女人答道，"她把所有的芒奇金人奴役了许多年，日日夜夜拿他们当她的奴隶。现在他们全都得到了解放，非常感激你的恩惠。"

　　"芒奇金人是谁？"多萝茜询问道。

　　"是住在这片东方的大地上，被邪恶女巫统治的人。"

　　"你是芒奇金人么？"多萝茜问。

　　"不是，我是他们的朋友，不过我住在北方的大地上。他们看到东方的女巫死了之后，就派了个快腿信使去找我，我立刻就过来了。我是北方女巫。"

　　"哦，太好了！"多萝茜嚷道，"你是一个真正的女巫么？"

　　"是，我确实是女巫，"小个子女人答道，"但我是一个善女巫，人们爱我。我的法力不如曾经统治这儿的邪恶女巫，不然，我早就自己动手，把这儿的人解放了。"

　　"我还以为所有的女巫都是坏的呢，"女孩儿说，面对一个真的女巫，她还是有点儿惊恐。

　　"哦，不。这种看法是一个大错误。奥兹国全境只有四个女巫，其中两个，住在北方和南方的，是善女巫。我知道这是实情，因为我本人就是两个中的一个，这不会错。住在东方和西方的两个，确实是邪恶女巫。不过，其中的一个现在已经被你杀死，奥兹国全境就只剩下一个邪恶女巫了——住在西方的那个。"

　　"可是，"多萝茜想了一会儿，然后说道，"婶婶爱姆告诉我说，所有的女巫全都已经死了——很多很多年以前就死了。"

　　"婶婶爱姆是谁？"小个子老妇人询问道。

　　"是我的亲婶婶，住在堪萨斯，我就是从那儿来的。"

　　北方女巫低下头，眼睛瞅着地上，好像在思考。过了一会儿，她抬起头来说道："我不知道堪萨斯是什么地方，因为我从来没有听人说起过那个国家。不过请告诉我，它是不是一个文明的地方？”

“哦，是的，”多萝茜答道。

“那就对了，原因就在这里。我相信，在文明的地方，已经没有女巫遗留了。也没有男巫，也没有女魔法师或男魔法师。可是你瞧，奥兹国从来不曾开化过，因为我们和世界的其他部分之间是分割开的。所以，我们中间仍然有女巫和男巫。”

“男巫是什么人？”多萝茜问。

“奥兹本人就是，他是个大法师，”女巫答道，声音压得低低的，几乎听不见，“他一个人的法术，比我们所有人加起来还要高。他住在翡翠城。”

多萝茜正要再提问，不料那几个一直安安静静站在一旁的芒奇金人，指着刚才躺着邪恶女巫的房子一角，发出一阵喊叫。

“怎么回事？”小个子老妇人一边问，一边望过去，接着就大笑起来。死去的女巫的双脚已经完全消失，只剩下了两只银鞋。

“她太老了，”北方解释说，“太阳一晒，很快就化掉。她就这样完蛋了。银鞋归你了，你把这鞋穿上吧。”她跑过去，把鞋捡起来，掸掉灰尘，递给多萝茜。

“这双银鞋一向是东方女巫引以为自豪的，”一个芒奇金人说，“它们有魔力，但我们不知道是什么样的魔力。”

多萝茜拿着鞋走进房子，放在桌上。然后她又走出来，对芒奇金人说道：

“我急着要回到婶婶和叔叔身边去，因为他们肯定很担心我。你们能帮助我找到回去的路么？”

芒奇金人和女巫面面相觑，然后又望望多萝茜，最后摇了摇头。

“在东方，离这儿不远，”其中一个芒奇金人说，“有一大片沙漠，谁也无法活着穿过去。”

“南方也一样，”另一个芒奇金人说，“我到过南边，看见过那儿的情形。南方是阔德林人的地界。”

"我听说，"第三个芒奇金人说道，"西方也一样。那地界住着温基人，被邪恶的西方女巫统治着，如果你从她旁边经过，她会把你变成她的奴隶。"

"北方是我的家，"老夫人说，"它的边缘和我们这奥兹国的周边一样，都是大沙漠。亲爱的，你恐怕得和我们一起生活了。"

听了这番话，多萝茜开始抽泣，因为在这些陌生人中间她感到孤独。看见她流泪，心肠很软的芒奇金人好像也伤心了，他们立刻掏出手绢，开始哭鼻子抹眼泪。小个子老妇人却脱下帽子，用鼻子尖顶着帽子尖，声音很严肃地数着："一、二、三"。帽子立刻变成了一块石板，上面写着很大的白色粉笔字：

"让多萝茜去翡翠城"

小个子老妇人把石板从鼻子上拿下来，看过上面写的话，问道："你的名字叫多萝茜么，亲爱的？"

"是的，"孩子说，抬起眼睛，擦干了泪水。

"那你必须去翡翠城。也许奥兹会帮助你。"

"翡翠城在哪儿？"多萝茜问。

"在这个国家的正中央，城主是奥兹，就是我对你说过的那位大法师。"

"他是好人么？"女孩儿忧心忡忡地询问道。

"他是个好男巫。但他是不是一个男人我说不清楚，因为我从来没有见过他。"

"我怎样去呢？"多萝茜问。

"你得步行去那儿。路途很漫长哦，要经过一个有时很快乐、有时黑暗可怕的地界。无论如何，我会运用我懂得的各种法术，保护你不受伤害。"

"你不和我一起去么？"女孩儿恳求道，她已经开始把小个子老妇人看作自己唯一的朋友。

"不，那不行，"她答道，"但我会吻你，被北方女巫吻过的人，谁也不敢伤害她的。"

她走近多萝茜，温柔地吻了她的前额。被她的嘴唇碰过的地方，留下了一个圆圆的、闪亮的印记，这一点多萝茜不久之后就发现了。

"通往翡翠城的路是黄砖铺的，"女巫说，"所以你不会迷路。见到奥兹后，你不要怕他，只管把你的故事讲给他听，请求他帮助你。再见了，亲爱的。"

三个芒奇金人向她深深地鞠躬，祝愿她旅途愉快，然后穿过树林离去了。女巫向多萝茜亲切地点了点头，左脚跟支着地旋转了三圈，立刻就消失了。这情景让小托托大为惊讶，她已经不见了，他还冲着她先前所在的地方大声吠叫个不停。刚才她站在这儿的时候，他因为怕她，一直连低低地咆哮一声都不敢。

不过多萝茜知道她是个女巫，那种消失方式正是她意料之中的，所以她一丁点也不感到惊讶。

第三章　多萝茜救下稻草人

都走了，只剩下多萝茜一个人。她觉得肚子饿了，就走到碗橱边，给自己切了几片面包，又在上面涂了些黄油。她分一些给托托，从搁板上拿了一个桶，来到小河边，提了一桶闪烁着阳光的清澈河水。托托跑到树林跟前，冲着栖息在树上的鸟儿吠叫起来。多萝茜去捉他，却看见树枝上挂着美味的果子，便摘下一些，正好解决了早餐没有水果的难题。

然后她回到房子里，和托托一起很过瘾地喝了一通清凉、清澈的水，开始为翡翠城之行作准备。

多萝茜只有一件换洗衣服，不过很巧，衣服是干净的，就挂在床边的一个衣架上。这是一件蓝格子和白格子相间的方格花布衣服，虽然洗过多次以后，蓝格子已经有些褪色，它仍然算得上是一件漂亮的罩衫。女孩儿仔细地漱洗了一番，穿上干净罩衫，戴上粉红色的遮阳帽，系好帽带。然后她拿过一个小篮子，从碗橱里取了些面包装在里面，又在篮子上盖上一块白布。这时，她低下头来看着自己的脚，注意到脚上的鞋很旧很破。

"穿着这样的鞋走很长的路是不行的，托托，"她说。托托抬起头来，圆睁着黑黑的小眼睛，望着她的脸摇摇尾巴，表示明白她的意思。

就在这一刻，多萝茜看到了放在桌子上的那双原本属于东方女巫的银鞋。

"不知道是不是合脚，"她对托托说，"走远路穿这样一双鞋正合适，因为这种鞋穿不破。"

她脱下旧皮鞋，试穿银鞋，不料非常合脚，仿佛原本就是为她定做的一样。

最后她拿起了篮子。

"走啦，托托，"她说，"我们去翡翠城，向伟大的奥兹请教怎样回堪萨斯。"

她关上门，上了锁，仔细地把钥匙塞到衣服口袋里放好。就这样，她开始了远行，托托跟在她身后，很严肃地小跑着。

附近有好几条路，但是没用多久，她就找到了那条黄砖铺的路。只用了一会儿，她就轻快地踏上了去翡翠城的旅途。她的银鞋在坚硬的黄色路面上，发出叮叮当当的欢快声响。你们也许会认为，一个小女孩突然被狂风从自己的家乡卷走，丢在一片陌生的大地中央，心里面一定很不好受；可此刻阳光那么明媚，鸟儿的歌声那么甜美，多萝茜的感觉并没有那么坏呢。

一路走过去，看见周围的景物那么秀丽，她很惊讶。路的两旁有整齐的栅栏，它们漆成了优雅的蓝色。栅栏后面是种满了谷物和蔬菜的田野。很显然，芒奇金人是好农夫，能种出很好的庄稼。她偶尔经过一所房屋时，人们会从家里跑出来看她，向她深深地鞠躬，目送她走过；因为人人都知道，正是她消灭了邪恶女巫，使他们摆脱了奴役。芒奇金人的房子是样子很奇特的住所，一幢幢全是圆的，屋顶是一个大圆穹。所有的房子都漆成蓝色，因为在东方的这个地界，蓝色是人们最喜爱的颜色。

将近黄昏的时候，多萝茜已经走了很长的路，累了，她开始琢磨在哪儿过夜，就来到了一所比别的房子大一些的宅子跟前。宅子前面翠绿的草坪上，有许多男人和女人在跳舞。五位小个子小提琴手在尽可能响亮地演奏，人们欢笑着，歌唱着，旁边一张大桌子上摆满了水果和坚果，饼和糕，还有许多别的好吃的东西。

人们很热情地欢迎多萝茜，邀请她和大家共进晚餐，留下来过夜。

这一户，是这一片土地上最富有的芒奇金人家，主人的朋友们今天过来聚会，庆祝他们摆脱邪恶女巫的奴役，获得自由。

多萝茜吃了一顿丰盛的晚餐，那位名叫博克的芒奇金富人，亲自招待她。晚餐后，她坐在一张靠背长椅上，看大家跳舞。

博克看见了她脚上的银鞋，说道："你一定是一位了不起的女魔法师。"

"为什么？"女孩儿问。

"因为你穿着银鞋，而且杀死了邪恶女巫。此外，你的长罩衣是白色的，只有女巫和女魔法师才穿白色衣服。"

"我的衣服是蓝白格子的，"多萝茜说，一边抚平衣服上的皱褶。

"你穿这样的衣服是出于善意，"博克说，"蓝色是芒奇金人的颜色，白色是女巫的颜色。所以，我们知道你是一个友好的女巫。"

对于这种说法，多萝茜不知说什么好，因为似乎所有的人都认为她是一个女巫。但她自己心里很明白，她只是个普通女孩儿，偶然被一阵龙卷风刮到这一片陌生的大地上来的。

跳舞看得倦了，博克就领她进屋，给了她一个带一张漂亮床铺的房间。床上的铺盖都是蓝布的，托托在床边的蓝色地毯上蜷起身子和多萝茜做伴，呼噜一觉睡到了早晨。

她吃了一顿丰盛的早餐，吃饭时眼睛望着一个一丁点大的芒奇金小宝宝。小家伙和托托一起玩，拽着狗狗的尾巴，咯咯地笑着，那样子让多萝茜觉得好玩得不得了。在这儿所有人的眼里，托托就是个美妙的稀罕物件，因为他们从来没有看见过狗。

"翡翠城离这儿多远？"女孩儿问。

"我不知道，"博克严肃地回答说，"因为我从来不曾去过。一般人的话，除非有事情必须要和奥兹来往，还是离他远一点的好。不过去翡翠城肯定要走很远的路，你得走上许多天。我们这国家很富有，而且令人愉快，但你在到达旅途终点之前，必须穿过一些粗野和危险的地界。"

听了这话多萝茜有点烦恼，但她知道，只有伟大的奥兹能帮助她回到堪萨斯，所以她勇敢地下定决心不走回头路。

　　她向朋友们道了别，重新沿着黄砖路前行。走出去几英里之后，她觉得应该停下来歇一歇，就爬到路边的栅栏顶上，坐了下来。栅栏外面是大片的谷子地，她看见不远处有一个稻草人，高高地安在一根竿子上。稻草人用来驱赶鸟儿的，为的是不让它们吃成熟的谷物。

　　多萝茜用手托着下巴，若有所思地凝视着稻草人。它的脑袋是一个塞满稻草的口袋，上面画了眼睛、鼻子和嘴，扮成一张人脸。一顶原先属于某个芒奇金人的蓝色尖顶旧帽子，歪戴在这个脑袋上。人形的其余部分是一套破旧的、褪了色的蓝色衣服，里面也填塞着稻草。它脚上穿着的两只蓝筒靴子，正是这地方人人所穿的那种鞋。他们用一根竿子戳住它的背，便把它竖起在谷物的茎梗上方来了。

　　多萝茜正仔细端详稻草人那张描画出来的、怪里怪气的脸，却看见一只画出来的眼睛冲着她慢慢地眨了一下，不由得吃了一惊。起初她以为一定是自己看花了眼，因为在堪萨斯，从来不曾有一个稻草人眨过眼睛。但是这会儿，那人形又在冲着她友好地点头了。于是她从栅栏上爬下来，走到它近前。托托就吠叫着，绕着那根竿子转圈儿跑。

　　"日安，"稻草人说，声音有点沙哑。

　　"是你在说话么？"女孩儿惊讶地问。

　　"当然，"稻草人答道，"你好么？"

　　"我很好，谢谢，"多萝茜很有礼貌地应答道，"你好么？"

　　"我感觉不好，"稻草人说，笑了一笑，"日日夜夜戳在这里吓唬乌鸦，真是一件十分无趣、令人厌烦的事。"

　　"你能下来么？"多萝茜问。

　　"不能，这根竿子戳住了我的背。如果你帮我把竿子拿掉，我会对你感激不尽的。"

　　多萝茜伸出两只胳膊，把那人形的东西从竿子上拔了下来。它是用稻草填塞起来的，所以非常轻。

"非常感谢，"稻草人被放到地上后，对多萝茜说道，"我感觉好像获得了新生。"

这会儿多萝茜迷惑得很呢，因为听一个稻草填塞起来的人说话，看见他鞠躬，和他并排行走，这事儿听起来真是怪怪的。

"你是谁？"稻草人伸个懒腰，打个哈欠，然后问道，"你要去哪儿？"

"我名叫多萝茜，"女孩儿说，"我要去翡翠城，请求伟大的奥兹把我送回堪萨斯。"

"翡翠城在哪儿？"他询问道，"奥兹是谁？"

"怎么，你不知道？"她惊讶地反问道。

"不知道，真的。我什么也不知道。你看，我是稻草填塞起来的，所以我根本没有大脑，"他伤心地说。

"哦，"多萝茜说，"我为你难过得要命。"

"你觉得，如果我和你一起去翡翠城，"他问道，"奥兹会给我大脑么？"

"这我说不准，"她答道，"但如果你愿意的话，可以和我一起去。即使奥兹不肯给你大脑，你的情形也不会比现在更糟。"

"这倒是实话，"稻草人说。"你看，"他接着说，"我不介意胳膊腿和躯干是稻草填塞起来的，因为这样我不会受伤。如果有人踩到我的脚趾，或者把大头针钉进我的躯干，那是一点关系也没有的，因为我感觉不到疼。但我不愿意别人叫我傻瓜，如果我脑袋里装的也是稻草，而不是像你一样装着大脑，我怎么可能知道任何事情呢？"

"我知道你的感受，"小女孩说，她真的为他感到很难过，"如果你和我一起去，我会请求奥兹尽量帮帮你。"

"谢谢，"他很感激地说。

他们走回到路上。多萝茜帮助他翻过栅栏，他们就沿着黄砖路，

向翡翠城进发了。

　　起初，多了个人入伙，托托不大乐意。他把稻草人周身嗅了个遍，仿佛怀疑稻草中间有个耗子窝似的。他还时不时地冲着稻草人，很不友好地低低咆哮两声。

　　"不要把托托放在心上，"多萝茜对新朋友说，"他从来不咬人。"

　　"哦，我并不害怕，"稻草人答道，"他不可能咬伤稻草。我来帮你提篮子吧。我不在乎的，因为我不会感觉到累。我要告诉你一个秘密，"他一边走，一边接着说道，"天底下我只害怕一样东西。"

　　"是什么东西呢，"多萝茜，"制造你的芒奇金农夫？"

　　"不，"稻草人答道，"是一根划着了的火柴。"

18

第四章　穿过森林的路

几小时后，路变得糟起来，坑坑洼洼很不好走。黄砖不平整，稻草人常常绊倒在砖头上。有时，铺路砖其实已经坏了，或者完全不见了，留下一个个坑洞。碰到这种情形，托托跳过去，多萝茜绕过去，而稻草人呢，他没有脑子，径直往前走，一脚跨进坑洞里，一个大马趴摔在硬邦邦的砖头上。但他从来不会受伤，多萝茜会把他拽起来，让他重新站好，他就跟着多萝茜，开心地笑话自己倒霉出洋相。

好地方已经落在后面很远，眼前的状况大不如前，农田没那么好，房子和果树都比较少。他们越往前走，田野的景象就越变得凄凉。

中午，他们靠近一条小河，在路旁坐了下来。多萝茜打开篮子，取出一些面包。她拿了一块给稻草人，但是他不要。

"我是永远不会饿的，"他说，"我不饿是一件好事，因为我的嘴是画出来的。假如割开一个洞，让我可以吃东西，那我身体里填的稻草就会出来，我脑袋的形状就会损坏了。"

多萝茜立刻明白了确实是这么一回事，所以她只是点了点头，就继续吃她的面包。

"给我讲讲你自己，还有你的国家，"她用完午餐后，稻草人说。她就给他讲了堪萨斯的一切，讲草原上的每一样东西都是灰色的，讲龙卷风怎样把她带到这个奇异的奥兹国。

稻草人仔细地听着，然后说道："我真不明白，你为什么想离开这个美丽的国家，希望回到那个干燥、灰暗的地方去，你把它叫做堪萨斯的那个地方。"

"这是因为你没有大脑的缘故，"女孩儿答道，"无论我们的家乡多么沉闷和灰暗，都没有关系。我们这些有血有肉的人，情愿住在自己的家乡；其他地方再美丽，我们也不愿意去。没有一个地方比得上自己的家乡。"

稻草人叹了口气。

"我自然是弄不明白这道理的，"他说，"假如你们的脑袋也像我一样填塞着稻草，也许所有人就都愿意住在美丽的地方了。假如那样，堪萨斯就压根儿没有人待了。你们有大脑，这真是堪萨斯的运气。"

"趁我们歇着，你不给我讲个故事么？"女孩儿请求道。

稻草人用责备的目光看着她，答道：

"我的一生还很短呢，我真的是一无所知。前天农夫才把我做出来。之前天底下发生的事，我都是一窍不通的。很幸运，农夫做我的脑袋时，先做的事情之一是画我的耳朵，所以我听到了事情的过程。当时有另一个芒奇金人和他在一起，我听到的第一件事，是农夫说了这样一句话：'你觉得这两只耳朵怎样？'

"'画得不直，'另一个芒奇金人答道。

"'没关系，'农夫说，'反正一样，是耳朵就行了，'他说的可真是实话。

"'现在我要画眼睛了，'农夫说。于是他画我的右眼，刚画好，我就发现自己正无限好奇地望着他，望着周围的一切，因为那是我第一眼看到这个世界。

"'这只眼睛画得相当漂亮，'在旁边看着农夫做事的芒奇金人评论说，'用蓝漆画眼睛正合适。'

"'我觉得另一只眼睛应该稍微画大一些，'农夫说。第二只眼睛画好后，我看得比先前清楚得多了。然后他画我的鼻子和嘴。但我没有说话，因为当时我并不知道嘴巴是派什么用处的。我兴致勃勃地看着他们做我的躯干和胳膊腿。当他们把我的头牢牢地装在躯干上时，我感到非常自豪，因为我觉得，我已经像别人一样，成了一个人。

"'这家伙很快就会吓走乌鸦的，'农夫说，'他看上去就像一个真人。'

"'嗯，还真是个人，'另一位说。我十分同意他们的看法。农夫把我夹在胳膊下面，来到谷子地里，把我安在一根高高的竿子上，你就是在那个地方找到我的。农夫和他的朋友不久就离开了，留下我一个人在那儿。

"我不愿意就这样给毁了。所以我试着跟随他们走，但我的脚碰不到地面。没办法，我只好待在竿子上。那样过日子很孤独，因为我刚刚被人做出来不久，没有事情可以思考。许多乌鸦和别的鸟儿飞到谷子地里来，但他们一看见我，立刻就飞走了，他们还以为我是一个芒奇金人呢。这让我很高兴，使我觉得自己是一个十分重要的人物。一只老乌鸦一次又一次地从我身边飞过，他仔细地把我端详一遍之后，栖息在我肩膀上，说道：

"'我真纳闷，农夫居然想用这样一个笨办法来愚弄我。任何一只有见识的乌鸦都看得出来，你只不过是用稻草填塞起来的。'说完他跳下去，落在我脚边，尽情地吃他想吃的谷子。别的鸟儿看见他并没有被我伤害，就也过来吃谷子；所以没多一会儿，我的周围就有了好大一群鸟儿。

"这情形让我很伤心，因为它说明，到头来我并不是那么棒的一个稻草人。但是那只老乌鸦安慰我，他说：'只要你脑袋里有大脑，你也能成为一个真人的，就像别的人一样，并且比他们中的一些人更棒。大脑是天底下唯一值得拥有的东西，无论对于乌鸦还是人，都是如此。'

"乌鸦们走了以后，我把这件事想了一遍，决心下一番苦功，设法得到大脑。我真幸运，你出现了，把我从竿子上拔了下来。听了你先前说的话，我确信，一到翡翠城，伟大的奥兹就会给我大脑。"

"但愿如此，"多萝茜很认真地说，"我看你好像急着要得到大脑呢。"

"哦，是呀，我是很着急哟，"稻草人答道，"知道自己是个傻瓜，这种感觉可真不是滋味儿。"

"那好，"女孩儿说，"我们走吧。"她把篮子递给了稻草人。

现在路边根本没有栅栏了，土地粗糙不平，没有耕种过。将近黄昏时分，他们来到了一片大森林跟前。树长得那么高大，那么密，黄砖路两边的树枝竟合拢到了一起。树下面差不多已经是一片黑暗，因为树枝遮住了日光。但两个行路人没有停下脚步，他们径直走进了森林。

"这条路进了林子，就一定会出林子，"稻草人说，"既然翡翠城在路的另一头，无论这条路通向哪儿，我们都必须沿着它一直往前走。"

"任何人都知道这一点，"多萝茜说。

"那当然；所以我也知道，"稻草人答道，"如果琢磨出这一点必须使用大脑，我就说不出这个话了。"

差不多一小时后，光线完全消失了，他们发现自己在漆黑一片中跌跌撞撞地往前走。多萝茜一点也看不见，但是托托能看见，因为有些狗在黑暗中也能看得很清楚。稻草人表示，他能像白天一样看得清清楚楚。于是她抓住稻草人的胳膊，勉勉强强往前走。

"如果你看到房子，或者任何一个可以过夜的地方，一定要告诉我，"她说，"因为在黑暗中走路很不舒服。"

过了一会会儿，稻草人停下了脚步。

"我看见右边有一所小房子，"他说，"是用木头和树枝搭起来的。我们过去么？"

"当然，我们过去，"女孩儿答道，"我已经累坏了。"

于是稻草人领着她在树木中间穿行着，来到小房子跟前。多萝茜走进去，发现一个角落里有一张干树叶铺的床。她立刻躺倒在床上，有托托在身边，她很快就睡熟了。永不疲倦的稻草人站在另一个角落里，耐心等待早晨的降临。

第五章　解救铁皮伐木人

多萝茜醒来的时候，太阳正透过树木照进屋子里来。托托已经出去很久，一直在追逐周围的鸟儿和松鼠取乐。她坐起来，四下里望望。稻草人仍然耐心地站在他那个角落里，等待着她。

"我们得去找点水，"她对他说。

"你要水干什么呢？"他问。

"一路走来沾了不少灰尘，我要把脸洗干净，还要喝些水，那样吃干面包就不会噎在喉咙口了。"

"做一个肉身的人，一定很不方便，"稻草人若有所思地说，"因为那得睡觉、吃饭、喝水。但是你有大脑，能够正常地思考，忍受许多麻烦还是值得的。"

他们离开小房子，在树木中间穿行着，最后发现了一道清澈的泉水。多萝茜在泉边喝了水，洗了脸，吃了早餐。她看到篮子里剩下的面包已经不多，很庆幸稻草人不必吃东西，因为光是她自己和托托，这些食物几乎都不够吃一天的了。

她吃完饭正要回到黄砖路上去，却听见附近有人发出一声低沉的呻吟，不由得一惊。

"那是什么声音？"她有些胆怯地问。

"我想象不出来，"稻草人答道，"但是我们可以过去看看。"

正说着，又一声呻吟传到他们的耳朵里。声音好像来自后面。他们转过身去，在森林里没走多少步，多萝茜就发现，在透过树木落进来的阳光下，有一样东西在闪耀着光芒。她跑过去，接着突然停住了，并且轻轻地惊叫了一声。

一棵大树的树身已经被砍透一小半，树旁站着一个完全用白铁皮做的人，他一只手举在半空中，握着一柄斧子。他的脑袋、胳膊和腿都通过关节接合在躯干上，却站在那儿一动也不动，仿佛压根儿无法动弹似的。

多萝茜很诧异地看着他，稻草人也很诧异地看着他。托托却冲着他厉声吠叫，并且在他的铁皮腿上咬了一口，不料反而伤了自己的牙齿。

"刚才是你在哼么？"多萝茜问。

"是的，"铁皮人答道，"是我。我已经哼了一年多，但一直没有人听见，没有人过来帮帮我。"

"我能帮你什么呢？"她温柔地询问道，因为他说话时声音很悲伤，感动了她。

"找一个油罐子，给我的关节上些油，"他答道，"我的关节锈得很厉害，所以我完全没法动弹了。如果给我好好地上上油，我很快就会恢复正常的。你们去我的小房子，会在一个架子上找到油罐子的。"

多萝茜立刻跑回小房子，找到油罐子，然后跑回来，发愁地问："哪些地方是你的关节呢？"

"先给我的脖子上油，"铁皮伐木人答道。她就照着做了。他的颈关节锈得十分厉害，稻草人捧住铁皮脑袋，轻轻地左右转动。最后，铁皮人的颈关节能活动自如，他自己能把头转来转去了。

"现在给我胳膊上的关节上油，"他说。多萝茜给他的肘关节上油，稻草人小心地帮他做胳膊屈伸。最后，他的肘关节不再锈住，像新的一样，活动自如。

铁皮伐木人满意地叹息一声，放下斧子，把它靠树身搁着。

"好舒服呀，"他说，"自从锈住以后，我一直把斧子举在空中，很高兴终于能把它放下来了。现在，如果你们愿意帮我的腿关节上上油，我就能重新恢复正常了。"

于是他们给他的腿关节上油，最后，他的腿也能活动自如了。他再三感谢他们解放了他，看起来，他好像是一个非常有礼貌，而且非常懂得感恩的家伙。

"如果你们不来，我可能会永远这样子站在这儿呢，"他说，"所以，自然是你们救了我的命。你们怎么会碰巧来到这里呢？"

"我们在赶路，要去翡翠城见伟大的奥兹，"她答道，"昨晚我们在你的小房子里歇脚过夜的。"

"你们为什么想见奥兹呢？"他问。

"我希望奥兹把我送回堪萨斯，稻草人想要奥兹给他脑袋里装个大脑，"她答道。

铁皮伐木人沉吟了一会儿，好像在思考。然后他说：

"你们觉得，奥兹能给我一颗心么？"

"噢，我想他能的，"多萝茜答道，"这个跟给稻草人大脑一样容易。"

"这话不假，"铁皮伐木人应道，"那你们允许我入伙吗？我也想去翡翠城，请求奥兹帮助我。"

"一起去吧，"稻草人热情真挚地说。多萝茜加上一句，说她非常高兴和他结伴同行。于是，铁皮伐木人扛上他的斧子，他们一起穿过林子，来到那条黄砖铺的路上。

刚才，铁皮伐木人请求多萝茜把油罐子放在了篮子里。他说："因为如果我淋了雨，再次生锈的话，我会非常需要油罐子的。"

新同伴入伙，还真是一件幸运的事呢，因为他们重新上路后不久，就来到了一个树长得很密的地方，树枝横在路上，行人走不过去。铁皮伐木人就操起斧子开始干活儿，他连砍带劈，很快就清理出了一条够宽的通道，让大家能一起走过去。

一路上，多萝茜一直在一门心思考虑事情，竟然没有注意到稻草人跌进一个坑洞里，滚到了路边。他实在没有办法，只好大声喊叫，请她帮一把，扶他重新站起来。

"你为什么不绕过坑洞走呢？"铁皮伐木人问。

"我不是很懂得避让，"稻草人快活地说，"你知道，我脑袋里填塞的是稻草。所以我才想去翡翠城，请求奥兹给我大脑。"

"哦，我明白了，"铁皮伐木人说，"不过，大脑毕竟不是天底下最好的东西。"

"你有大脑么？"稻草人询问道。

"没有。我的脑袋里完全是空的，"伐木人答道，"不过我曾经有过大脑，还有一颗心。两样都试过以后，我宁可要一颗心。"

"为什么呢？"稻草人问。

"我给你讲讲我的故事吧，听完你就明白了。"

于是，他们在森林里一边往前走，一边听铁皮伐木人讲下面的故事：

"我出生在一个伐木人的家庭里，父亲在森林里砍伐树木，靠卖木头为生。我长大以后，也成了一个伐木人。父亲死后，我照顾老母亲到她终老。然后我就拿定主意不过单身生活，找个人结婚，那样就不会寂寞。

"有一个芒奇金女孩儿非常美丽，我很快就全心全意爱上了她。至于说她那方面，她答应我，等我挣够了钱，为她造一所更好的房子，她马上就跟我结婚。所以呀，我比以往任何时候更辛苦地工作。可是，和女孩儿一起生活的老妇人不想让她出嫁，因为她很懒，希望女孩儿永远陪着她，为她做饭，干家务活儿。老妇人就去找东方的邪恶女巫，许诺给她两只绵羊一头母牛，请她出手阻止我们的婚姻。邪恶女巫就对我的斧子施了妖法。有一天，我因为急着要得到新房子和妻子，正在竭尽全力地砍伐木头，斧子却突如其来地滑偏了，砍掉了我的左腿。

"一开始，这似乎是一件极其不幸的事，因为我知道，一个独腿人是不可能做一个好伐木人的。我就去找铁皮匠，请他用白铁皮给我做了一条新腿。用惯以后，铁皮腿很好使。但我的做法激怒了东方的邪恶女巫，因为她答应过老妇人，不让我和漂亮的芒奇金女孩儿结婚。我重新开始伐木时，斧子又滑偏了，砍掉了我的右腿。我再去找铁皮匠，他又用白铁皮给我做了一条腿。后来，被施了妖法的斧子又先后切下了我的两只胳膊。但这吓不倒我，我用白铁皮胳膊来代替被砍掉的胳膊。接下来，邪恶女巫又施法让斧子滑偏，砍掉了我的脑袋。一开始，我以为自己这下子肯定完蛋了，但是铁皮匠碰巧过来，他用白铁皮给我做了一个新脑袋。

"我以为这一下终于把邪恶女巫打败了，就比从前更辛苦地工作起来。可是呀，我有没想到敌人会那么残忍。她要扼杀我对美丽的芒奇金少女的爱，又想了一个新办法。她再一次使我的斧子滑偏，正好从中间切开我的躯干，将我劈成了两半。铁皮匠再一次过来帮我，为我做了一个白铁皮的躯干，用一个个关节，把我的白铁皮胳膊、白铁皮腿和白铁皮脑袋，装在了白铁皮躯干上。这样一来，我便能像往常一样活动自如了。可是，唉！现在我没有心了，这样我便失去了对芒奇金女孩儿全部的爱，再也不在乎是否和她结婚。估计她现在仍然和老妇人一起生活着，在等待我去追随她呢。

"我的身体在阳光下闪闪发亮，我感到非常自豪。现在，斧子再滑偏已经不要紧了，因为它再也伤不了我。只有一个危险，就是我的关节会生锈；不过我在小房子里备了一个油罐子，注意随时给自己上油。可是有一天，我忘了上油的事，碰巧遇上了暴雨，我还没来得及想到这里面的危险，我的关节就已经锈住了。就这样，我孤苦一人，一直站在森林里，直到你们来这儿救了我。这个经历很可怕，但是，在我站着不能动的这一年里，我有时间思考出了一个结论，那就是：我所知道的最大损失，就是失去了我的心。在我恋爱的那些日子里，我是天底下最幸福的男人。但是没有心的人是无法爱的，所以我决心去找奥兹，请求他给我一颗心。如果他给了我，我就回到芒奇金少女身边，和她结婚。"

多萝茜和稻草人都对铁皮伐木人的故事非常非常感兴趣，现在他们知道了，他为什么急着要得到一颗新的心。

"话是这么说，"稻草人说道，"可我还是宁肯要大脑，而不是要心；因为一个傻瓜即使有心，也不会知道怎么用。"

"我要心，"铁皮伐木人应答道，"因为大脑不会使人幸福，而幸福是天底下最好的东西。"

多萝茜什么也没有说，因为她感到困惑，不知道两个朋友谁对谁错。她的结论是，只要自己能回到堪萨斯，回到婶婶爱姆身边，无论是伐木人没大脑还是稻草人没心，无论他们各自能不能得到他们想要的，都没什么大不了。

她最担心的是，面包已经差不多没了，她和托托再吃一顿，篮子里就会空空如也。没错，伐木人和稻草人都不吃东西，但她自己既不是铁皮做成的，也不是稻草填塞的；不吃东西，她就不能活命。

第六章　胆小鬼狮子

这段时间里，多萝茜和伙伴们一直行走在密密的林子里。路上依然铺着黄砖，但是落满了干树枝和枯叶，一点也不好走。

森林的这个部分几乎见不到鸟儿，因为鸟儿喜爱旷野，因为开阔的旷野上阳光充足。但时不时地，他们会听到藏身在密林中的野兽发出的低吼声。这种声音使小女孩心跳加快，因为她不知道是什么东西在吼叫。但托托是知道的，他紧贴在多萝茜身边跑，连回应一声吠叫都不敢。

"还要多长时间，我们才能走出森林？"女孩儿问铁皮伐木人。

"我说不准，"他答道，"因为我从来不曾去过翡翠城。不过，当我还是个小男孩时，我父亲去过一次。他说，要经过一片危险的地带，路途很漫长；但是奥兹居住的城池附近，却是一个很美丽的地方。不必担心，不要紧的。我有油罐子，就什么也不怕。稻草人呢，什么也不能让他受伤。你前额上有善女巫的吻记，它会保护你不受伤害。"

"可还有托托！"女孩儿很担心地说，"拿什么来保护他呢？"

"如果他遇到危险，我们大家来保护他，"铁皮伐木人答道。

他话音刚落，就从林子里传来一声可怕的吼叫。吼声过后，一头大狮子跳出来挡在了路上。他脚掌一捆，稻草人就接连打着旋，飞到了路边。然后他用尖利的爪子去扑铁皮伐木人，可让狮子惊讶的是，虽然伐木人摔倒在路上，躺着一动不动，他却没能在白铁皮上留下爪痕。

这一回，小托托有了个敌人和他面对面，马上吠叫着向狮子冲过去。那庞大的野兽张开嘴巴正要咬小狗，多萝茜挺身而出。她担心托托被咬死，不顾危险，冲上前去，使出最大的劲儿，对着狮鼻扇了一巴掌，同时大声喊叫着：

"你怎敢咬托托！你该为自己害臊，像你这么大的一头野兽，竟然咬一只可怜的小狗！"

"我并没有咬到他，"狮子说，一边用爪子揉着鼻子上被多萝茜掴中的地方。

"没有咬到，但是你想咬他来着，"她反驳道，"你什么也不是，就是个大个子胆小鬼。"

"我知道，"狮子说，羞愧地垂下了头，"我一向都知道。但是我有什么办法补救呢？"

"我不知道，我当然不知道啰。想想看，你居然殴打一个稻草填塞成的人，那可怜的稻草人！"

"他是稻草填塞成的？"狮子吃惊地问，看着多萝茜把稻草人拎起来，让他站好，把他拍回到原来的形状。

"他当然是稻草填塞成的，"多萝茜答道，仍然没有消气。

"怪不得他那么轻易就飞出去了，"狮子评论道，"刚才看见他那样子打转，我还很吃惊呢。另一个也是稻草填塞成的？"

"不是，"多萝茜说，"他是白铁皮做的。"一边说，一边把伐木人扶了起来。

"怪不得，他差一点把我的爪子弄钝了，"狮子说，"刚才爪子尖刮到白铁皮的时候，我脊背上都起了一阵寒战。那小动物是谁，你对他那么体贴？"

"他是我的狗狗，名叫托托，"多萝茜答道。

"他是铁皮做的，还是稻草填塞成的？"狮子问。

"都不是，他是——是——是——是肉身的狗狗，"女孩儿说。

"哦！他是个稀奇的动物，我现在看着他，觉得他好像特别的小。

除了我这样的胆小鬼，谁也不会想着要咬这样一个小东西，"狮子很伤心地接着说道。

"你怎么会成为胆小鬼的呢？"多萝茜问，她惊奇地打量着这头大兽，因为他大得像一匹小马。

"这是个秘密，"狮子答道，"我估摸着我生下来就是这样。森林里的所有其他动物自然希望我勇敢，因为狮子无论在哪儿，都被看成百兽之王的。我明白，如果我非常大声地吼叫，每一个生灵都会害怕，从我面前逃开。每逢我遇上人，我就害怕得要命。可我还是冲着对方吼叫，人就总是逃走，能跑多快就跑多快。如果大象、老虎或者熊想跟我打斗，就会轮到我自己逃走了——我就是这样一个胆小鬼；但是他们一听到我吼叫就想避开我，我当然就让他们走啰。"

"但这样是不对的。百兽之王不应该是胆小鬼哟，"稻草人说。

"我知道，"狮子一边应答，一边用尾巴尖擦掉一滴眼泪，"这是我最大的忧愁，这忧愁使我的生活非常不快乐。可是一有危险，我就会心跳加快。"

"也许你有心脏病，"铁皮伐木人说。

"也许吧，"狮子说。

"如果是这样，"铁皮伐木人接口说道，"你应该感到高兴，因为这证明你有一颗心。我呢，我却没有心；所以我不可能有心脏病。"

"也许是的，"狮子若有所思地说，"如果我没有心，就不会是胆小鬼了。"

"你有大脑么？"稻草人问。

"我估计是有的。这个我从来不曾留意过，"狮子答道。

"我正要去找伟大的奥兹，请求他给我大脑呢，"稻草人述说道，"因为我脑袋里填塞的是稻草。"

"我正要去请求他给我一颗心，"伐木人说。

"我正要去请求他把托托和我送回堪萨斯，"多萝茜加上一句。

"你们觉得，奥兹能给我勇气么？"胆小鬼狮子问。

"很容易，就像给我大脑一样，"稻草人说。

"就像给我一颗心一样，"铁皮伐木人说。

"就像送我回堪萨斯一样，"多萝茜说。

"那么，如果你们不介意的话，我想和你们一起去，"狮子说，"因为，没有一点勇气，我的生命简直是无法忍受的。"

"非常欢迎你，"多萝茜回应道，"因为你是一个有用的伙伴，能让别的野兽不敢接近我们。要我说呀，既然他们这么轻而易举的就被你吓走，他们一定比你还胆小呢。"

"确实是这样，"狮子说，"但我虽然明白这一点，却并没有变得勇敢些。只要有一天知道自己仍然是个胆小鬼，我就有一天不会快乐。"

于是，这一小队伙伴重新上路了。狮子迈着庄严的大步走在多萝茜身边。起先托托不同意接受这个新伙伴，因为他忘不了刚才自己差一点被狮子的血盆大口咬碎。但过了一会儿，他变得比较放松了；很快，托托和胆小鬼狮子就成了好朋友。

这一天的其余时间里，不曾有新的历险来破坏他们旅途的和平。不过说实话，还是发生了一件意外的事：铁皮伐木人踩到了一只在路上爬行的甲虫，那可怜的小生灵被踩死了。这件事情使铁皮伐木人很不快乐，因为他一向很当心不要伤害生灵的。他一边向前走，一边掉了几滴伤心悔恨的泪。泪水慢慢地从他脸上淌下来，流过他牙床上的铰链，使铰链生了锈。不一会儿，当多萝茜问铁皮伐木人一个问题时，他想回答，却张不开嘴，因为他的上下牙床紧紧地锈住了。他惊恐万状，向多萝茜做了许多手势，要她解救他。她不明白他的意思，狮子也迷惑不解，不知道出了什么错。但是稻草人从多萝茜的篮子里抓起油罐子,给伐木人的牙床上了油,过了一会会儿,他就能像先前一样说话了。

"这件事给了我一个教训，"他说，"走路时要当心脚下。如果我再踩死一只臭虫或甲虫，我肯定会再哭，眼泪就会再一次锈住我的牙床，让我无法开口说话。"

从此以后，他走路时非常小心，眼睛总是看着路面。如果看见一只小蚂蚁在辛勤劳作，他会跨过去，不踩到它。铁皮伐木人很清楚自己没有心，所以他极其注意，决不残忍冷酷地对待任何生灵。

他说："你们这些有心的人，得到心的引导，不会做错事。但我没有心，所以必须格外注意。奥兹给我心之后，我就用不着再这样费神了。"

第七章　赶路，去见伟大的奥兹

那一夜，他们不得不在森林里一棵大树下露宿，因为附近没有房子。大树形成一个很好很厚的大篷盖，为他们挡住了露水的侵袭。铁皮伐木人用斧子砍了一大堆木柴，多萝茜生起一堆灿烂的火。火给了她温暖，使她觉得不那么孤独。她和托托把最后的面包全部吃光，明天早餐吃什么，她就不知道了。

"如果你愿意，"狮子说，"我就到林子里面去，为你猎杀一头鹿来。既然你们的口味很特别，喜欢吃熟的食物，你可以把它放在火上烤一下，那样，你们就有一顿很好的早餐了。"

"不要！请不要去，"铁皮伐木人乞求道，"如果你杀死一头可怜的鹿，我肯定会哭的，那样我的牙床就又要锈住喽。"

狮子就跑到林子里面去，找他自己的晚餐去了。谁也不知道他吃了什么，因为事后他从来不曾提起过。稻草人找到一颗长满了坚果的树，给多萝茜采了满满一篮子坚果，这样一来，她就能很长时间不用挨饿了。她觉得稻草人这样做，说明他心地很好，又很会想办法。不过，那可怜的家伙采摘坚果的动作笨得要命，惹得她开怀大笑。他那双稻草扎的手那么笨拙，坚果又那么小；采下来的果子，掉到地上的和放进篮子里的几乎一样多。可是稻草人不介意装满篮子要花多长时间，因为做这件事可以使他远离火焰。他真害怕一个火星迸到他身上，点着稻草，把他给烧了。因此他跟火焰之间始终保持着很长一段距离，只在多萝茜睡着后才走近些，给她身上盖些干树叶；这样一来，她就很温暖很舒适了，一觉睡到第二天清晨。

天亮以后，女孩儿在一条水声潺潺的小河里洗了脸，很快，他们就全体动身向翡翠城走去。

对于这几个行路人来说，这是一个多变故的日子。他们走出去还不到一个小时，就看到前面路上横着一条大壕沟。放眼望去，沟这边和沟对面，视野中的森林整个儿被切割成了两半。壕沟又长又宽，他们爬到沟边上向下望，又发觉它还深得很，并且沟底里有许多棱角嶙峋的大石头。有那么一刻，他们的旅程似乎不得不终结在这壕沟边了。

"我们怎么办呢？"多萝茜绝望地问。

"我一丁点主意也没有，"铁皮伐木人说。狮子摇着蓬松的鬃毛，流露出沉思的神情。

但是稻草人说："我们不能飞过去，这是肯定的。我们也不能下去，爬进这巨大的壕沟里。所以啊，如果我们跳不过去，就只有在这儿停下了。"

"我想，我能够跳过去，"胆小鬼狮子在心里面仔细地丈量过距离之后，说道。

"这一下，大家都解决问题了，"稻草人回应道，"因为你可以把我们驮在背上运过去，每一次运一个。"

"嗯，我试试吧，"狮子说，"谁第一个过去？"

"我先上，"稻草人自告奋勇地说，"因为如果你跳不过这深沟，多萝茜就会摔死，铁皮伐木人会在下面的石头上摔扁。我骑在你背上却没什么大问题的，因为我摔下去根本不会受伤。"

"我倒是怕得要命呢，怕我自己摔死，"胆小鬼狮子说，"不过我看哪，也没有别的办法了，只有试一试。你就到我背上来吧，我们来试试看。"

稻草人坐到狮子背上，那大兽走到深沟的边沿，蹲了下来。

"你干吗不助跑一下，跳过去呢？"稻草人问。

"狮子跳壕沟，是不用助跑这种办法的，"他答道。接着他猛

地一跃，从空中弹射过去，平安地落到了对岸。看见狮子轻而易举地跳过去，稻草人从狮子身上下来，狮子又跳回到这边来，大家高兴极了。

多萝茜觉得自己应该第二个上，所以她把托托抱在臂弯里，爬到狮子背上，一只手紧紧抓住他的鬃毛。接下来的瞬息里，她觉得仿佛在空中飞。然后，她还没来得及想明白是怎么回事，就已经平安地到了对岸。狮子返回去，跳第三次，把铁皮伐木人运了过来。然后大家坐着等了一会儿，让大兽有机会歇一歇，因为他大跳几个来回之后，已经上气不接下气，呼呼直喘，像一只跑了太多路的大狗一样。

他们发现沟这儿的森林非常密，光线特别昏暗。狮子休息过之后，他们沿着黄砖路，重新出发了。大家默不作声，各自心里面却在嘀咕着，不知道终究能不能走到林子尽头，重新来到灿烂的阳光下。不久，这忧虑上又增添了新的不安：他们听见林子深处响起一种奇怪的噪音。狮子悄声告诉他们，卡力大正是住在这个国家的这个地界。

"卡力大是什么呀？"女孩儿问。

"是一种巨大的怪物，身体像熊，头像老虎，"狮子答道，"他们的爪子又长又尖，能把我一撕两半，就像我杀死托托一样容易。我害怕卡力大，怕极了。"

"原来是这样啊，那你怕他们并不奇怪，"多萝茜回应道，"他们一定是可怕得要命的野兽。"

狮子正要答话，突然间又一道深沟横在了眼前的路上。不过这一条沟太宽、太深，狮子立刻就意识到，他跳不过去。

于是他们坐下来，思考该怎么办。稻草人认真地想过之后说道：

"这有一棵很大很大的树，长在沟边。如果铁皮伐木人能够把它砍倒，让它倒下去架到对岸，我们就很容易从上面走过去了。"

"这是个第一流的好主意，"狮子说，"别人几乎要疑心你脑袋里装的是大脑，而不是稻草了。"

伐木人立刻动手干活，他的斧子非常锋利，很快就将树身差不多砍透了。接着狮子用强壮的前腿抵着树身，用尽全力一蹬，大树就缓缓地向外倾倒，嗯隆一声，横架在壕沟上，树冠扣在了对岸。

他们正要过这道奇妙的桥，却听到一声尖利的吼叫，不由得全都抬起头来：他们惊恐万分地看到，两只巨兽，身体像熊头像老虎，正向他们奔过来。

"是卡力大！"胆小鬼狮子说，开始打哆嗦。

"快！"稻草人喊道，"我们快过去。"

多萝茜把托托抱在臂弯里，第一个上了桥，铁皮伐木人紧随其后，稻草人也跟了上去。狮子自然很害怕，但他还是回过头去面对着卡力大，发出了一声可怕的怒吼。这一声吼吓得多萝茜吱哇尖叫，稻草人向后仰倒，就连那两只凶猛的巨兽也短暂地停下脚步，惊愕地望着狮子。

但两只卡力大发现自己比狮子高大，又想到他们有两个，狮子却是单枪匹马，于是又向前冲来。狮子从树身上走过去之后，回过头来看两只凶狠的野兽接下来怎么做；只见他们片刻也不停留，也开始过桥。狮子对多萝茜说：

"我们没命了，因为他们肯定会用尖利的爪子，把我们撕成碎片。你站在我身后，紧靠着我，我会和他们拼命，战斗到死。"

"等一分钟！"稻草人喊道。他已经思考过怎样做最好，这时就请求伐木人砍去搁在壕沟这一边的树梢。铁皮伐木人拿起斧子，立刻开始干。就在两只卡力大快到岸的时候，大树轰隆一声掉下深沟，把两只狂叫着的丑陋畜生带了下去。他们俩落在沟底棱角尖锐的大石头上，摔得粉身碎骨。

"哇，"胆小鬼狮子长长地吸了一口气，说道，"我看，我们能多活一会儿了。我很高兴哦，因为活不成肯定是一件很不爽的事。那两只怪物把我吓坏了，我的心此刻还在狂跳呢。"

"啊，"铁皮伐木人伤心地说，"我真希望自己有一颗心可以这样跳哟。"

经过这一次历险，这几个行路人更急着要出这片森林了。他们走得很快，多萝茜走不动了，只好骑在狮子背上。让他们欣喜万分的是，越往前走，树木就变得越稀疏。下午，他们突然遇上了一条很宽的大河，湍急的河水在他们面前奔流着。他们看得到河对岸，只见黄砖路向前延伸着穿过一片美丽的地方，一片片翠绿的草坪上点缀着鲜艳的花朵，整条道路夹在两排挂满了芬芳的果子的树木中间。看到前方这一片令人心旷神怡的旷野，他们高兴极了。

"我们怎样过河呢？"多萝茜问。

"这很好办，"稻草人答道，"铁皮伐木人得造一个木筏，我们就乘着筏子漂到对岸去。"

于是伐木人拿起斧子，开始砍小树做木筏。他在这边忙碌着，稻草人呢，在河岸上找到了一棵结满硕大水果的树。这让多萝茜很开心，这一整天，除了坚果，她还没有吃过别的东西呢。于是，她饱餐了一顿甜熟的水果。

不过，做木筏要花些时间；虽然铁皮伐木人是一个勤奋而且不知疲倦的人，也得做好半天才行。夜色降临的时候，工作也还没有完成。他们就在树荫下找了一块舒适的地方，一觉安睡到清晨。多萝茜梦见了翡翠城，梦见了好巫师奥兹，梦见他很快就会送她回去，回到她自己的家乡。

第八章　致命的罂粟花田

第二天早晨，我们这一小群行路人醒来后，精神焕发，充满了希望。多萝茜像公主一样，用河边果树上的桃子和李子当了早餐。他们身后，是虽然经过不少挫折，但已经安全通过的黑暗森林；他们前方，却是一片可爱的、洒满阳光的旷野，它仿佛在招呼他们快去翡翠城。

确实，宽阔的河流将他们与那片美丽的土地隔开了，但是木筏已接近完工。铁皮伐木人又砍了几根木头，用木钉把所有的木头固定、整合好，然后，他们就准备出发了。多萝茜把托托抱在臂弯里，在木筏中央坐下。胆小鬼狮子踏上木筏的时候，它倾斜得很厉害，因为他个子大，身子沉。不过稻草人和铁皮伐木人站到木筏另一端，让它取得了平衡。他们每人手里都拿着一根长篙子，撑动木筏破开水面向前漂。

起先他们行驶得很顺利，但是到达大河中央时，急流卷着木筏向下游冲去。他们离开黄砖路越来越远，而且河水变得很深，长篙子有时会触不到河底。

"糟了，"铁皮伐木人说，"如果我们靠不上岸，就会漂到西方邪恶女巫的地界去。她会对我们施妖术，把我们变成她的奴隶。"

"那样我就得不到大脑了，"稻草人说。

"我就得不到勇气了，"胆小鬼狮子说。

"我就得不到心了，"铁皮伐木人说。

"我就永远回不了堪萨斯了，"多萝茜说。

"只要有一丁点可能，我们就一定要去翡翠城，"稻草人接口说道，他撑篙子时太使劲儿，篙子陷进了河底的淤泥里。接着，他还没来得及把它拔出来，或者把它放开，木筏就已经被急流卷走。可怜的稻草人被丢在大河中央，抱住篙子悬在河面上。

　　"再见！"他在他们后面喊道。丢下稻草人，大家都很难过。其实，铁皮伐木人已经开始哭，幸运的是，他记起了哭泣会使他生锈，在多萝茜的围裙上擦干了眼泪。

　　对于稻草人来说，这当然是一件坏事。

　　"我现在的情形比刚遇到多萝茜时还要糟，"他心想，"那时候，我戳在谷子地里的一根竿子上，毕竟还可以装装样子，吓唬吓唬乌鸦。可是一个稻草人戳在河中央的一根篙子上，是毫无用处的。恐怕到头来，我永远得不到大脑了！"

　　水流冲着木筏向下游漂去，可怜的稻草人被远远地丢在了后面。这时狮子说道：

　　"我们必须做点事情，救救我们自己。我想，我可以拖着木筏游上岸去，你们只要紧紧地抓住我的尾巴梢就可以了。"

　　于是他跳下水去，铁皮伐木人紧紧地抓住了他的尾巴。然后狮子用尽全力向岸边游。虽然他个子很大，这仍然是一件很艰难的工作。不过，他们还是一点一点渐渐地摆脱了激流，然后，多萝茜和铁皮伐木人的长篙子派上了用场，撑着木筏靠向河岸。

　　他们终于到达岸边，踏上了青翠可爱的草地，这时，他们全都累坏了。此外，他们很清楚，水流已经把他们带出去很远，他们离开通往翡翠城的黄砖路已经有很长一段距离了。

　　"现在我们怎么办才好呢？"铁皮伐木人问道。狮子在草地上躺下来，让太阳把身体晒干。

　　"我们必须想方设法，回到路上去，"多萝茜说。

　　"最好的办法呢，是沿着河岸往回一直走，走回到黄砖路上，"狮子评论道。

休息过之后，多萝茜提起篮子，大家就动身了。他们沿着长满青草的河岸，朝河流使他们偏离的黄砖路方向走去。这是一个可爱的地界，有许多的花儿和果树来振奋他们，还有明媚的阳光给他们打气。要不是为了可怜的稻草人感到难过，他们原本是会非常快乐的。

大家尽快地往前走，多萝茜只停下来一回，摘了一朵美丽的花儿。走了一阵子，铁皮伐木人叫起来："看！"

大家向河面上望去，看见稻草人栖身在河中央他那根篙子上，看上去很孤单很伤心。

"我们用什么办法救他呢？"多萝茜问。

狮子和伐木人都摇摇头，因为他们俩不知道。于是大家在河岸上坐下来，依依不舍地注视着稻草人。不知什么时候，一只鹳飞过，看见了他们，就到河边停下来歇一歇。

"你们是谁，去什么地方？"鹳问道。

"我是多萝茜，"女孩儿答道，"他们是我的朋友，铁皮伐木人和胆小鬼狮子。我们要去翡翠城。"

"不是走这条路的，"鹳说，她扭动着脖子，用锐利的目光打量着这一伙奇怪的人。

"我知道，"多萝茜回应道，"可我们把稻草人落下了，正琢磨怎样把他救回来呢。"

"他在哪儿？"鹳问。

"在那边，河上，"小女孩答道。

"如果他个子不是很大，不太重，我去帮你们救他，"鹳说。

"他一点也不重，"多萝茜急切地说，"因为他是稻草填塞起来的。如果你帮我们把他救回来，我们会对你感激不尽。"

"嗯，我试一试吧，"鹳说，"但如果发现他太重，我搬不动的话，那就没办法了，只好再把他丢回河里去。"

那大鸟就升到空中，飞到河面上，来到稻草人栖身的篙子上空。

鹳探下大爪子，攥住稻草人的一只胳膊，把他吊起到空中，回到岸边，来到多萝茜、狮子、铁皮伐木人和托托坐着的地方。

发现自己回到朋友们中间后，快乐无比，把他们挨个儿紧紧地搂抱了一遍；就连狮子和托托，他也抱了一下。大家又动身往前走了，每走一步，稻草人唱一句："托－德－里－德－哦！"，快活极了。

"我还担心自己只好永远待在河上了呢，"他说，"但是好心的鹳救了我，如果我得到大脑的话，我会去找到鹳，报答她的仁慈。"

"别放在心上，"鹳说，她一直和他们并排飞着，"我一向愿意帮助碰上麻烦的人。但现在我得走了，因为我的宝宝们在巢里等着我呢。希望你们找到翡翠城，得到那位奥兹的帮助。"

"谢谢你，"多萝茜回应道。好心的鹳飞到空中，很快就飞出了视野。

他们往前走着，耳朵里是色彩鲜艳的鸟儿的歌声，眼前是可爱的花朵。这时的花儿已经变得密密层层，地面就像铺了花儿的地毯一样。有大朵的黄色、白色、蓝色和紫色的花儿，还有一大簇一大簇绯红的罂粟花，它们的颜色是那么的亮丽，几乎让多萝茜目眩。

"这些花儿美不美？"女孩儿呼吸着鲜艳花朵的浓郁芳香，问。

"我觉得很美，"稻草人答道，"我要是有了大脑，也许会更喜欢它们的。"

"假如我有一颗心，一定会爱上它们，"铁皮伐木人说。

"我一向喜欢花儿，"狮子说，"它们看上去是那么的娇弱。可是，森林里的花儿是没有这些花儿那么鲜艳的。"

迎面而来的朵朵鲜花中，大朵的绯红色花儿越来越多，别的花儿越来越少。不久，他们就发现自己来到了好大一片罂粟花花海的中央。如今大家都知道，如果有许多这种花儿长在一起，它们的香气会非常浓烈，任何人吸了，都会昏睡过去；如果不把昏睡的人从花香中挪走，他就会永远醒不过来。但是多萝茜并不知道这一点，而且，她也无法从这种铺天盖地的红艳花丛中脱身。所以，很快她就眼皮发沉，感觉到必须坐下来，歇一歇，睡上一觉。

但是铁皮伐木人不让她这样做。

"我们必须加紧赶路，在天黑之前回到黄砖路上，"他说。稻草人也赞同他的看法，所以他们一直不停地往前走。最后，多萝茜再也站不稳了。她不由自主地合上眼睛，忘记了自己身在何处，倒在罂粟花丛中，酣然睡去。

"我们该怎么办呀？"铁皮伐木人问道。

"如果让她待在这儿，她会死的，"狮子说，"花的气味正在杀死我们大家。我自己勉强还能睁着眼睛，小狗已经昏睡过去了。"

确实是这样，托托已经倒在他的小女主人身边。不过稻草人和铁皮伐木人不是肉身，没有被花的香气袭扰。

"快跑吧，"稻草人对狮子说，"能跑多快跑多快，赶快跑出这片致命的花圃。我们会抬着小女孩儿一起走，但是你个子太大，如果你睡着了，我们抬不动你的。"

于是狮子强打起精神，纵身向前奔跑，能跑多快就跑多快。片刻之后，他就跑出了视野。

"我们用手做椅子，抬着她走，"稻草人说。他和铁皮伐木人抱起托托，放在多萝茜膝间，然后用他们的手做座位，用手臂做扶手，做了一张椅子，两人抬着昏睡的女孩儿，在花丛中穿行着。

他们走呀走，在他们周围，致命的罂粟花地毯仿佛大得没边，永远走不到尽头似的。他们顺着河流拐弯，最后碰到了他们的朋友狮子，他躺在罂粟花丛中，已经酣然睡去了。花的气味太浓烈，大兽也没能抗得住，终于放弃了。他倒下的地方，距离罂粟花圃的尽头只差一小段路程。在这一小段距离之外，在他们的前方，是美丽的绿色田野上绵延无尽的芳草。

"我们帮不上他，"铁皮伐木人悲伤地说，"他太重太重了，我们抬不起来。只好把他丢在这儿，让他永远睡不醒了。也许，他会梦见自己终于找到了勇气。"

"我很难过，"稻草人说，"作为一个那么胆小的家伙，狮子算是个非常好的伙伴了。我们接着往前走吧。"

他们抬着熟睡的女孩儿来到河边一处秀丽的地方，离开罂粟花田足够远，可以让她不再呼吸到罂粟花的毒素。他们将她轻轻地放在柔软的草上，等待清新的微风将她吹醒。

第九章　田鼠女王

"这会儿，我们大概已经离黄砖路不远了，"稻草人站在女孩儿旁边，开言道，"因为我们往回跑的路，已经跟河水把我们冲出去的路差不多长。"

铁皮伐木人正要答话，却听到一声低沉的咆哮。他转过头去（他的头在铰链上转动起来很优美），看见一只奇怪的兽跳跃着跑过草地，向他们奔来。其实，那是一只黄色的大野猫；伐木人估摸它一定是在追什么东西，因为它耳朵紧贴着脑袋，嘴巴张得很大，露出两排丑陋的牙齿；它的一双红眼睛则像两个火球一样，放着灼灼的亮光。等它跑近些时，铁皮伐木人才看清楚，有一只灰色的小田鼠在那只兽前面奔跑着。他虽然没有心，却也知道，一只野猫想杀死一个这么漂亮而且无害的小生灵，那是不对的。

于是伐木人举起斧子，在野猫跑过他身边的当口，迅速地砍了下去。那只兽一下子就脑袋和身体分了家，被削成了两截，在伐木人脚下翻滚着。

田鼠摆脱了敌人的威胁，猛地停下来，慢慢地走到伐木人跟前，用尖细的声音说道：

"啊，谢谢你！多谢你救了我的命。"

"求你别这样说，"伐木人答道，"你知道，我没有心，所以我总是很留意，乐于帮助所有需要朋友援救的人，即使碰巧它只是一只鼠。"

"只是一只鼠！"小动物愤愤地嚷道，"嗨，我可是一个女

46

王——所有田鼠的女王！"

"啊，的确！"伐木人说，鞠了一躬。

"所以你救我的命，不但是做了一件勇敢的事，也是做了一件了不起的事。"女王补充道。

就在这时候，又出现了几只田鼠，它们颠着小腿儿，尽可能快地跑了过来。看见女王后，它们嚷嚷道：

"啊，陛下，我们还以为您会被大野猫杀死呢！您是怎样逃脱的？"它们都深深地深深地向小小女王鞠躬，差一点就变成拿大顶了。

"这个有趣的铁皮人杀死了野猫，救了我的命，"她答道，"所以，从此以后你们必须服侍他，他怎么吩咐你们就怎么做，不能让他有一丁点儿不顺心。"

"遵命！"所有的田鼠用尖尖的声音，齐声喊叫着应道。紧接着，它们就四散逃开了，因为托托已经从睡梦中醒来。他看见周围的田鼠，就高兴地吠了一声，纵身一跳，正好落在这一帮田鼠中间。从前托托住在堪萨斯的时候，老是爱追逐老鼠，他看不出那样做有什么害处。

铁皮伐木人捉住小狗，紧紧地抱在臂弯里，对田鼠们喊道，"回来，回来！托托不会伤害你们的。"

田鼠女王听到伐木人的喊叫声，从一蓬草下面探出脑袋，用怯怯的声音问道："他肯定不会咬我们？"

"我会抱住他不放手，"伐木人说，"所以你们不用害怕。"

田鼠们一个个悄没声儿地跑了回来。托托不再吠叫，不过他挣扎着要从伐木人怀里下来。而且，如果不是因为他明白伐木人是白铁皮做的，他还要咬伐木人呢。最后，一只个子最大的田鼠说话了。

"有什么事我们可以效劳？"它问道，"你救了女王的命，我们想报答你。"

"我想不出有什么事，"伐木人答道。但是稻草人说话了，刚才他一直在动脑筋，却动不出来，因为他脑袋里装的是稻草。他就直截了当地说："啊，有的；你们可以救我们的朋友胆小鬼狮子，他在罂粟花圃里昏睡过去了。"

"一头狮子！"小小女王嚷道，"嗨，他会把我们全都吃了的。"

"哦，不会的，"稻草人断言道，"这只狮子是个胆小鬼。"

"真的么？"田鼠女王问道。

"这是他自己说的，"稻草人答道，"而且只要是我们的任何一个朋友，他决不会伤害。如果你们帮忙救醒他，我保证，他会非常和善地对待你们大家。"

"很好，"女王说，"我们相信你。可是我们该怎样做呢？"

"是不是有许多许多田鼠叫你女王，愿意服从你？"

"啊，是的；有成千上万呢，"她答道。

"那就把它们全都叫来，越快越好，让它们每一个都带一根长绳子。"

女王转过身去对着侍候她的田鼠，吩咐它们立刻散开，去把她所有的子民叫来。它们一听到她的旨意，立刻以最快的速度，朝各个方向跑去。

"现在你得去河边，"稻草人对铁皮伐木人说，"用那些树做一辆运狮子的车子。"

伐木人立刻跑到树那儿，开始工作起来。他很快就削去树杈上的所有枝叶，用它们做了一辆大车。他用木钉把车身整合好，从一棵大树的树干上截下窄窄的几段，做了四个轮子。他做得又好又快，田鼠们刚开始一个个赶到，车子就已经做好，在那儿等着它们了。

成千上万的田鼠从四面八方赶来了，有大田鼠，有小田鼠，有中等个子的田鼠，每一个嘴里都叼着一根绳子。大约就在这个时候，多萝茜从长时间的昏睡中醒过来，睁开了眼睛。她诧异得不得了，发现自己居然躺在草地上，周围站着成千上万只田鼠，一个个都怯怯地望着她。稻草人给她讲了发生的一切，然后转过去对着尊贵的田鼠小女王，说道：

"请允许我把女王陛下介绍给你。"

多萝茜庄重地点点头，女王行了个屈膝礼，她们俩马上就非常友好了。

稻草人和伐木人动手干活儿，他们用田鼠们带来的绳子，给田鼠们套车。每一根绳子的一端系在一只田鼠的脖子上，另一端系在车上。当然，车子很大，比任何一只拉车的田鼠，都要大一千倍。但是当所有的田鼠都套上车后，它们很轻易地就能拉动它。连稻草人和铁皮伐木人也可以坐在车上，由这些奇特的小马儿拉着，向狮子躺倒昏睡的地方快速驶去。

狮子很沉，他们费了很多事，才辛辛苦苦把他弄上车。接着女王赶忙下旨，叫她的民众立刻出发，因为她担心，如果田鼠在罂粟花田里待的时间太长，它们也会昏睡过去。

一开始，那些小生灵虽然为数众多，却几乎不能撼动载了重物的车子；但是伐木人和稻草人两个都跑到车后面去推，它们拉起来就轻松多了。车轮滚动着，他们很快把狮子弄出了罂粟花圃，来到绿色的田野里。在这儿，他可以呼吸到清新的空气，不再吸罂粟花有毒的香气。

多萝茜走上前来迎接他们，热忱地感谢田鼠们把她的伙伴从死亡边缘救了回来。她已经很喜欢大个子狮子，这一回他死里逃生，她非常高兴。

接下来，田鼠们从车上松了套，四散开来，穿过草地回家去。田鼠女王最后一个离开。

"以后如果再有事需要帮忙，就到田野里来叫唤我们，"她说，"我们会听到的，会来援助你们的。再见！"

"再见！"大家一起应道。女王奔跑着离开的时候，多萝茜紧紧地抱着托托，以免他去追，使她受惊吓。

田鼠们走后，他们在狮子旁边坐下来，等他苏醒。稻草人从附近的一棵树上摘了些水果拿给多萝茜，她接过去当做午餐吃了。

第十章　城门卫士

过了好一会儿胆小鬼狮子才醒过来，因为他在罂粟花丛中时间比较长，呼吸了不少致命的香气。但是当他睁开眼睛，从车子上滚下来，发现自己还活着时，他非常非常高兴。

"我尽力快跑，"他坐下来，打了个哈欠，说道，"但是花香太厉害了，我抵挡不住。你们是怎样把我弄出来的？"

他们就给他讲了田鼠的事，告诉他田鼠们怎么仗义相助，把他从死亡边缘救了回来。胆小鬼狮子听了哈哈大笑，他说：

"我一向以为自己个子大，很了不起。可是花儿那么小的东西却差一点杀死我，田鼠那么小的动物却救了我的命。这一切多么奇怪哟！伙伴们，现在我们做什么呢？"

"我们得继续往回走，回到黄砖路上去，"多萝茜说，"然后，我们可以一直往前走，去翡翠城。"

狮子终于振作起来，觉得自己完全恢复了。于是，全体成员重新出发。走在柔软清新的草地上，他们极其快活和舒心。没过多久，他们就回到了黄砖路上。他们重新转过脸去，面对着伟大的奥兹所居住的翡翠城，前进。

这里的路铺得平整光滑，四周的乡野景色秀丽。所以，这些行路人很高兴把森林，连同他们在森林的幽暗阴影中遇到过的许多危险，都远远地甩在了身后。他们又一次看到路边建着栅栏，但这儿的栅栏全都漆成了绿色。有一回，他们来到一所明显是农夫住宅的小屋跟前，它也漆成了绿色。那天下午，他们经过好几所这样的屋子，有时屋子里的人会走到门口，眼睛望着他们，仿佛想对他们提问似的。但是，并不曾有人走到他们跟前来，同他们说话；原因在于大狮子，人们非常惧怕他。这儿的人身上的衣服颜色都是一种可爱的翡翠绿，头上戴的帽子和芒奇金人一样，是尖顶形状的。

"这一定是奥兹的领地，"多萝茜说，"我们肯定离翡翠城不远了。"

"是啊，"稻草人应道，"这儿的一切都是绿色的；在芒奇金人的地界，特别受人喜爱的颜色是蓝色。不过，这儿的人好像没有芒奇金人那么友好，恐怕今晚我们会找不到地方过夜呢。"

"除了水果，我还想吃点别的东西，"女孩儿说，"托托肯定快要饿了。走到下一所房子跟前我们停一下，跟人家说说话。"

于是，当他们来到一所宽大的农舍跟前时，多萝茜大着胆子走上前去，叩了门。

一位妇人把门打开来一条缝，刚好够看得见外面。她说："孩子，你想要什么呢，那头大狮子为什么和你在一起？"

"如果你允许的话，我们想在你家过夜，"多萝茜答道，"狮子是我的朋友和同伴，无论如何绝对不会伤害你的。"

"他驯顺么？"妇人问，把门开大了一点。

"是啊，"女孩儿说，"他还是个胆小得要命的家伙。你怕他，他更怕你呢。"

"嗯，"妇人把事情想了一遍，又瞥了狮子一眼，然后说道，"如果真是这样，你们可以进来，我给你们一顿晚饭，一个睡觉的地方。"

于是大家进了屋。这个人家除了这位妇人，还有两个孩子和一个男子。男子伤了腿，躺在角落里一张睡榻上。看见走进来的是这样奇怪的一个团队，他们惊讶极了；趁妇人忙着摆放餐桌，男子问道：

"你们大家伙儿要去哪里？"

"去翡翠城，"多萝茜说，"去见伟大的奥兹。"

"哦，是嘛！"男子嚷道，"你们确信奥兹会见你们么？"

"干吗不呢？"她答道。

"呀，我们听说他从来不见任何人的。我去过翡翠城许多次，那是一个美丽又奇妙的地方。但我从来不曾得到许可去觐见伟大的奥兹，也没有听说过哪个活着的人见过他。"

"是不是他从来不出门？"稻草人问。

"是啊。他日复一日坐在宫里面的大宝座上，连那些侍候他的人，也不曾面对面见过他。"

"他什么模样？"女孩儿问。

"那就很难说了，"男子沉思着说道，"你知道的，奥兹是一个伟大的巫师，能够随心所欲地显现成任何形象。有人说他像一只鸟，有人说他的样子像一头大象，还有人说他的模样像一只猫。在另一些人面前，他显形为美丽的仙女，或者棕仙（译注：传说中夜间帮人做家务的善良的小精灵），或者他自己喜欢的任何形象。但是奥兹的真容什么样，什么时间他显现的是本相，没有一个活着的人说得出来。"

"这真是很奇怪，"多萝茜说，"但我们必须试一试，想个办法见到他，否则我们就大老远白跑这一趟了。"

"你们为什么想见可怕的奥兹呢？"男子问。

"我希望他给我大脑，"稻草人急切地说。

"哦，这事儿奥兹轻而易举就能办到，"男子断言道，"他有很多大脑，自己根本用不完。"

"我希望他给我一颗心，"铁皮伐木人说。

"这事儿他办起来一点都不麻烦，"男子接着说道，"因为奥兹收藏了很多心，所有尺寸各种形状的他都有。"

"我希望他给我勇气，"胆小鬼狮子说。

"奥兹储存了一大罐的勇气在他的宝座殿里，"男子说，"他用一只金盘子盖着罐子口，不让那些勇气跑掉。他也许会乐意拿一些给你的。"

"我希望他送我回堪萨斯，"多萝茜说。

"堪萨斯在哪儿？"男子惊讶地问。

"我说不清楚，"多萝茜惨兮兮地说，"可那是我的家乡，它肯定就在某个地方。"

"很有可能。嗯，奥兹是无所不能的，所以我猜想，他会帮你找到堪萨斯。但首先你们得见到他，这就是一件很难办到的事了，因为伟大的巫师不想见任何人，他凡事都有他自己的道道。对了，你想要什么呢？"他接着往下说，这一回他是问托托。托托只摇了摇尾巴；因为呀，说来也怪，狗狗不会说话。

这时妇人来叫他们了，说是晚饭已经准备好，于是他们围着餐桌坐了下来。多萝茜喝了点可口的粥，吃了一碟炒蛋和一盘精制的白面包，吃得很舒心。狮子喝了些粥，但一点也不喜欢喝。他说粥是燕麦做的，燕麦是给马吃而不是给狮子吃的。稻草人和铁皮伐木人什么都没有吃。托托每样东西都吃了一点，他很高兴又好好地吃了一顿晚餐。

饭后，妇人给多萝茜安排了一张床睡觉。托托在她身边躺了下来，狮子守在她房间的门口，以免她受到打扰。稻草人和铁皮伐木人站在房间一个角落里，一整夜都安安静静。自然，他们俩是无法睡觉的。

第二天早晨，太阳刚升起来，他们就上路了。不久他们就看见，在前方不远的空中，闪耀着一片美丽的绿光。

"那一定就是翡翠城，"多萝茜说。

他们越往前走，那片绿光就变得越亮。看起来，他们终于接近旅途的终点了。不过，等他们走到巨大的城墙边的时候，时辰早已经过了中午。城墙又高又厚，刷成一种鲜亮的绿色。

在他们前方，在黄砖路的尽头，是一道巨大的城门。门上缀满了翡翠饰钉，在太阳照射下，它们闪耀着辉煌灿烂的光，连稻草人那双画出来的眼睛都被眩花了。

城门旁有一个门铃，多萝茜摁了按钮，听见里面响起一阵银铃般的叮当声。接着，大门缓缓地向两边转动着打开了。他们全体走进去，发现自己到了一个高高的拱形厅里，它的墙壁上，无数的翡翠在闪烁着光芒。

他们面前站着一个小个子男子，身体尺寸和芒奇金人相同。他从头到脚穿着一身绿，连皮肤都带着一点绿的色泽。他身边有一只绿色的大箱子。

看见多萝茜和她的同伴走进来，男子问道，"你们来翡翠城有什么事？"

"我们来见伟大的奥兹，"多萝茜说。

听到这样的回答，男子很惊讶。他坐下来，思考了一番。

"居然想见奥兹。已经有很多年没人向我提出这样的要求了，"他一边说，一边很不解地摇着脑袋，"他法力广大，而且非常可怕。如果你们带着无聊或愚蠢的使命来打扰伟大的巫师，搅了他的清修慧觉，他可能会发怒，在瞬息间灭了你们的。"

"但我们的使命并不愚蠢，也不无聊，而是很重要，"稻草人答道，"我们听说，奥兹是一个好巫师呢。"

"他确实是好巫师，"绿衣男子说，"而且是个英明的统治者，把翡翠城治理得井井有条。但是对于那些不诚实的人，或者是出于好奇想接近他的人，他是极可怕的。极少有人胆敢请求见他的面。我是城门卫士，既然你们要求觐见伟大的奥兹，我就必须带你们去他的宫殿。但首先你们得戴上眼镜。"

"为什么呢？"多萝茜问。

"这是因为，如果你们不戴眼镜，翡翠城的辉煌和荣光就会使你们失明。就连住在城里的本地人，也必须日夜戴着眼镜。所有的眼镜都要上锁，因为这城刚建的时候，奥兹就下了这样的命令。唯一一把开锁的钥匙在我手上。"

他打开了大箱子，多萝茜看见箱子里满满的都是眼镜，所有尺寸、各种形状的都有。城门卫士找到一副正合适多萝茜的，给她戴上了。

银镜上有两条金带子，箍到脑袋后面，锁合在一起。开锁的小钥匙悬在一根链子的末端，挂在城门卫士的脖子上。眼镜锁上以后，多萝茜再想摘就拿不下来了。当然，她并不希望被翡翠城刺目的强光弄成瞎子，所以就乖乖地什么也没有说。

接着，绿衣人给稻草人、铁皮伐木人和狮子都各找了一副合适的眼镜戴上，就连小托托也戴了一副，每一位的银镜都用那把钥匙锁紧了。

然后，城门卫士给自己戴上眼镜，对他们说，他已经准备好带他们去看宫殿。他从墙上的一根木钉上面摘下一把很大的金钥匙，打开了另一扇门。他们全体跟在他后面，穿过这入口，来到翡翠城的大街上。

第十一章　奇妙的奥兹之城

　　虽然有绿色眼镜的保护，多萝茜和她的朋友们走进这奇妙的城池时，一开始还是被它的光辉眩花了眼睛。街旁是两排美丽的房屋，全是绿色大理石造的，缀满了闪闪发光的翡翠。他们的脚下，是一条用同样的绿色大理石铺砌的马路。铺路石块之间的每一道接缝，都密密地嵌排着翡翠，在明媚的阳光下闪闪发亮。窗户上镶的是绿色的玻璃，连头顶上的天空也带着绿的色调，太阳的光线也是绿色的。

　　街上来来往往有许多人，男人、女人、孩子。他们全都穿着绿色的衣服，皮肤也带一点绿。那些人投过来好奇的目光，望着多萝茜和她的搭配得很奇怪的团队。孩子们看到狮子后，全都立刻逃开，躲到母亲身后。没有人和他们说话。街旁排列着不少店铺，多萝茜看见店里的每一样货物都是绿色的。放在柜台上卖的，有绿色的糖果和绿色的爆玉米花，还有各式各样的绿色鞋子、帽子和衣服。有一个摊位上，一个男子在卖绿色的柠檬水；孩子们过去买水付钱的时候，多萝茜看见他们手里的钱币也是绿色的。

　　好像没有马，也没有任何一种别的动物。人们用绿色的小车子搬运东西，那种车子他们是从车后面推着走的。好像人人都快乐满足，吉祥如意。

　　城门卫士引领着他们穿过一条条大街，最后来到一幢大建筑物跟前。它位于城池的正中央，是伟大巫师奥兹的宫殿。宫门前站着一个士兵，身穿绿色制服，长着一副长长的绿色胡须。

　　"来了几个外地人，"城门卫士对士兵说，"他们要求觐见伟大的奥兹。"

"请进，"士兵应道，"我去给你们通报。"

于是他们走进宫殿大门，被领到一间大厅里。厅里面铺着绿色的地毯，摆放着绿色的家具；所有家具上都镶着翡翠，非常可爱。进大厅之前，士兵让他们一个个都在门前停一停，在一块绿色地垫上擦了擦鞋底。他们坐下之后，他彬彬有礼地说道：

"你们请随意，我去宝座殿门口，向奥兹通报你们的光临。"

他们等了很长时间也不见士兵回来。士兵终于回来后，多萝茜问道：

"你见到奥兹了么？"

"哦，没有，"士兵答道，"我从没有见过他。但是我向他通报了你们的消息，他坐在屏风后面，我隔着屏风对他说话。他说，既然你们诚心求见，他就允你们拜谒一回；但是你们必须一个一个单独去见他，而且他每天只见一位。这样看来，你们必须在宫里待上几天了。我会派人带你们去房间，你们经过长途跋涉，应该舒舒服服休息一下。"

"谢谢，"女孩儿答道，"多谢奥兹的恩典。"

士兵吹响一支绿色的笛哨，立刻就有一个年轻女孩走进了大厅。她身穿漂亮的绿色丝袍，有一头可爱的绿色头发，一双可爱的绿色眼睛。她向多萝茜深深地一鞠躬，说道："请跟我来，我带你去房间。"

于是多萝茜向所有的朋友说再见，只除了托托。她把小狗抱在臂弯里，跟随着绿衣女孩，经过七条过道，上了三段楼梯，最后来到宫殿前首的一个房间里。那是一个天底下最美妙可爱的小房间，里面有一张柔软舒适的床，床上铺的是绿丝绸的床单，支的绿天鹅绒的床罩。房间中央有一眼小小的喷泉，绿色的香水喷到空中散成水花，又落回到一个美丽的绿色大理石雕花盆里。窗台上开放着美丽的绿色花朵，一个架子上放着一排绿色的小书。多萝茜有时间翻开那些书时，发现书里面有许多古怪的绿色插图，让她看了直想笑，那些图真是太有趣了。

衣橱里放着许多绿色衣服，有丝绸的，缎子的，也有丝绒的；所有的衣服都正合多萝茜的身。

"你就当是自己在家里，一点都不用客气，"绿衣女子说，"想要什么东西就按铃。明天早晨奥兹会派人来唤你。"

她让多萝茜独自待着，自己回去安排其他人，把每一个人引领到各自的房间。他们一个个都发现，自己住的是宫殿里面的好地方，很惬意的房间。当然，这样的优待对于稻草人是一种浪费，因为当他发现自己独自一人待着时，就傻乎乎地站在房间门口，再也不挪动地方，一直待到天明。就算躺下来，他也不可能睡着，而且他无法闭上眼睛。所以，他就整夜盯着一只小蜘蛛看，看它在房间的一个角落里织网，仿佛他的栖身之处，并不是天底下最美妙的一个房间似的。铁皮伐木人出于习惯，在床上躺下了，因为他记得自己还是肉身的时候。但他无法入睡，就不断地来回活动身体上的关节，以此确保它们处于良好的状态，以此来打发整个夜晚。狮子呢，他并不喜欢关在房间里，真希望周围是森林，用干树叶铺一张床。但他很明智，不想让自己为此而烦恼，就一纵身跳上了床，像一只猫一样蜷缩起身子。过了一分钟，他就呼噜呼噜睡着了。

第二天早晨，早餐过后，绿衣少女来领多萝茜。她给多萝茜穿上一件最漂亮的长外衣，是绿缎子做的。多萝茜给自己围了一条绿丝围裙，又在托托的脖子上系了一条绿丝带，就离开房间，前往伟大的奥兹的宝座殿。

他们先来到一个大殿里，这儿有许多宫廷贵妇和绅士，一个个穿戴得富丽堂皇。这些人在大殿里并没有事做，只是互相交谈。他们虽然从来得不到许可觐见奥兹，却每天早晨来到宝座殿外面等候。多萝茜进来的时候，他们好奇地看着她，其中一个悄声问道：

"你真的要抬起头，仰望可怖者奥兹的脸么？"

"当然，"女孩儿答道，"如果他愿意见我的话。"

"哦，他愿意见你，"去禀报的士兵回来说，"不过他不喜欢有人求见。其实，一开始他很生气，说我应该把你打发走，从哪儿来就回哪儿去。后来他问我你的模样，我提到你的银鞋时，他非常感兴趣。最后我给他讲了你前额上的印记，他就决定准你觐见了。"

正在这时，铃响了。绿衣女孩对多萝茜说："这是信号。你必须独自一人进宝座殿。"她打开一扇小门，多萝茜勇敢地走进去，发现自己来到了一个美妙的地方。这是一个巨大的圆形殿堂，高高的拱形屋顶、墙壁、天花板和地板上都严丝合缝地铺着大块的翡翠。屋顶中央吊着一盏大灯，像太阳一样明亮，照得满室翡翠辉映出令人惊叹的华彩。

最吸引多萝茜的，是矗立在殿堂中央的巨大宝座。它是绿色大理石的，像殿堂里的其他物件一样，闪烁着宝石的光芒。它的形状像一把椅子，椅子中间是一颗硕大的脑袋，没有身体支撑，也没有胳膊腿，什么也没有。这颗脑袋上面没有头发，却有眼睛、鼻子和嘴，它比最大的巨人头颅还要大许多。

正当多萝茜带着好奇和畏惧凝视它时，它的两只眼睛缓缓地转了过来，犀利而沉稳地注视着她。然后它的嘴巴动了，多萝茜听见一个声音说道：

"我是奥兹，大法师和可怖者。你是谁，为什么要找我？"

她料想声音是从大脑袋里发出来的，但听上去并不那么可怕。于是她鼓起勇气，答道：

"我是多萝茜，小人物和柔弱者。我来请求你的帮助。"

眼睛若有所思地看了她整整一分钟。然后声音说道：

"这双银鞋你从哪儿得到的？"

"从东方的邪恶女巫身上。我的房子掉在她身上，砸死了她，"她回答说。

"你前额上的印记从哪儿来的？"声音接着问。

"北方的善女巫叫我来见你，她和我道别时吻我的额头留下的，"

女孩儿说。

两只眼睛再一次犀利地看着她，它们看得出来，她说的是真话。于是奥兹问："你希望我做什么？"

"把我送回堪萨斯，我的婶婶爱姆和叔叔亨利所在的地方，"她很认真地说，"我不喜欢你的国家，虽然它那么美丽。我离开了那么长时间，婶婶爱姆肯定担心得要命。"

那双眼睛眨了三次，然后抬起来看着天花板，又垂下去看着地板，然后非常奇怪地转来转去，好像把殿堂里的每一个地方都看了一遍。最后，它们又重新看着多萝茜。

"我为什么要帮你呢？"脑袋问。

"因为你强大我弱小，因为你是一个伟大的巫师，我只是一个小女孩。"

"但是你够强大的，你杀死了东方的邪恶女巫呢，"脑袋说。

"那是碰巧了，"多萝茜率真地应答道，"当时我自己作不了主。"

"嗯，"脑袋说道，"我给你一个答复吧。你没有权利指望我把你送回堪萨斯，除非你做些事情回报我。在这个国家，人人都必须为自己得到的每一样东西付出代价。你希望我用法力送你回家，就必须首先为我做一点事。你帮助我，我才会帮助你。"

"你要我做什么呢？"女孩儿问。

"杀死西方的邪恶女巫，"脑袋答道。

"可那是我办不到的事呀！"多萝茜大吃一惊，嚷道。

"你杀死了东方女巫，穿上了银鞋，这双鞋有很厉害的魔力。现在这片国土上已经只剩下一个邪恶女巫，什么时候你能够告诉我说她已经死了，我就把你送回堪萨斯——在这之前是不可能的。"

小女孩开始哭泣，她失望极了。两只眼睛又眨了眨，用渴望的眼神看着她，仿佛伟大的奥兹觉得，只要小女孩愿意，她就有能力帮助他似的。

"我从来不曾故意杀死过任何生灵，"她抽泣着说，"即使我想杀死邪恶女巫，我怎么办得到呢？大法师和可怖者啊，如果你自己杀不了她，怎能指望我办成这件事呢？"

"我不知道，"脑袋说，"但这就是我的答复。只有等到邪恶女巫死了，你才能再见到你的叔叔和婶婶。记住，西方女巫是邪恶的，邪恶之极，应该被杀死。现在你去吧，完成任务之前，不要再请求见我。"

多萝茜悲伤地离开宝座殿，回到狮子、稻草人和铁皮伐木人身边，他们正在等消息，想听听奥兹对她说了些什么。"我没有希望了，"她伤心地说，"如果我不把西方的邪恶女巫杀死，奥兹就不会送我回家；那可是我永远办不到的事。"

朋友们很难过，但是帮不了她。于是多萝茜回到自己房间里，躺在床上，哭着哭着，睡着了。

第二天早晨，绿胡子士兵来到稻草人的房间，对他说：

"随我来，奥兹派我来叫你。"

稻草人就跟他过去了。得到准许后，他迈步走进巨大的宝座殿。进殿后，他看见翡翠宝座上坐着一位最可爱的夫人。她穿着绿绸纱，飘拂的发卷上戴着一顶珍珠冠。从她的双肩生出来两只翅膀，色彩绚烂，轻盈无比，即使有一丝最轻微的风的气息吹到上面，也会让它们振动起来。

在这美丽的造物面前，稻草人鞠了一躬。他的稻草填塞的身体弯下来时，他尽了最大的努力，让自己的姿势优雅些。她抬起头来，亲切地看着他，说道：

"我是奥兹，大法师和可怖者。你是谁，为什么要找我？"

稻草人很吃惊。他原以为见到的会是一个大脑袋呢，就像多萝茜告诉他的那样。不过，他勇敢地回答了她的问话。

"我只是一个稻草人，是用稻草填塞成的，所以我没有大脑。我来见你，是想祈求你用一个大脑取代稻草，安在我脑袋里。有了大脑，我就跟你国土上的其他人一样，能做一个真正的人了。"

"我为什么要帮你呢？"夫人问。

"因为你聪慧贤明、法力广大，没有别的人能帮我，"稻草人答道。

"我施恩惠从来不可以没有回报的，"奥兹说，"我给你这样一个许诺吧：如果你为我杀死西方的邪恶女巫，我就赐给你一个很大，并且很棒的大脑，使你成为奥兹国全境最最聪明的人。"

"我还以为，杀死女巫的事你是要多萝茜去做的呢，"稻草人惊讶地说。

"我确实也对她提出了这样的要求。我不在乎杀死那女巫的是哪一个。不过，在女巫死掉之前，你的愿望我不会准。你既然那么渴望得到大脑，那就去吧，在你靠自己挣到它之前，不要再来找我。"

稻草人悲伤地回到朋友们身边，把奥兹所说的话告诉了他们。多萝茜听说稻草人所见跟自己见到的不一样，伟大的巫师不是一个脑袋，而是一位可爱的夫人，感到很惊讶。

"尽管她是一位可爱的夫人，"稻草人说，"却像铁皮伐木人一样，需要一颗心。"

第二天早晨，绿胡子士兵来到铁皮伐木人的房间，对他说：

"奥兹派我来叫你，随我来吧。"

铁皮伐木人就跟着士兵过去了。他站在巨大的宝座殿跟前，琢磨着自己见到的奥兹会是一位可爱的夫人呢，还是一个大脑袋。他希望见到的是一位可爱的夫人，"因为，如果是脑袋，肯定不会给我一颗心的；"他对自己说，"一颗脑袋自己也没有心，就不可能同情我。但如果是夫人，我就苦苦地乞求一番，跟她要一颗心，因为据说所有的夫人心肠都非常好。"

可是，伐木人走进巨大的宝座殿之后，看到的既不是脑袋也不是夫人，因为这一回，奥兹显形为一种最可怕的野兽。它差不多有大象那么高，看上去，绿色大理石宝座都好像不够牢固，承受不住它的重量呢。它的脑袋跟犀牛很相像，只不过它脸上有五只眼睛。它的身上长着五条长长的手臂，腿同样也是五条，细细长长的。它

63

全身的每一个部位都覆盖着浓密而卷曲的毛发，真想象不出，还有什么怪物样子会比它更可怕。幸运的是，铁皮伐木人当时还没有心，否则的话，他的心会因为恐惧而跳得很响、很快。伐木人是白铁皮做的，根本就不会害怕，不过，他非常失望。

"我是奥兹，大法师和可怖者，"野兽说道，它的声音是一种狂叫怒吼，"你是谁，为什么要找我？"

"我是一个伐木人，是白铁皮做的，所以我没有心，不能爱。我祈求你给我一颗心，让我像别的人一样。"

"我为什么要帮你呢？"野兽质问道。

"因为我需要心，又只有你能准我的请求。"

听到这样一个回答，奥兹低沉地咆哮了一声，粗暴地说："如果你真的想要一颗心，就必须自己去挣。"

"怎样挣呢？"伐木人问。

"帮助多萝茜杀死西方的邪恶女巫，"野兽答道，"女巫死后，你再到我这里来。到那时，我会给你奥兹国全境最大、最善良、最懂得爱的那颗心。"

铁皮伐木人只好退出去。他悲伤地回到朋友们身边，讲述了他见到可怕野兽的情形。大家觉得奇怪得要命，伟大的巫师竟然能有许多变身。狮子就说：

"我去见他的时候，如果他是一头野兽，我就发出最大的吼声，把他吓坏，那样他就会准了我所有的要求。如果他是一位可爱的夫人，我就假装扑她，胁迫她按照我的吩咐去做。如果他是大脑袋，他就只好任凭我摆布了；我要在殿堂里到处滚动那个脑袋，直到他答应满足我们大家的愿望为止。所以啊，你们振作一点吧，还有可能一切都会好呢。"

第二天早晨，绿胡子士兵领着狮子来到巨大的宝座殿，吩咐他进去见奥兹。

狮子立刻走进门，扫视着殿堂四周。他看见宝座前面是一个火球，不由得大吃一惊。它熊熊地燃烧着，发着炽烈的光，他盯着它看时眼睛几乎受不了。他最初的想法是，奥兹意外着火了，烧了起来。可是他向前靠近的时候，却发现热焰逼人，烤焦了他的胡子。他哆嗦着往后退，爬回到靠近门口的地方。

这时，从火球里发出了一个低低的、平静的声音，下面是它所说的话：

"我是奥兹，大法师和可怖者，你是谁，为什么要找我？"

狮子答道："我是一头胆小鬼狮子，什么都害怕。我来见你，是想乞求你给我勇气，好让我真正成为百兽之王，就像人们称呼我的那样。"

"我为什么要给你勇气呢？"火球质问道。

"因为在所有男巫中你是最伟大的，只有你才有法力准我的请求。"狮子答道。

有一会儿火球燃烧得很猛烈，过后，那声音说道："什么时候你把邪恶女巫已死的证据带来给我，什么时候我给你勇气。但只要那女巫还活着，你必定还是个胆小鬼。"

狮子听了这番话很生气，但他无言以对。他静静地站在那儿瞪着火球，它却变得灼热难当了，他只好掉转尾巴，冲出了殿堂。他高兴地发现朋友们在等着他，就给大家讲述了他和巫师的这次可怕的会面。

"现在我们怎么办呢？"多萝茜伤心地问。

"我们只有一件事可以办，"狮子答道，"那就是到温基人的地界去，找到邪恶女巫，消灭她。"

"假如我们办不到呢？"女孩儿说。

"那我就永远没有勇气，"狮子断言道。

"我就永远没有大脑，"稻草人跟上一句。

"我就永远没有心，"铁皮伐木人说。

"我就再也见不到婶婶爱姆和叔叔亨利，"多萝茜说，她哭了起来。

"当心！"绿衣女孩嚷道，"泪水会掉在绿缎子衣服上，把它弄脏的。"

于是多萝茜擦干眼睛，说道："我想呀，我们必须去试一试。但我肯定是不想杀死任何人的，就算为了再见到婶婶爱姆，我也不会。"

"我和你一起去，但我是个胆小鬼，干不了杀女巫这件事，"狮子说。

"我也去，"稻草人宣布说，"但我是一个很傻的傻瓜，帮不了你多少忙。"

"我没有心，就算是个女巫，我也无心去伤害她，"铁皮伐木人说，"但如果你去，我当然会和你一起去。"

事情就这样定下来了，他们准备第二天早晨出发。伐木人找了一块绿色磨刀石，磨快了他的斧子，又给自己全身的关节适当地上了些油。稻草人给自己的身体里填塞了新的稻草，多萝茜用颜料给他重新描画了眼睛，好让他看得更清楚些。那个对他们很好的绿衣女孩，给多萝茜的篮子里装满了好吃的东西，又用绿丝带把一个小铃铛系在托托的脖子上。

他们早早地上了床，一夜酣睡到天亮。叫醒他们的，是一只绿色公鸡的喔喔声，和一只下了绿蛋的母鸡的咯咯声，它们住在宫殿的后院里。

第十二章　搜寻邪恶女巫

绿胡子士兵引领着他们穿过翡翠城的一条条大街，一直把他们送到城门卫士的住所。那士官给他们的眼镜开了锁，把所有眼镜放回到他的大箱子里，然后彬彬有礼地为我们的这些朋友打开了城门。

"走哪一条路可以找到西方的邪恶女巫呢？"多萝茜问。

"没有路可以走的，"城门卫士答道，"从来不曾有人希望走上那样一条路。"

"那么，我们怎样找到她呢？"女孩儿询问道。

"那很容易，"士官答道，"她知道你们到了温基人的地界，就会来找你们，把你们大家变成她的奴隶。"

"也许结果不会是这样，"稻草人说，"因为我们打算消灭她。"

"啊，那就不一样了，"城门卫士说，"以前从来不曾有人消灭她，所以，我自然就想到她会像对付别人一样，把你们变成奴隶。不过你们要小心，因为她邪恶而且凶残，不会让你们有机会消灭她。一直往西走，走到太阳落山的地方，不会找不到她的。"

他们向他道了谢，告了别，转身向西走去。他们走在原野上，脚下是柔软的草，周围草丛中星星点点，点缀着雏菊和毛茛。多萝茜的身上，仍然是她在宫殿里穿上的那件漂亮的缎子衣服；可是她惊讶地发现，现在它不再是绿色的了，已经变成纯白。系在托托脖子上的丝带也已经褪去绿色，变得像多萝茜的衣服一样白。

不久，翡翠城就远远地落在了后面。他们越往前走，地面就变得越来越高高低低，凹凸不平。西方的这个地界，没有农场，没有房屋，土地也没有耕耘过。

下午，太阳火辣辣地照在他们脸上，因为没有树木给他们遮阴。天还没有黑，多萝茜、托托和狮子就已经感到疲倦，躺倒在草上，睡着了。伐木人和稻草人在一旁守护着。

话说西方的邪恶女巫只有一只眼睛，不过这只独眼却像望远镜一样厉害，什么地方都看得见。那一天，她坐在她的城堡门口，偶尔望一下四周，看见了躺在地上睡着了的多萝茜，还看见了她周围的所有朋友。他们离城堡依然很远很远，但是邪恶女巫发现他们进入了她的地界，很生气。于是，她吹响了挂在脖子上的一只银哨子。

立刻，好大一群狼从四面八方跑了过来。他们长着长长的腿，凶恶的眼睛，尖利的牙齿。

"去，找到那帮人，"女巫说，"把他们撕成碎片。"

"你不想把他们变成你的奴隶么？"狼首领问。

"不，"她答道，"一个是白铁皮的，一个是稻草的；一个是女孩儿，一个是狮子。没一个适合干活儿，所以，你们可以把那帮家伙撕成一小块一小块。"

"很好，"狼首领说，全速冲了出去，别的狼跟在他后面。

幸好稻草人和伐木人完全醒着，听到狼群过来了。

"这一仗归我，"伐木人说，"你待在我身后，他们来了由我对付。"

他抓起了斧子，这斧子昨天他已经磨得很锋利。狼群首领冲到跟前，铁皮伐木人一挥胳膊，就把他的脑袋从身体上砍了下来，那匹狼立刻就死了。他刚来得及把斧子举起来，另一匹狼已经冲到跟前。这一匹也是同样的结局，倒在了铁皮伐木人的锋刃下。一共有四十匹狼，斧子也挥了四十下。就这样，他们全倒在伐木人面前，尸体摞成了一堆。

然后，伐木人放下斧子，在稻草人身边坐了下来。稻草人说："这一仗打得漂亮，朋友。"

他们一直安安静静，等到第二天早晨多萝茜醒来。小女孩看到一大堆粗毛狼尸，十分惊恐，不过铁皮伐木人把发生的一切都告诉了她。她感谢伐木人救了大家，然后坐下来用早餐。饭后，他们重新踏上了旅途。

同一个早晨，邪恶女巫来到城堡门口，睁开她那只远望千里的独眼，眺望着。她看见她的狼全都躺在那儿死了，那些异乡人仍然在她的地界上行路。这一回，她比上一次更生气了。她吹了两下银哨子。

立刻，好大一群野乌鸦向她飞了过来，遮天蔽日。

邪恶女巫对乌鸦王说："立刻飞到异乡人跟前去，啄出他们的眼珠，把他们撕成碎片。"

野乌鸦黑压压一大群向多萝茜和她的伙伴们飞去。小女孩看见他们飞来，很害怕。

但是稻草人说："这一仗归我，你们在我身边躺下，这样就不会受伤害了。"

于是大家躺在地上，只有稻草人站在那儿，伸直了胳膊。鸟类一向都害怕稻草人，那些乌鸦看见我们的这个稻草人，也是很害怕的。他们不敢上前，但是乌鸦王说：

"不就是个稻草填塞成的人么？我去把他的眼珠子啄出来。"

乌鸦王向稻草人飞来，稻草人一把揪住他的脑袋，拧他的脖子，把他弄死了。又一只乌鸦向稻草人飞过来，他的脖子同样也被稻草人拧断了。一共有四十只乌鸦，稻草人拧了四十回脖子。最后所有的乌鸦都送了命，躺在他脚下。然后，他把同伴们叫起来，大家又重新踏上了旅途。

邪恶女巫再一次眺望的时候，看见她所有的乌鸦都死了，躺在地上一大堆。她气得七窍生烟，吹了三下银哨子。

顿时，空中嗡嗡嗡响起好大的声音，一群黑蜂向她飞了过来。

"飞到异乡人那儿去，把他们蜇死！"女巫命令道。黑蜂们转了个方向，迅速地飞走了。他们向着多萝茜和她的朋友们行路的地方，直扑过去。但是伐木人看见了它们的来临，稻草人拿定了对付他们的主意。

"把我身体里的稻草掏出来，洒在小女孩、小狗和狮子身上，"他对伐木人说，"这样黑蜂就蜇不着他们了。"伐木人就照他的话做了。多萝茜怀里抱着托托，紧靠狮子躺着，所以，那些稻草足够把他们全身都盖住。

黑蜂飞过来一看，除了伐木人，没有人可以蜇，他们就扑上去，把刺蜇在白铁皮上。他们的刺全都折断了，伐木人却毫发无损。蜂类把刺弄断就活不成的，所以黑蜂们的末日到了，他们纷纷坠落在伐木人周围，积了厚厚一层，就像一小堆一小堆上等的好煤。

于是，多萝茜和狮子站了起来。女孩儿帮着铁皮伐木人把稻草塞回到稻草人身体里去，直到他完好如初。然后，他们再一次重新踏上旅途。

邪恶女巫看到她的黑蜂全倒毙在地上，像一小堆一小堆上等的好煤，她气得捶胸顿足，咬牙切齿，发疯似的拉扯着自己的头发。然后，她叫来了一打（译注：一打等于十二个）奴隶，他们是温基人。她发给奴隶们尖尖的长枪，吩咐他们去攻击异乡人，灭了他们。

温基人不是一个勇敢的民族，但这些温基人不得不按照女巫的吩咐去做。所以他们开拔了，一直开到多萝茜近前。狮子就一声怒吼，向他们扑了过去。那些可怜的温基人吓得魂飞魄散，撒开腿拼命往回逃。

奴隶们逃回城堡后，邪恶女巫用皮带猛抽了他们一顿，打发他们仍旧去做苦工。然后她坐下来，考虑下一步怎么办。她想不通，消灭异乡人的计划怎么会一个个全都失败。但她既是个邪恶的女巫，也是个法力很强的女巫；不久，她就想到一个行动方案。

她的碗橱里有一顶金帽子，它的帽檐上有一圈钻石和红宝石。这金帽子有一种魔力：无论谁拥有了它，就可以召唤飞猴三次；对飞猴下任何命令，他们都会遵从。但是，没有人能够支配那些奇特的生灵超过三次。邪恶女巫已经用过两次金帽子的魔力。第一次，她把温基人变成了她的奴隶，把她自己变成了这地界的统治者。这件事是飞猴帮助她做成的。第二次，她和伟大的奥兹本人斗法，把他驱赶出了西方的大地。这件事也是飞猴帮助她做成的。所以，她只剩下一次机会可以使用这顶金帽子了；所以，不到别的法力用尽的时候，她是不愿意用它的。可是现在，她的凶猛的狼，她的野乌鸦和蜇人的黑蜂，已经全部完蛋；她的奴隶又被胆小鬼狮子吓跑了。她明白，要消灭多萝茜和她的朋友，如今只剩下一个办法。

于是，邪恶女巫从碗橱里拿出金帽子，把它戴到头上。然后，她单用左脚立地，慢吞吞地念道：

"艾－普，佩－普，卡－克！"

接着，她单用右脚立地，念道：

"黑－罗，霍－罗，哈－罗！"

最后，她双脚立地，大声叫喊道：

"基－基，朱－基，基－克！"

这时，咒语开始起作用。天幕变得一片晦暗，空中传来一阵低沉的隆隆声。许多翅膀正在扑过来，一大片叽里呱啦的叫声和笑声正在涌过来。太阳从暗黑的天幕上探出头来，照亮了邪恶女巫的四周，只见许多猴子围着她，每一只猴子肩膀上都长着一对阔大有力的翅膀。

有一只猴子的个头比其他猴子大，似乎是猴群的首领。他飞到女巫近前，说道："这是你第三次，也是最后一次召唤我们。你有什么吩咐？"

"去找那些进入我领地的异乡人，把他们全部灭了，只留下狮子，"邪恶女巫说，"把那头野兽带到我这儿来，我有一个想法，就是把他当马一样使唤，给他上辔头，让他做苦工。"

"你的命令必须服从，"首领说。于是，伴随着一大片叽里呱啦的叫声和喧闹声，飞猴们飞走了，飞向多萝茜和她的朋友们正在行走的地方。

几只猴子抓住铁皮伐木人，掠着他凌空而去，来到一片覆盖着很厚一层尖棱角石头的地界。他们把可怜的伐木人从空中丢下去，他坠落了很长时间，才摔在石头上，摔扁了，摔得身上坑坑洼洼，躺在那儿，动弹不了，叫唤不出声音。

另外几只猴子捉住稻草人，用他们长长的手指，从他的衣服和脑袋里把稻草全掏了出来。他们把稻草人的帽子、靴子和衣服扎成一小捆，扔在一棵大树顶端的树枝上。

其余的猴子向狮子甩出去几根结实的绳子，绕着他的身体、脑袋和腿，盘了好多圈，直到把他捆得完全不能动弹挣扎，根本没有办法用嘴咬、用爪子扑。然后，他们把他拽起来，吊在空中，带着他飞走。他们飞到女巫的城堡，把他关在一个小院子里。高高的铁栅栏围住了院子的四周，他逃不出去。

但是他们一丁点儿也没有伤害多萝茜。她站在那儿，怀里抱着托托，眼睁睁地看着同伴们的悲惨命运，心里想着很快就会轮到自己了。这时飞猴首领飞到她跟前，他的一双毛茸茸的长臂向她伸了过来，他的丑陋的脸可怕地狞笑着。但是，他看到善女巫的吻留在多萝茜前额上的印记，立刻就住了手，并且示意别的飞猴不要碰她。

"我们不敢伤害这个小女孩，"他对伙伴们说道，"因为她是受到善的法力保护的，善的法力比邪恶的法力更伟大。我们所能做的，就是运送她到邪恶女巫的城堡去，然后把她留在那儿。"

于是他们伸出长臂，很小心很轻柔地把多萝茜提起来，载着她疾速地凌空而去。他们飞到城堡跟前，把她安放在城堡正门前的台阶上。然后，飞猴首领对女巫说道：

"我们已经尽可能地遵从你的命令。铁皮伐木人和稻草人已经被消灭，狮子被捆在你的院子里。这小女孩我们不敢伤害，还有她抱在臂弯里的小狗。你对我们飞猴群拥有的法力已经终结，你永远不会再见到我们。"

于是，所有的飞猴，伴随着一片笑声、叽里呱啦的叫声和喧闹声，飞上天去，很快就从视野中消失了。

　　看到多萝茜前额上的印记，邪恶女巫又惊讶又烦恼。她明白得很，无论是飞猴还是她本人，都不敢以任何方式伤害这女孩儿。她垂下眼睛，望望多萝茜的脚，看见了银鞋。她害怕得哆嗦起来，因为她知道这双鞋有多么强大的魔力。一开始女巫很想从多萝茜面前逃走，但她碰巧一望女孩儿的眼睛，不但看到她眼睛后面有一颗那么单纯的灵魂，而且看出这女孩儿并不了解银鞋所赋予她的神奇法力。于是，邪恶女巫暗自窃笑着，在心里面思忖道："我仍然可以把她变成我的奴隶，因为她并不知道怎样使用她的法力。"于是她用刺耳又严厉的声音对多萝茜说道：

　　"跟我来，你给我记住喽，我给你说的每一句话，你都要放在心上。如果你不当回事，我就结果了你，就像弄死铁皮伐木人和稻草人那样。"

　　多萝茜跟着她穿过城堡里许多美丽的房间，最后来到了厨房。女巫吩咐她洗干净锅子和水壶，扫干净地板，记着给炉火添木柴。

　　多萝茜温顺地去干活儿了。她在心里面打定主意要尽最大努力好好干活儿，因为她很高兴邪恶女巫决定不杀死她。

　　看到多萝茜干活儿很卖力，女巫心想，该去院子里找胆小鬼狮子了。她要拿他当马，给他上辔头。她很笃定地认为，无论她什么时候想驾车，就逼着他拉车，那是一件让自己很开心的事。可是，她刚打开院子门，狮子就一声大吼，凶猛地纵身要扑她。女巫害怕了，赶紧跑出去，重新把门关上。

　　"就算我不能给你上辔头，"女巫隔着大门的栅栏条，对狮子说，"我可以饿你呀。你有一天不照我的愿望去做，就有一天没东西吃。"

　　从此以后，她没有拿过食物给被囚禁的狮子。但每天中午她都会来到大门前，这样问狮子："你准备好像马一样上辔头了么？"

　　狮子会这样回答她："没门儿。如果你进这院子，我就咬你。"

狮子之所以不必照女巫的愿望去做，是因为每天夜里，女巫睡着以后，多萝茜就从碗橱里拿了食物给他送去。他吃饱以后，就躺在稻草铺的床上，多萝茜就躺在他旁边，把头枕在他柔软蓬松的鬃毛上。这时他们就谈论他们的不幸，动脑筋想办法要逃出去。但他们想来想去找不到逃出去的办法，因为一天到晚，城堡都有黄皮肤的温基人守卫着。他们是邪恶女巫的奴隶，他们非常怕她，不敢不照她的吩咐去做。

　　白天女孩儿不得不很辛苦地干活儿，女巫还常常威胁说，要用自己一天到晚不离手的那把旧雨伞打她。其实她是不敢打多萝茜的，因为多萝茜前额上有那个印记。可女孩儿不知道这个，所以她为自己和托托担忧，心里面充满了恐惧。有一回，女巫用雨伞打了托托一下，勇敢的小狗就冲上去，咬了她的腿作为回敬。女巫被咬的地方并没有流血，因为她太邪恶了，身体里的血液许多年前就已经干涸。

　　多萝茜渐渐明白，想要回堪萨斯，回到婶婶爱姆身边，这件事变得比先前任何时候都更困难了。从此，她的生活变得非常悲惨。有时，她会凄凄惨惨哭上好几个小时，托托坐在她脚上，望着她的脸，呜呜地哀叫着，表示自己为了小女主人很难过。其实托托并不在乎自己待在堪萨斯还是奥兹国，只要多萝茜和他在一起就行了。但他知道小女孩不快乐，所以他也不快乐起来。

　　就在这个时候，邪恶女巫心里有了一个强烈的渴望，她想把女孩儿一天到晚穿在脚上的银鞋占为己有。她的黑蜂、乌鸦和狼都已经成了一堆一堆的干尸，金帽子的魔力也已经被她用完。但是，只要把银鞋弄到手，它就会给她很大的法力，胜过她失去的一切加在一起。她一心想要把银鞋偷到手，所以很注意地观察着多萝茜，看她是否会把银鞋脱下来。但这双漂亮的鞋是女孩儿引以为自豪的宝贝，除了晚上洗澡的时候，她从来不脱。女巫非常怕黑，晚上不敢进多萝茜的房间行窃，而且她怕水比怕黑更加厉害。所以，多萝茜洗澡的时候她从不靠近。确实，老女巫从来不曾碰过水，而且从来

都是说什么也不让水沾到她自己。

可是呀，这邪恶的家伙非常狡猾，她终于想出了一条可以让自己如愿以偿的诡计。老女巫在厨房的地板中间放了一根铁条，然后施了巫术，让人类的眼睛看不见它。所以，多萝茜走过地板中间的时候，绊倒在铁条上了。她看不见它，摔了个大马趴。女孩儿并没有怎么受伤，但是她摔倒的时候，一只银鞋掉了下来。她伸出手去还没有够到它，女巫就已经把它抢走，穿在了自己皮包骨头的脚上。

诡计得逞，那邪恶的女人得意极了，因为她得到了一只银鞋，就拥有了银鞋魔力的一半。这一下，多萝茜即使知道了该怎么做，也无法用银鞋的魔力来对付她了。

小女孩发现自己失去了一只漂亮的鞋，非常生气，她对女巫说："把我的鞋还给我！"

"我不，"女巫反唇相讥，"它现在是我的鞋了，不是你的。"

"你是一个邪恶的家伙！"多萝茜嚷道，"你没有权力拿走我的鞋。"

"那又怎样，现在它归我了，"女巫用嘲笑的口吻对多萝茜说，"总有一天，我会把另一只鞋也从你那儿拿过来。"

这番话把多萝茜气坏了，她拎起身旁的那桶水，向女巫泼过去，把她从头到脚浇了个透湿。

那邪恶的女人顿时恐惧得一声大叫，接着，在多萝茜惊讶的目光注视下，女巫的身体开始萎缩、消融。

"看看你做了什么！"她尖叫着，"我一分钟后就会溶化掉。"

"我很抱歉，真的，"多萝茜说。眼看着女巫像棕色的糖一样，在她面前活生生地溶化掉，她真的吓坏了。

"你不知道水会结果我的性命？"女巫问，声音哀痛而绝望。

"当然不知道，"多萝茜答道，"我怎么会知道呢？"

"嗳，用不了几分钟我就会完全化掉，这城堡就归了你了。我活着的时候很邪恶，但从来不曾想到过，你这样一个小女孩，居然

76

能够把我溶化，将我的恶行终结。注意看——我这就去了！"

　　说完这句话，女巫就溶解成了一摊棕色的、液体状的、不成形的东西，在厨房的干净地板上流淌开来。看见她真的化成了乌有，多萝茜就拎起另一桶水，冲在那一摊东西上。然后，她把污水全扫到了门外。那只银鞋是老女人剩下的唯一的东西，多萝茜把它从污水中捡起来，用布擦干净，弄干，重新穿在自己脚上。这一下，她终于自由了，可以想干什么就干什么。她跑出厨房，来到小院子里，找到狮子，告诉他西方的邪恶女巫已经完蛋，他们不再是身陷异乡的囚徒。

第十三章　起死回生

　　听说邪恶女巫被一桶水浇溶了，胆小鬼狮子心里面顿时乐开了花。多萝茜立刻打开大门上的锁，从囚禁他的院子里，把他放了出来。他们一起走到城堡里面，多萝茜进去后做的第一件事，就是把所有温基人叫到一起，告诉他们，他们不再是奴隶。

　　黄皮肤的温基人欢腾起来，因为他们被迫为邪恶女巫做了许多年的苦工，受尽了她的极其残忍的虐待。那一天，而且从此以后每年的那一天，成了他们的节日。他们大摆筵席，跳舞庆祝。

　　"可惜我们的朋友稻草人和铁皮伐木人不在，要是大家在一起，那该多好，"狮子说，"那样我就十分地快乐了。"

　　"你觉得，我们没法子救活他们了么？"女孩儿焦急地问。

　　"可以试一试，"狮子答道。

　　于是他们把黄皮肤的温基人叫过来，问他们愿不愿意帮忙救他们的朋友。温基人说，能为多萝茜效劳他们很高兴，无论要他们做什么，他们都会尽力；因为多萝茜解放了他们，使他们摆脱了奴役。于是，她从温基人中间挑了一些看上去最见多识广的人，一起出发了。当天他们赶了许多路，第二天又走了好几个小时，终于来到一片到处是石头的原野上。铁皮伐木人就躺在这地方，全身都摔扁了，胳膊和腿摔得弯弯扭扭。他的斧子就在一旁，但是斧子头生了锈，斧子柄也断了一截。

　　温基人轻轻地把他抬起来，运回了黄色的城堡。一路上，多萝茜看着老朋友的惨相，掉了不少眼泪。狮子的神情很严肃，他心里面也很难过。到达城堡时，多萝茜对温基人说：

"你们的人里面，有做铁皮匠的么？"

"啊，有的。我们中有些人是很棒的铁皮匠，"他们告诉她说。

"带他们来见我，"她说。铁皮匠们来了，带着筐子，筐子里放了全套的工具。她询问道："我想把铁皮伐木人身上的凹痕弄平，把弯弯扭扭的地方扳直，把断裂的地方焊接好，你们能行么？"

铁皮匠们仔仔细细把伐木人全身打量了一遍，然后回答说，他们觉得有能力把他修好，让他完好如初。于是他们开始干活，在城堡中一间黄色的大屋子里，干了三天四夜。他们在铁皮伐木人的腿上、身体上和脑袋上，锤呀、拧呀、扳呀、焊呀、打磨呀、连续地敲打呀，终于把他弄平整了，恢复了他从前的形状，并且让他的关节也像从前一样，活动自如。确实，他身上多了几个补丁，但是铁皮匠们的活儿干得很棒，而且伐木人并不是一个爱慕虚荣的人，那些补丁他根本不在乎。

终于，他站了起来，走进多萝茜的房间。他一边感谢她把他救活，一边高兴得忍不住流下了眼泪。多萝茜只好用围裙仔细擦干他脸上的每一滴泪水，以免他的关节生锈。可同时呢，她自己也泪如泉涌，这是重新见到老朋友的欢喜泪，不需要擦掉的。至于狮子，这会儿他不住地用尾巴尖擦眼睛，把尾巴弄湿了，只好跑到外面院子里，让尾巴一直晒太阳，直到晒干为止。

铁皮伐木人听多萝茜讲了后来发生的每一件事，然后他说："可惜稻草人不在，要是他能够再和我们相聚，那该多好。那样我就十分地快乐了。"

"我们一定要试一试，想办法找到他，"女孩儿说。

于是她把温基人叫来帮她。当天他们赶了许多路，第二天又走了好几个小时，终于来到那棵大树下。稻草人被飞猴扔掉的衣服，就扔在树顶的树枝上。

这是一棵很高的树，树干很滑溜，谁也爬不上去；但是伐木人立刻就说："我把它砍倒，我们就能拿到稻草人的衣裳了。"

话说先前铁皮匠们修理伐木人本人的时候，另外几个温基人，他们是金匠，打造了一个纯金的斧子柄，装在了伐木人的斧子上，代替摔断的旧柄。另外几个温基人打磨斧子头，最后把锈全部除去了，斧子头变得亮光闪闪，就像擦亮了的白银一样。

铁皮伐木人话刚出口，就开始砍树。一会儿工夫，大树就轰隆一声倒了下来；稻草人的衣服也跟着从树枝上掉下来，落在地上。

多萝茜把它们捡起来，温基人把它们运回了城堡。回去后，他们给那些衣服里填塞了干净的好稻草。瞧啊！稻草人在这儿呐，完好如初，正在一遍又一遍地感谢大家救了他呢。

既然大家团聚了，多萝茜和她的朋友们就在黄色城堡里住了几天。在那儿，他们需要的东西一样都不缺，日子过得舒舒服服。

但是有一天，女孩儿想念婶婶爱姆了，她说，"我们必须回去找奥兹，要求他兑现诺言。"

"对，"伐木人说，"我终于要得到一颗心了。"

"我要得到大脑了，"稻草人快活地补充道。

"我要得到勇气了，"狮子若有所思地说。

"我要回堪萨斯去了，"多萝茜嚷道，拍起了手，"啊，明天我们就动身去翡翠城！"

于是，这件事就定了下来。第二天，他们把温基人叫齐了，跟他们道别。他们要走，温基人很难过。他们已经非常喜爱铁皮伐木人，乞求他留下来，做他们的统治者，管理西方的黄色领地。最后温基人发现他们决意要走，就给了托托和狮子每人一个金项圈。给多萝茜，他们赠送了一只镶钻石的美丽手镯；给稻草人，他们送了一根金头拐杖，好让他走路不跌倒；给铁皮伐木人，他们奉上了一只白银油罐子，上面镶着黄金，还嵌了贵重的珠宝。

每一个即将踏上旅途的人都向温基人说了好多话表示答谢，所有的温基人都和他们一一握手，最后握得他们的手都痛了。

多萝茜跑进女巫的厨房，拿碗橱里的食物塞满了她的篮子，准备路上吃。在那儿，她看见了那顶金帽子。她把金帽子戴到自己头上试试，发现正合适。对于金帽子的魔力，她是一无所知的，但她看见帽子很漂亮，就打定主意戴着它。她自己的那顶遮阳帽，被她放在了篮子里。

做好了上路的准备，他们就全体动身向翡翠城进发。温基人向他们欢呼了三次，并且给了他们许多美好的祝愿伴随他们的旅途。

第十四章　飞猴

你们一定还记得，在邪恶女巫的城堡和翡翠城之间，是没有路的。连一条小径都没有。当初四个行路人来搜寻女巫的时候，是女巫看见他们在行路，派了飞猴把他们抓来的。现在，要在长满毛莨和黄色雏菊的茫茫原野中找到回去的路，比起有飞猴空中运送，要艰难得多。必须向着太阳升起的方向一直往前走，这个他们当然是懂的。他们出发的时候，行走的方向正确无误；但是到了中午，太阳升到了头顶上，他们就不知道哪边是东哪边是西了。这就是他们在茫茫原野中迷路的原因。可不管怎样，他们一直不停地走着。到了晚上，月亮出来了，明晃晃地照耀着大地，大家就在那些气息芬芳的黄色花中间躺下，一觉酣睡到天明——除了稻草人和铁皮伐木人之外。

第二天早晨，太阳被一片乌云遮挡着。但是他们对于自己的行进方向，仿佛很有把握似的。

"如果走出去足够远，"多萝茜说，"总有一天我们会走到一个什么地方的。"

但是一天天过去了，除了深红色的原野，他们前方仍然什么也看不到。稻草人开始有点发牢骚了。

"我们肯定迷路了，"他说，"如果不能及时找着路，赶到翡翠城，我就永远得不到大脑了。

"我也得不到心了，"铁皮伐木人断言道，"我要去见奥兹，我好像再也等不及了。你得承认，这个旅程太长了。"

"你知道，"胆小鬼狮子带着哭腔说，"如果什么地方也到不了，我是没有勇气永远这个样子走下去的。"

这一下，多萝茜泄了气。她在草上坐下来，望着伙伴们；伙伴们坐下来，望着她。托托发觉自己生平第一次累成这样，一只蜻蜓从他脑袋旁边飞过，他都不想去追了。他伸出舌头，喘息着，眼睛望着多萝茜，好像在问，下一步该怎么办。

"我们召唤田鼠吧，"她提议道，"也许，他们能告诉我们去翡翠城的路。"

"他们肯定知道，"稻草人嚷嚷说，"先前我们怎么没有想到呢？"

田鼠女王给过多萝茜一只小哨子，她一直挂在脖子上，这时候她拿起来吹了一下。没过几分钟，他们听见了小脚啪哒啪哒的声音。许多灰色的小田鼠跑到多萝茜跟前，女王自己也来了。她用尖细的声音问道：

"我能为我的朋友做些什么呢？"

"我们迷路了，"多萝茜说，"你能告诉我们翡翠城在哪边么？"

"当然能啦，"女王答道，"但是它离这儿太远了，因为这段时间，你们一直在朝着反方向走。"这时她注意到了多萝茜的金帽子，就说，"你为什么不使用金帽子的咒语，召唤飞猴来帮你们呢？他们用不了一个小时，就能把你们运送到奥兹的城池。"

多萝茜感到很惊讶，她回应道："我不知道它有咒语，什么咒语呢？"

"都写在金帽子的里边，"田鼠女王答道，"不过，如果你要召唤飞猴，我们就必须逃走了，因为那些家伙喜欢恶作剧。他们满肚子都是坏主意，把折磨我们当做了不得的乐子。"

"他们不会伤害我吧？"女孩儿焦急地问。

"啊，不会。他们必须服从戴这顶帽子的人。再见！"她蹦跳着跑开去，所有田鼠急急忙忙跟在她后面，从视野中消失了。

多萝茜朝金帽子的里边望去，看见帽子衬里上写着一些字。她心想,这一定就是咒语,所以,她把帽子戴到头上,按照那些字的说明,很小心地念起来。

"艾-普,佩-普,卡-克!"她单用左脚立地,念道。

"你说什么?"稻草人问,他不明白她在干什么。

"黑-罗,霍-罗,哈-罗!"多萝茜接着念道,这一回她单用右脚立地。

"哈罗!"铁皮伐木人平静地应答道。(译注:咒语中的这一小节发音与英语中的哈罗〔喂,你好〕相同,铁皮伐木人误以为多萝茜跟他打招呼,所以这样应了一声)

"基-基,朱-基,基-克!"多萝茜念道,这时她双脚立地。这样咒语就念完了,他们听见一大片叽里呱啦的叫声和拍动翅膀的声音,那一群飞猴飞到了他们跟前。

猴王在多萝茜面前深深地一鞠躬,问道:"您有什么吩咐?"

"我们想要去翡翠城,"女孩儿说,"但是我们迷路了。"

"我们来运送你们过去,"猴王答道。他话音刚落,就有两只猴子用长臂抓住多萝茜,带着她飞走了;别的猴子带上稻草人、伐木人和狮子,跟了上去。一只小个子猴子抓住托托紧随其后,可是小狗使劲儿挣扎着,还想咬他。

稻草人和铁皮伐木人一开始挺害怕,因为他们没有忘记,先前飞猴曾经多么恶劣地对待他们。但他们很快就看出来了,这一回,飞猴并没有伤害他们的意图。所以他们俯视着下方美丽的花园和树林,十分快活地在空中疾驰着,享受了一段美好的时光。

多萝茜发现自己被两只个头最大的猴子挟带在中间,在空中轻快地飞驰着。其中一只是猴王本人。他们用手做她的椅子,小心呵护着不让她受伤。

"你们为什么非得服从金帽子的魔力呢?"她问。

"说来话长啰,"猴王答道,以有翼者特有的方式笑了笑,"不过,既然前面的路还很长,如果你想听,我不妨讲一讲,以此打发时间吧。"

"我很高兴听你讲这个故事，"她回答说。

"从前，"猴王开讲了，"我们是自由民，快乐地住在广袤的大森林里，在树木之间飞来飞去，吃坚果和水果，随心所欲，不必称任何人主子。也许，有时候，我们中有些猴子太喜欢恶作剧了。他们会飞下去拽没有翅膀的动物的尾巴，捉鸟儿，用坚果投掷森林里的行人。不过，我们无忧无虑，充满生活乐趣，很享受每一天里的每一分钟。这是许多年以前的事了，在奥兹从云端里下来统治这片土地之前很久。

"当时，在离开这儿很远的北方，住着一位美丽的公主，她也是一位很有法力的女魔法师。她所有的法术都用来帮助人民，从来不曾听说过她伤害一个好人。她的名字叫格叶蕾蒂，住在一个富丽堂皇的宫殿里，它是用巨大的红宝石石块造的。人人都爱她，但她最大的苦恼，是找不到一个人让她以爱来回报。因为所有的男子都太笨太丑了，配不上那么美丽那么聪明的一个女子。最后，她总算找到了一个男孩，他英俊，有男子气概，而且聪明程度超过他的年龄。格叶蕾蒂打定主意，等他长大成人后，让他做她的丈夫。所以她把他带进红宝石宫，用她所有的法力，把他变成女人心目中最强壮、最正直、最可爱的男子。克拉拉——这是他的称呼——长大成人后，被诩为全国境内最正直最聪明的人。他又极具阳刚之美，所以格叶蕾蒂深深地爱着她，加紧安排好一切，准备成婚。

"当时，有一群飞猴住在格叶蕾蒂宫殿附近的森林里。我祖父是飞猴群的猴王，那老家伙爱开玩笑胜过爱美味大餐。有一天，就在婚礼举行之前，我祖父正和他那群飞猴在森林外面飞行着，碰巧看见克拉拉在河边散步。他穿着粉色丝绸和紫色天鹅绒做的华丽衣服，我祖父就想要看看那公子哥有什么本领。他发了话，那帮飞猴就飞下去捉住克拉拉，用胳膊架着他，飞到大河中央的上空，然后把他丢下去沉到水里。

"'游出来呀，漂亮公子哥儿，'我祖父嚷嚷着，'看看河水

有没有弄脏你的衣服。'

"克拉拉头脑聪明，游泳功夫也不是很差，而且他丝毫也没有因为鸿运高照就被宠坏了。他冒出水面，哈哈大笑，在水里游着，游向岸边。可是，当格叶蕾蒂跑出来找他时，发现他的丝绸衣服和天鹅绒衣服全被河水泡坏了。

"公主很生气，她当然知道是谁干的好事。她派人把所有飞猴带到她面前，一开始她说，要把他们的翅膀捆起来，再用他们整治克拉拉的办法来整治他们，把他们沉到河里去。我祖父竭力辩解，因为他知道，飞猴捆上翅膀以后，沉到水里就会淹死。克拉拉也为他们说了句好话，所以格叶蕾蒂最后饶了他们。但是她有一个条件，那就是：从此以后，飞猴要按照金帽子主人的吩咐做三件事。这顶帽子是做了婚礼上用，给克拉拉戴的，据说花去了公主半个王国的家当。当然，我祖父和别的飞猴全都立刻同意了这个条件。正是因为这个缘故，我们才会为金帽子的主人服役三次，无论那人是谁。"

"后来他们怎样了？"多萝茜问，她已经对故事产生了极大的兴趣。

"克拉拉成了金帽子的第一个主人，"猴王答道，"他是第一个对我们下令，要我们按他的愿望去做的人。他的新娘不想再看见我们，所以他们结婚以后，他来到森林里，把全体飞猴召集到他面前，命令我们永远离得远远的，不要再让她瞥见一只飞猴。这一点我们很乐意服从，因为我们都怕她。

"在金帽子落到西方的邪恶女巫手里之前，我们被迫要做的事就这么多。后来女巫迫使我们把温基人变成了奴隶，再后来又把奥兹本人逐出了西方的大地。现在金帽子是你的了，你有权利对我们下令三次，吩咐我们按你的愿望去做。"

猴王的故事讲完了。这时多萝茜向下面一望，看见翡翠城那绿色的、闪闪发光的城墙就在他们眼前。猴子们的飞行速度那么快，真让她感到惊讶；不过她很高兴空中旅行结束了。那些奇异的生灵小心翼翼，把我们的行路人一个个放下来，放在城门口。猴王向多萝茜深深地一鞠躬，然后带上他的所有伙伴，迅速地飞走了。

"这一次空中飞驰真棒，"小女孩说。

"是啊，而且这是我们摆脱麻烦的捷径，"狮子回应道，"幸亏你把这顶奇妙的帽子带了出来！"

第十五章　揭开可怖者奥兹的秘密

　　四个行路人走到翡翠城的城门跟前，拉了铃。铃响几遍之后，先前他们遇见过的同一个城门卫士把门打开了。

　　"呀！你们又回来了么？"他诧异地问。

　　"你不是看见我们了么？"稻草人答道。

　　"可我以为，你们拜访西方的邪恶女巫去了呢。"

　　"我们确实去拜访过她了，"稻草人说。

　　"她又把你们放了？"士兵很纳闷地问。

　　"她留不住我们，因为她溶化了，"稻草人解释说。

　　"溶化了！嗯，这确实是好消息，"士兵说，"谁溶化她的？"

　　"是多萝茜，"狮子严肃地说。

　　"天哪！"士兵嚷道，对着多萝茜深深地一鞠躬，那实在是很深的一鞠躬。

　　接着，他把大家领进了小小的门房。像上一回一样，他从大箱子里取出眼镜，给大家戴上，并且上了锁。然后，他们穿过城门，进了翡翠城。城里的人听城门卫士说多萝茜溶化了西方的邪恶女巫，就全都簇拥到了四个行路人周围，于是他们后面跟着好大一群人，向奥兹的宫殿走去。

　　宫门仍然由绿胡子士兵守卫着，但他立刻就放他们进去了。接待他们的仍然是美丽的绿衣女孩，她马上把他们一个个带到上回住的房间去，让他们一边休息，一边等候伟大的奥兹抽空接见他们。

　　士兵立刻去向奥兹禀报好消息，告诉他，多萝茜和其他行路人消灭邪恶女巫后，已经回来了。但奥兹没有回复。四个行路人以为伟大的巫师会马上召见他们，但他没有。第二天他也没有给回话，第三天也没有，第四天也没有。他们等得疲倦和心烦起来，最后恼火了：奥兹差遣他们西去，让他们经历了苦难，受了奴役，到头来竟然用这么拙劣的方式来对待他们。所以稻草人请求绿衣女孩最后再禀报奥兹一回，就说，如果他不马上召见他们，他们就召唤飞猴。他们要请飞猴们帮忙弄个明白，奥兹究竟是否打算遵守诺言。巫师得报后非常害怕，传出话来，叫他们第二天上午九点零四分去宝座殿。奥兹曾经在西方的大地上遭遇过飞猴一回，他不希望再和他们遭遇了。

当天晚上，四个行路人度过了一个无眠的夜晚，他们各自都在想着奥兹曾允诺给自己的恩赐。多萝茜只睡着了一会会儿，就那一会儿，她做梦了。她梦见自己身在堪萨斯，婶婶爱姆正对她说，她的乖侄女儿回了家，她多么高兴。

第二天上午九点钟，绿胡子士兵准时来叫他们。四分钟后，他们全体走进了伟大的奥兹的宝座殿。自然，他们各自都在心里面猜想着：这一回看到的巫师，会不会是自己上一回看到的显形呢？他们环顾四周，发现殿堂里空无一人，顿时一个个全都惊讶极了。他们一直不离门口，而且互相紧紧地靠在一起，因为空荡荡的殿堂里一片寂静，这比他们曾经见过的任何一种奥兹显形，都更加可怕。

不久他们听到了一个严肃的声音，好像是从宝座殿巨大穹隆的顶部附近发出来的一样。那声音说道：

"我是奥兹，大法师和可怖者。你们为什么要找我？"

他们的眼睛把殿堂里的每一个地方又搜寻了一遍，仍然没见到一个人影，多萝茜就问："你在什么地方？"

"我无处不在，"声音答道，"但在凡人的眼睛里，我是不可见的。现在我坐到宝座上去，方便你们和我交谈。"这时候声音确实已经换了地方，似乎直接来自于宝座。于是他们走上前去，站成了一排。

多萝茜说道：

"我们是来要求你兑现诺言的呀，奥兹。"

"什么诺言？"奥兹问。

"你曾经许诺，邪恶女巫被消灭以后，你就送我回堪萨斯。"

"你许诺给我大脑，"稻草人说。

"你许诺给我一颗心，"铁皮伐木人说。

"你许诺给我勇气，"胆小鬼狮子说。

"邪恶女巫真的被消灭了么？"声音问道。多萝茜觉得，它有点发抖。

"是的，"她答道，"我用一桶水把她溶化了。"

"天哪，"那声音说，"多么意外！嗯，你们明天来见我吧，给我点时间，让我把整个事情考虑一遍。"

"你已经有过许多时间了，"铁皮伐木人愤怒地说。

"我们一天也不愿意多等了，"稻草人说。

"你必须对我们信守诺言！"多萝茜大声说。

狮子心想，还不如吓唬巫师一下呢，所以他大吼了一声。他的咆哮太凶猛太可怕了，托托惊恐地跳起来，从他身边逃开，却撞倒了立在角落里的一面屏风。屏风哗啦啦倒地时，大家目光转过去看，顿时一个个全都惊呆了。因为他们看见，就在刚才屏风遮挡住的地方，站着一个小老头，秃脑袋，满脸皱纹。他似乎跟他们一样，也是在万分惊愕之中。铁皮伐木人举起斧子，一边向小老头冲过去，一边大叫："你是谁？"

"我是奥兹，大法师和可怖者，"小老头说，他的声音在颤抖，"别砍我，请不要动手，你们要我干什么我就干什么。"

我们的四个朋友望着他，一个个都很惊愕，很沮丧。

"我还以为奥兹是一个巨大的脑袋呢，"多萝茜说。

"我还以为奥兹是一位可爱的夫人呢，"稻草人说。

"我还以为奥兹是一头可怕的野兽呢，"铁皮伐木人说。

"我还以为奥兹是一个火球呢，"狮子嚷道。

"不，你们都错了，"小老头温顺地说，"全是我假扮的。"

"假扮的！"多萝茜嚷道，"你并不是一个伟大的巫师？"

"嘘，亲爱的，"他说，"请你说话不要那么大声，会被人听见的，那样我就毁了。我是假扮成伟大的巫师的。"

"其实不是？"她问。

"根本不是，亲爱的。我只是一个普通人。"

"还不止呢，"稻草人说，语气很伤心，"你还是个骗子。"

"正是！"小老头招认道，他不停地搓着手，仿佛这样能使他自己高兴些似的，"我确实是一个骗子。"

"这太可怕了，"铁皮伐木人说，"现在我到哪儿去弄我的心呢？"

"我到哪儿去弄我的勇气呢？"狮子问道。

"我到哪儿去弄我的大脑呢？"稻草人悲泣着，用外套袖子擦去眼泪。

"亲爱的朋友们，"奥兹说，"我祈求你们不要再说这种小事情。请替我想想吧，我被当场拆穿，这可是个天大的麻烦。"

"还有别人知道你是骗子么？"多萝茜问。

"没有，只有你们四个知道，还有我自己，"奥兹答道，"我把所有的人愚弄了那么长时间，还以为永远不会被人发现的呢。我犯了一个大错误，当初真不该让你们进宝座殿。一般我是连臣民们也不见的，那样他们就会相信我是某种可怕的东西。"

"可是我不明白，"多萝茜迷惑不解地问，"你是怎样对我显形成一个巨大的脑袋的呢？""那是我变的戏法，"奥兹答道，"请这边走，我全都对你们坦白了吧。"

他领路去宝座殿后面的一个小房间，他们全体跟着他走了进去。他指了指一个角落，只见大脑袋就放在那儿。原来呀，它是用许多层纸糊起来的，上面很细致地画了一张脸。

"我用一根线，把它从天花板上吊下来，"奥兹说，"我自己站在屏风后面，拉动另一根线，使它转动眼睛，张开嘴巴。"

"可声音是怎么一回事呢？"多萝茜询问道。

"噢，我是一个会腹语的人，"小老头说，"我能随心所欲把声音投射到别的地方，所以，你就以为声音是大脑袋发出来的了。这儿还有些东西，也是我用来欺骗你们的。"他指给稻草人看衣服和面具，那是他装扮成可爱的夫人时穿戴的。铁皮伐木人发现，当初他看到的可怕野兽不是别的，而是许多缝在一起的兽皮，用板条做骨架撑起着。至于火球，也是假巫师从天花板上吊下来的。其实它就是一个棉花球，只不过浇上油以后，烧起来会冒烈焰。

"真是的，"稻草人说，"你这样骗人，真该为自己害臊。"

"是，我确实很惭愧，"小老头十分悔恨地答道，"但我只能这样做。这儿有很多椅子，你们请坐，我把我的故事讲给你们听。"

于是他们坐下来，听他讲下面的故事。

"我出生在奥马哈……"

"嗨，那地方离堪萨斯不太远（译注：堪萨斯是美国中部的一个州，奥马哈是美国内布拉斯加州东部的一个大城市，两个州一南一北相邻）！"多萝茜嚷道。

"是的，但是离这儿很远，"他悲哀地冲着她摇了摇头，说道，"我长大后成了一个口技表演师，跟一个口技大师学到了一身好本事。我能模仿任何一种鸟儿和野兽的叫声。"说到这儿，他学了一声小猫叫。他学得那么像，托托听到后支起耳朵，四处张望着，想把小猫找出来。"过了一阵子，"奥兹接下去说道，"我对这一行厌倦了，改行去做气球师。"

"什么是气球师？"多萝茜问。

"一个人，在表演马戏的日子乘气球升空，把人群吸引过去，花钱买票看马戏表演，"他解释道。

"哦，"她说，"我懂了。"

"嗯，有一天呐，我乘气球升上天空，可是牵气球的绳子绞断了，我就再也下不去啦。气球升到云彩上面，那么高，一股气流向它袭来，把它刮到了许多许多英里之外。我在天上飞驰了一天一夜，第二天早晨我醒来时，发现气球漂浮在一个陌生而美丽的国家上空。

"它渐渐地往下坠，我落地时没受一丁点伤。但是我发现自己降落在了一群奇异的人中间，他们看见我从云端里下来，就以为我是一个伟大的巫师。他们要这样想，我当然乐得随他们去喽；因为他们害怕我，向我许诺：我要他们做什么，他们就做什么。

"我仅仅为了让自己开心，就让那些好人忙个不停。我命令他们建起这座城，造了这个宫殿。他们心甘情愿地做这一切，而且做得很好。然后我就想，这国家那么绿，那么美，就把它叫做翡翠城吧。为了更加名副其实，我给所有的人都戴上了绿色眼镜，这样一来，每一样东西看在他们眼里，就都是绿的了。"

"其实并不是这样，并不是每一样东西都绿？"多萝茜问。

"其实，它跟别的城池没多大区别，"奥兹答道，"只不过呀，一戴上绿色眼镜就不一样了；你看到的所有东西，在你眼睛里当然就都是绿的了。翡翠城是许多年以前建的，因为气球把我带到这儿来时，我还是个年轻人，现在呢，我已经是一个很老的老人了。我的人民已经戴绿色眼镜很久，他们中的绝大多数人认为，它真的就是一座翡翠做的城。不过这确实是一个美丽的地方，盛产珠宝和贵重金属，还有人生幸福所需要的各种好东西。我一直善待我的人民，他们也很喜欢我。但是自从这宫殿造好以后，我就一直把自己关在里面，不见任何人。

"我最大的恐惧之一，是那些女巫。我本人根本没有法力，可是我很快就发现，那些女巫却是真的能做出神奇事情来的。这个国家一共有四个女巫，她们各自统治着东南西北四个地界的居民。幸运的是，北方女巫和南方女巫是善女巫，我知道她们不会伤害我；但是东方女巫和西方女巫却是邪恶之极的。若不是她们以为我的法力比她们自己的法力更强大，她们肯定早就把我灭了。我对她们怀着极度的恐惧，可以说，我在恐惧中生活了许多年。所以，你可以想象得到，当我听说你的房子掉下来，砸死了东方的邪恶女巫时，我有多么高兴。当初你们来找我时，让我许诺什么条件我都愿意，只要你们除掉另外一个邪恶女巫就行。可是，现在你已经把她溶化了，我却很惭愧，不能履行我的诺言。"

"我觉得你是一个很差劲的人，"多萝茜说。

"啊，不，亲爱的。我其实是一个很好的人，但我得承认，我是一个很差劲的巫师。"

"你不能给我大脑么？"稻草人问。

"你不需要大脑。你每天都在学习新东西。婴儿有大脑，可是婴儿知道的东西很少。经验是带来知识的唯一法宝，你在人世间的时间越长，获得的经验肯定越多。"

"这话也许不假，"稻草人说，"可是除非你给我大脑，我会很不快乐。"

假巫师仔细打量着他。

"好吧，"他叹了口气，说道，"我说过，我算不上一个魔法师。不过，如果你愿意明天早晨来找我，我会给你脑袋里装上大脑。尽管如此，我并不能告诉你怎样运用它，你得自己找到运用大脑的方法。"

"啊，谢谢你——谢谢你！"稻草人嚷道，"我会找到运用方法的，不用担心！"

"我的勇气怎么办呢？"狮子焦急地问。

"我敢肯定，你有许多勇气，"奥兹答道，"你只是需要自信而已。面对危险时，没有一个活物不感到害怕的。真正的勇气，是在害怕的时候能够勇敢地面对危险。这样的勇气，你有很多很多。"

"也许我并不是没有勇气，但我还是感到害怕，"狮子说，"除非你给我那种使人忘记恐惧的勇气，我会很不快乐。"

"很好，明天我会给你那种勇气，"奥兹答道。

“我的心怎么办呢？”铁皮伐木人问道。

“哎呀，这个么，”奥兹答道，“我看呐，你想要一颗心，这个想法是错的。心使大多数人不快乐。你只要明白了这一点，那么，没有心正是你的运气。”

“仁者见仁，智者见智，”铁皮伐木人说，“我的观点是，只要你把心给我，我愿意承受所有的不快乐，哼也不哼一声。”

“很好，”奥兹温顺地答道，“明天早晨来找我，你会得到一颗心的。我已经扮演巫师很多年，再多演一会儿没什么不行。”

“那么，”多萝茜说，“我怎样回堪萨斯去呢？”

“这个我们得好好想一想，”小老头答道，“给我两三天时间考虑这件事，我会想一个办法出来，把你送过沙漠去。在此期间，你们会得到贵宾的待遇。你们住在宫殿里，我的人会侍候你们，你们怎么吩咐，他们就怎么做，不会让你们有一丁点不顺心。我这样帮你们，只要求一个回报：你们必须严守我的秘密，不要告诉任何人我是个骗子。”

他们都表示同意，答应不把自己知道的事情说出去一个字，然后，就兴高采烈地回自己房间去了。即使是多萝茜，也希望“大法师可怖者骗子”——这是她给小老头取的绰号——想出一个办法来，送她回堪萨斯。如果他办到了，她就原谅他所做的一切。

第十六章　大骗子的魔术

第二天早晨，稻草人对朋友们说：

"祝贺我吧，我终于要去奥兹那儿装大脑了。我回来时，肯定像是换了一个人。"

"我一直喜欢你本来的样子，"多萝茜率真地说。

"你真好，居然喜欢一个稻草人，"他答道，"不过待会儿，你听到我的新大脑里产生的美妙思想时，肯定会更加看重我的。"然后他用快活的声音向大家说了再见，来到宝座殿跟前，叩响殿门。

"请进，"奥兹说。

稻草人走进去，发现小老头坐在窗前，正在沉思着。

"我来装大脑了，"稻草人说，样子有点不自在。

"哦，好的。请你在椅子上坐下，"奥兹回应道，"请原谅，我得把你的头取下来。要把大脑装在你脑袋里合适的地方，我就不得不这样做。"

"没问题，"稻草人说，"你取下我的脑袋好了，不必客气。反正它重新装上后，会是一个更好的脑袋。"

于是巫师把他的头摘下来，清空了里面的稻草。然后他来到后殿，取了一勺稻糠，又往里面加了许多许多大头针和缝衣针。他把这些东西彻底摇匀后，装在了稻草人脑袋的顶部，又在没装满的地方填了稻草，撑住脑袋的形状。

他把稻草人的脑袋装回到身体上，然后对他说道："从此以后，你会成为一个大人物，因为我给了你一个很大的崭新的大脑（译注：

这里奥兹耍了个滑头，他说的是双关语：Bran-new brain 可以解释成崭新的大脑，也可以解释成稻糠做的新大脑）。"

稻草人实现了自己最大的愿望，既高兴又自豪。他热诚地谢过奥兹，回到了朋友们身边。

多萝茜好奇地看着他。他的脑袋顶部因为装了大脑，鼓得很厉害。

"你感觉好么？"她问。

"我感到自己真的变聪明了，"他认真地回答说，"我用惯了大脑之后，会懂得所有事情的。"

"为什么那些缝衣针和大头针戳在你脑袋外面呢？"铁皮伐木人问。

"这证明他思想敏锐，"狮子评论道。

"好吧，我得去找奥兹了。我得跟他要我的心，"伐木人说。于是他走到宝座殿跟前，叩响殿门。

"请进，"奥兹喊道。伐木人走进去，说道："我来要我的心了。"

"很好，"小老头应道，"我得在你的胸部割开一个洞，那样才能把你的心装在合适的位置。希望不会伤害你。"

"哦，不会的，"伐木人答道，"我根本不会觉得疼。"

于是，奥兹拿出一把铁皮匠用的剪子，在铁皮伐木人的左胸上剪开一个方形的小口子。然后，他走到一个有很多抽屉的柜子跟前，取出一颗漂亮的心。它整个儿都是用丝线编织的，里面填塞着锯屑。

"这颗心美么？"他问。

"美，确实很美！"伐木人答道，高兴极了，"不过，这是一颗善良的心么？"

"哦，非常善良！"奥兹答道。他把心装进伐木人的胸腔里，然后把剪下的白铁皮小方块安回去，将剪开的缝平整地焊接好。

"行了，"他说，"现在你有了一颗心，一颗任何人都会引以为自豪的心。很抱歉不得不在你胸腔上添一块补丁，但这实在是无法避免的。"

"别介意补丁的事，"快乐的伐木人嚷道，"我非常感激你，永远不会忘记你的仁慈。"

"别这样说，"奥兹答道。

铁皮伐木人回到朋友们身边，大家说了各种恭喜的话，祝贺他的好运气。

这一回轮到狮子走到宝座殿跟前，叩响殿门。

"请进，"奥兹说。

"我来取我的勇气，"狮子走进殿堂里，声言道。

"很好，"小老头应道，"我去给你取来。"

他走到碗橱跟前，伸手从上面一层搁板上取下一个方形绿瓶子，把里面的东西倒在一个雕着美丽花饰的绿金碟子里。他把碟子放在胆小鬼狮子面前，狮子嗅了嗅，好像不喜欢那气味。巫师就说：

"喝了它。"

"这是什么呀？"狮子问。

"嗯，"奥兹答道，"如果它到了你身体里，就会变成勇气。你当然知道，勇气一向是在身体里的；所以，在你把它咽下去之前，确实不能称之为勇气。因此，我劝你尽快把它喝了。"

狮子不再犹豫，把碟子里的东西喝得精光。

"现在你感觉怎样？"奥兹问。

"充满了勇气，"狮子答道，他满心欢喜地回到朋友们身边，跟他们说了他的好运气。

现在，只剩下奥兹独自一人待在殿堂里了。稻草人、铁皮伐木人和狮子认为自己需要的东西，他已经全给了他们。想到事情都已经办妥，他脸上露出了笑容。"所有这些人都逼迫我，要我做人人都知道不可能办到的事，"他对自己说，"这叫我怎么能避免当骗子呢？让稻草人、狮子和伐木人快乐，那并不难，因为他们想象我什么都办得到。但要把多萝茜送回堪萨斯，光靠想象是不行的，真不知道怎样办成这件事。"

第十七章　气球怎样升空

多萝茜等了三天，没听到奥兹一丁点声音。对于小女孩来说，这三天是很难熬的，不过她的朋友们全都十分快乐和满足。稻草人告诉大家，他脑袋里有些美妙的思想，但究竟是什么思想，他却不愿意说；因为他知道，这个思想除了他自己，谁也无法理解。铁皮伐木人到处走动的时候，感觉到他的心在胸腔里格嗒格嗒地颤动着。他告诉多萝茜，他发现，跟从前他是肉身的时候所拥有的那颗心相比，这一颗心更加慈善、更加温柔。狮子声称，他已经不惧怕大地上的任何东西，他很乐意面对整整一支军队，或者整整一打凶残的卡力大。

因此，在这个小团队里，每个人都心满意足了，只除了多萝茜。多萝茜比任何时候更渴望回到堪萨斯去。

第四天，奥兹派人来传唤她，她高兴极了。当她走进宝座殿时，奥兹和蔼可亲地迎候着她：

"请坐，亲爱的。我觉着，我已经想出了一个办法，可以把你从这个国家弄出去。"

"并且回到堪萨斯么？"她急切地问。

"嗯，我不敢肯定能到堪萨斯，"奥兹说，"因为堪萨斯在什么方向，我还一丁点概念都没有。不过，首先要解决的问题是越过沙漠，然后就很容易找到你回家的路了。"

"我怎样才能越过沙漠呢？"她问。

"来，我把我的想法告诉你，"小老头说，"你知道，我来到这个国家，是乘着气球飞来的。你也是从天而降，是被龙卷风挟带过来的。所以我相信，越过沙漠的最好办法是从天上飞过去。话说到这儿，制造一场龙卷风，那远不是我力所能及的事。可是我仔细想了一遍，我相信，我能造一个气球。"

"什么？"多萝茜问。

"一个气球，"奥兹说，"用丝绸造一个气球，涂上胶，防止漏气。我宫殿里有许多丝绸，所以造气球不会遇到什么麻烦。但是要让气球飘浮起来，就得充瓦斯进去，可这个国家的全境没有这种气体。"

"气球如果飘浮不起来，"多萝茜评论道，"对于我们就没什么用处。"

"确实是这样，"奥兹答道，"不过还有另外一种办法能让它飘浮起来，那就是给它充热空气。热空气没有瓦斯那么好，因为空气冷下来的话，气球就会降落在沙漠里，那样我们就会迷路。

"我们！"女孩儿嚷道，"你要和我一起走么？"

"是啊，当然，"奥兹答道，"我已经厌倦了，不想再这样下去，不想再做骗子。如果我走出这宫殿去，我的人民很快就会发现我并不是一个巫师，他们就会被激怒，因为我欺骗了他们。所以我只好不出去，整天关在这些殿堂里。这种日子真令人厌倦，我巴不得和你一起回堪萨斯去，我宁愿再进马戏团。"

"很高兴有你做伴，"多萝茜说。

"谢谢，"他说，"现在，如果你愿意帮个忙，和我一起把丝绸缝合起来，我们就可以开始制造气球的工作了。"

于是多萝茜拿起了针和线。奥兹迅速地把一幅幅丝绸裁剪成适当的形状，多萝茜同样迅速地把它们整整齐齐缝合起来。先是一幅淡绿色的丝绸，然后一幅深绿色的丝绸，再一幅翡翠绿的丝绸。奥兹心目中有个设想，他要用不同色调的一块块丝绸拼成这个气球。把一匹匹丝绸全部缝合在一起总共花去了三天时间，但是完工后，他们有了一只长度超过二十英尺的绿绸大袋子。

然后奥兹给袋子内侧涂上了一层薄薄的胶，使它不漏气。然后，他宣布气球已经造好了。

"但我们还需要一只篮子，人可以乘坐在里面，"他说。他就派绿胡子士兵找来了一只大布篮子，用许多绳子把它固定在气球底部。

万事俱备之后，奥兹给他的人民放出话去，说云端里住着他一位伟大的巫师兄弟，他要上天去拜访。消息迅速传遍城池，人人都跑过来观看奇景。

奥兹下令把气球搬出去，放在宫殿前面。人们充满好奇，盯着那东西看。铁皮伐木人早已砍好一大堆木头，现在他用木头生起了火。奥兹把气球底部对准火焰，这样，火焰产生的热空气才会升腾到绸袋子里。气球渐渐地鼓起来，升向空中，一直升到最后篮子快脱离地面为止。

这时奥兹进到篮子里，大声对所有的民众说道：

"现在我要出城作一次访问。我不在翡翠城期间，将由稻草人来统治你们。我命令你们像服从我一样服从他。"

气球是由一根绳子牵制在地上的，这时它已经被气球绷紧了。这是因为，气球里的空气是热的，于是气球就比外面的空气轻很多；假如没有那根绳子紧紧拽着，它早就升到空中去了。

"快来呀，多萝茜！"巫师喊道，"赶快，气球要飞走了。"

"我到处找不到托托，"多萝茜答道。她不想把小狗丢下，可托托呢，他跑到人群中去了，正在对着一只小猫吠叫。多萝茜终于找到了他，她把他抱起来，向气球奔去。

还有几步就要到了。奥兹向她伸出手，准备拉她一把，帮她进到篮子里。这时，哗啦！绳子断了，气球升到了空中，篮子里面没有她。

"回来！"她尖叫着："我也要去！"

"我回不来呀，亲爱的，"奥兹在篮子里喊叫着，"再见！"

"再见！"每一个人都高喊着。所有的眼睛都抬起来，看着巫师乘坐在篮子里，每一个瞬间都在上升，不停地往上升，越飘越远，最后融入了天空。

这是他们所有的人最后一次见到奥兹。也许，那位神奇的巫师最终安全抵达了奥马哈，说不定他现在还在奥马哈呢。但翡翠城的人民一直怀着爱意把他记在心里，在交谈中这样评论他：

"奥兹永远是我们的朋友。他在这儿的时候，为我们建造了这座美丽的翡翠城；他走了以后，留下英明的稻草人统治我们。"

但是，失去那位神奇的巫师后，他们悲伤了许多日子，而且不肯听人劝慰。

第十八章　走，去南方

　　多萝茜错失了回到家乡堪萨斯的希望，哭得很伤心。但她把事情从头到尾想过一遍之后，又很高兴自己没有乘着气球上天去。失去了奥兹，她感到很难过，她的伙伴们也一样。

　　铁皮伐木人过来看她，对她说：

　　"那人给了我一颗可爱的心，如果我不为他的离去感到惋惜，就是忘恩负义。我想为奥兹的离去哭一场，请你做个好事帮我擦擦眼泪，免得我生锈。"

　　"乐意效劳，"说着，她立刻拿来了一条毛巾。接下来铁皮伐木人哭了好几分钟，她小心守候着，用毛巾擦去他的眼泪。他哭完之后，对多萝茜表示衷心的感谢，然后为了以防万一，拿出镶珠宝的油罐子，给自己全身上了油。

　　稻草人现在是翡翠城的统治者了，虽然他不是巫师，但翡翠城的人民感到很自豪。"天底下只有我们这座城池有这种荣幸，"他们说，"由稻草填塞的人来统治。"就他们所拥有的全部知识而言，他们的说法十分正确。

　　气球带着奥兹飞上天后的第二天早晨，四个行路人在宝座殿碰头，把事情讨论了一遍。稻草人坐在巨大的宝座上，其他人恭敬地站在他面前。

　　"我们并非那么不幸，"统治者说，"因为这座宫殿和翡翠城现在属于我们了，我们可以喜欢做什么就做什么。一想到不久前我还在农夫的谷子地里，戳在一根竿子上，现在却成了这座美丽城池的统治者，我就对自己的命运感到十分满意。"

"我也是，"铁皮伐木人说，"我对自己的新心脏很满意；其实，它是天底下我唯一希望得到的东西。"

"至于我，现在我跟所有活着的兽相比，即使不敢说更勇敢，也可以说是同样勇敢了。知道这一点，我已经知足。"狮子谦虚地说。

"只要多萝茜满足于住在翡翠城，"稻草人接下去说道，"我们就可以快快乐乐地，大家在一起了。"

"但我不想住在这儿，"多萝茜嚷道，"我想去堪萨斯，同婶婶爱姆和叔叔亨利住在一起。"

"嗯，那该怎么办呢？"伐木人询问道。

稻草人决定思考一番。他用脑太厉害了，那些大头针和缝衣针开始从他大脑里往外戳。最后他说：

"干吗不召唤飞猴，请他们把你送过沙漠呢？"

"我怎么就没想到这个！"多萝茜高兴地说，"这才是正点子。我马上把金帽子拿来。"

她把金帽子拿到宝座殿里来，念了咒语；很快，飞猴群从敞开的窗户里飞进来，站在了她身旁。

"这是你第二次召唤我们，"猴王对着小女孩一鞠躬，说道，"您有什么愿望？"

"我要你们带着我飞到堪萨斯去，"多萝茜说。

但是猴王摇摇头。

"那是办不到的，"他说，"我们只属于这个国家，不能离开它。在堪萨斯，还从来不曾存在过一只飞猴，而且我料想今后也永远不会有，因为飞猴不属于那地方。在我们的能力范围内，我们很乐意以任何方式为您服务，但我们不能飞到沙漠的另一边去。再见。"

猴王又鞠了一躬，然后展开翅膀，从窗户飞了出去。他的猴群也跟随着他飞走了。

多萝茜失望得快要哭了。"我浪费了金帽子的魔力，什么目的也没有达到，"她说，"飞猴们帮不了我。"

"这确实太糟了！"有一颗温柔的心的伐木人说。

稻草人又在思考了，他的脑袋鼓得非常厉害，多萝茜真害怕它会爆炸。

"我们把绿胡子士兵叫进来，"他说，"听听他的意见。"

士兵受到传召，怯怯地走进了宝座殿。奥兹在的时候，是从来不允许他跨过门槛的。

"这个小女孩希望穿过沙漠，"稻草人对士兵说，"有什么办法呢？"

"我想不出来，"士兵答道，"因为除了奥兹本人，没有一个人曾经越过沙漠。"

"没有人能够帮我？"多萝茜认真地问。

"格琳达可以，"他提议说。

"谁是格琳达？"稻草人询问道。

"南方女巫。她是所有女巫中法力最强的，统治着阔德林人。另外，她的城堡就立在沙漠边缘，所以，她很有可能知道一条穿过沙漠的路。"

"格琳达是一个善女巫，是不是？"女孩儿问。

"阔德林人认为她是善女巫，"士兵说，"她对每一个人都很仁慈。我听说格琳达是个美丽的女子，因为她虽然已经活了好多年，却知道怎样保持年轻。"

"我怎样才能到达她的城堡呢？"多萝茜问。

"路是笔直通向南方的，"他答道，"但是我听说，对于行路人它充满了危险。树林里有野兽，还有一个怪人种族，他们不喜欢异乡人经过他们地界。因为这个缘故，从没有阔德林人到翡翠城来过。"

然后士兵就下去了。稻草人说道：

"看来，最好的办法是多萝茜启程远行，不顾危险去到南方的大地上，请求格琳达的帮助。如果多萝茜待在这儿不走，自然就永远不能回到堪萨斯啰。"

"你一定是再三思考过了，"铁皮伐木人评论道。

"我思考过了，"稻草人说。

"我和多萝茜一起去，"狮子宣布，"因为我已经厌倦了你的城池，渴望回到树林和旷野中去。你知道，我其实是一头野兽。另外，多萝茜需要人保护她。"

"说得对，"伐木人表示赞同，"我的斧子可以为她效力。所以，我也和她一起走，去南方的地界。"

"我们什么时候出发？"稻草人问。

"你也要去？"他们惊讶地问。

"那当然啰。如果不是多萝茜，我就永远不会有大脑。是她把我从谷子地里的竿子上拔下来，带着我来到翡翠城的。所以，我的好运全都归功于她。我永远不会丢下她，直到她离开这个国度，永远地回到堪萨斯去为止。"

"谢谢你们，"多萝茜感激地说，"你们大家都对我很好。但我很想尽快出发。"

"我们明天早晨动身，"稻草人回应道，"现在大家去好好准备，因为即将开始的是一个漫长的旅程。"

第十九章　被好斗树袭击

第二天早晨，多萝茜和秀丽的绿衣女孩吻别。大家都和绿胡子士兵握了手，他一直把他们送到城门口。城门卫士再一次见到他们，心里面纳闷极了。他想不通，他们居然会离开这美丽的城，去招惹新的麻烦。但他立刻给他们的眼镜开了锁，把眼镜放回到绿箱子里去，然后给了许多美好的祝愿伴随他们的旅途。

"您现在是我们的统治者，"他对稻草人说，"所以您必须尽快回到我们身边来。"

"如果可能，我当然会尽快回来的，"稻草人答道，"但是，首先我得帮助多萝茜回家。"

这是多萝茜最后一次向好脾气的城门卫士辞行，她说了以下告别的话语：

"在你们可爱的城里，我受到了非常亲切的款待，你们每个人都对我很好。我无法表达我的感激。"

"别客气，亲爱的，"他答道，"我们多想把你留在我们这儿呀，可你的愿望是回堪萨斯去，我祝你找到回去的路。"说完，他打开了外城墙的大门。他们走出城去，踏上了新的旅程。

当我们的朋友回过头去，面向南方的疆土时，太阳明亮地照耀着大地。他们全都处在最好的精神状态，一路走，一路说说笑笑。多萝茜心里面再一次充满了回家的希望。稻草人和铁皮伐木人很高兴，因为自己对多萝茜有用处了。至于狮子，他愉快地嗅着新鲜空气，为回到旷野上而满心欢喜，快活得左右甩动起尾巴来。托托在他们前后左右奔跑着，追逐蛾子和蝴蝶，不停地发出欢快的吠声。

他们步履轻快地走着。"城市生活根本不适合我，"狮子评论道，"自从住在城里后，我掉了不少肉。现在我急着要找个机会显示一下，让别的野兽看看，我已经变得多么勇敢了。"

这时，他们转过身来，最后望了一眼翡翠城。他们所能看见的，只剩下绿色城墙后的一片塔楼和尖顶，还有那高耸在一切之上的，奥兹宫殿的塔尖和圆穹。

"说到底，奥兹并不是一个那么差劲的巫师，"铁皮伐木人感觉到自己的心在胸腔里格嗒格嗒颤动着，就说道。

"他懂得怎样给我大脑，而且是很好的大脑。"稻草人说。

"奥兹给了我勇气。如果他给自己也喝上一剂，"狮子补充道，"他会是一个勇敢的人。"

多萝茜什么也没说。奥兹没有履行他对她许下的诺言，但他已经尽了力，所以她原谅了他。正像他自己所说的那样，就算他是个差劲的巫师，却是一个好人。

第一天的旅程在绿色的田野上行进，一路上到处是鲜艳的花朵。翡翠城的附近，四面八方都是这样的美景。当天夜里，他们在草地上睡觉。除了头顶上的星空，天地间空无一物，他们实实在在地睡了个香甜。

第二天早晨他们继续行进，走着走着，来到一片密林跟前。没有路可以绕过去，因为密林似乎绵延无尽，向左向右都一直延伸到他们目力所及的远方。他们又不敢改变行进的方向，怕迷路。所以他们在林子边缘徘徊着，要找一个最容易走进去的地方。

最后，领头的稻草人找到了一棵大树，它的枝子伸展得很宽，留下了空间让我们的小团队从下面穿过。稻草人就向大树走去，但他刚走到最前面的树枝下，它们就弯下来，把他周身缠住了。下一分钟，他就被举了起来，头朝前脚朝后，扔回到他的旅伴中间。

这一摔稻草人并没有受伤，但受了点惊吓。多萝茜把他扶起来时，他的样子晕晕乎乎的。

"这边的树中间又有一个空，"狮子喊道。

"我先过去试试，"稻草人说，"因为我被扔出来不会受伤。"他一边说，一边向另一棵树走去。但是树枝立刻捉住他，把他抛了回来。

"真是怪事，"多萝茜嚷嚷道，"我们怎么办呀？"

"这些树好像打定了主意要和我们斗一斗，阻挡我们的旅程，"狮子评论说。

"我看呐，还是我上去试一试吧，"伐木人说。他扛起斧子，向着第一棵树，就是对待稻草人很粗暴的那一棵，大步走去。一根大树枝弯下来，想捉住伐木人，却被他凶猛地一斧子砍下去，劈成了两截。那棵树上所有的树枝都颤动起来，仿佛很疼的样子。铁皮伐木人安全地从树下走了过去。

"过快来！"他冲着伙伴们喊道，"快！"他们一齐向前奔跑，毫发无伤地从树下穿了过去。只有托托被一根小树枝捉住，提溜在空中摇来晃去，吓得他吱哇乱叫。伐木人干脆利落地把那根树枝砍下来，解放了小狗。

林子里面别的树并没有干出什么事来阻止他们。所以他们认定，只有第一排树能够弯下树枝捉人。它们大概是这林子的警察，具备这种天赋的奇妙本领，是为了把异乡人挡在林子外面。

四个行路人在树木间轻松地穿行着，最后来到了林子另一面的边缘。这时，他们惊讶地发现，前面是一堵高墙。它好像是用白瓷造的，墙面很光滑，就像碟子的表面一样，墙体高过他们的头。

"现在我们怎么办呀？"多萝茜问。

"我来做一架梯子，"铁皮伐木人说，"因为我们必须得翻过墙去，那是肯定的。"

第二十章　雅致的瓷器之乡

伐木人用树木做梯子的时候，发现多萝茜因为走了很长的路感到疲惫，在林子里躺下睡着了。狮子也蜷起身子睡了，托托躺在狮子身边。

稻草人望着伐木人工作，对他说：

"我想不通这堵墙为什么在这儿，也想不出它是什么做的。"

"让你的大脑休息一下吧，不用为墙的事忧烦，"伐木人答道，"我们爬过去之后，就知道墙那边是什么了。"

过了一会儿，梯子完工了。它的样子很粗笨，但铁皮伐木人确信它坚固而且管用。稻草人唤醒了多萝茜、狮子和托托，告诉他们梯子已经准备好。稻草人第一个爬上梯子，但是他动作很笨拙，多萝茜只好紧跟在后面，扶着他，不让他掉下去。稻草人的脑袋超过墙头后，叫了一声，"哦，天哪！"

"别停呀，"多萝茜嚷道。

于是稻草人继续往上爬，然后坐在墙头上。多萝茜把脑袋探过墙头后，大叫一声："哦，天哪！"跟稻草人刚才一模一样。

接着托托往上爬，它一到上面就立刻开始吠叫，但是多萝茜让他安静了下来。

然后爬上来的是狮子，最后是铁皮伐木人。他们俩一看到墙的另一边，就大叫了一声："哦，天哪！"这时，他们在墙头上齐刷刷坐成一排，向下面俯望着，观赏一幅奇特的景象。

一片好大的地界在他们眼前伸展开来，它整个儿铺着一大块光

滑、闪亮、洁白的地板，就像一个大浅盘子的底。散落在各处的房屋整个儿都是瓷造的，漆着最鲜艳的颜色。这些房子相当小，其中最高的才到多萝茜的腰部；还带有小巧可爱的谷仓和厩舍，外面全围着瓷栅栏；许多母牛、绵羊、马、猪和小鸡，全是瓷做的，成群成群地散布在瓷地板上。

不过，最奇特的还是这古怪地界的居民。有挤奶女工和牧羊女，穿着颜色最鲜艳的紧身胸衣，裙服上布满了金色的圆斑；有公主，穿着最华丽的女式礼服，衣服颜色有银色、金色和紫色；有牧童，穿着带有粉色、黄色和蓝色条纹的齐膝短裤，鞋子上有金色的扣子；有王子，头戴镶满珠宝的冠冕，身穿貂皮袍子和缎子紧身上衣；有滑稽有趣的小丑，穿着皱巴巴的长外衣，脸颊上和尖顶高帽上有红色的圆斑。最最奇怪的是，这些人全都是瓷做的，连衣服也是瓷的。他们个子很小，其中最高的，也高不过多萝茜的膝盖。

一开始，甚至没有一个人望这些行路人一眼。只有一只脑袋超大的紫色小瓷狗跑到墙边来，用细小的声音冲着他们吠叫了几声，然后又跑开了。

"我们怎样下去呢？"多萝茜问。

他们发现梯子很沉，拽不上来。于是稻草人从墙上滚落下去，让其他人跳到他身上，这样，他们的脚就不会落在坚硬的地板上被硌伤。当然，他们一个个都非常小心，注意不踩到他的脑袋，以免让针戳进脚底。大家安全落地后，把稻草人扶了起来。这时他的身体已经被踩得扁扁的，他们就拍拍稻草，把他拍回到原来的形状。

"我们要到达另一边，就得从这奇怪的地方穿过去，"多萝茜说，"因为我们必须按预定的方向，向南走。改走别的路是不明智的。"

他们开始穿越瓷人的地界。他们碰上的第一样东西，是一个正在给瓷母牛挤奶的瓷人挤奶女工。他们走到近前时，母牛突然踢了一下，把凳子、奶桶，连同挤奶女工本人，都踢翻了。母牛自己摔倒在瓷地上，发出很厉害的咔嘣一声响。

多萝茜很震惊地发现，母牛摔断了一条腿，奶桶碎成了几小块，可怜的挤奶女工左胳膊肘上被踢出来一个小豁口。

"瞧瞧！"挤奶女工生气地嚷道，"瞧瞧你们都干了些什么！我的母牛弄断了腿，我得带她去修理铺，用胶把它重新沾上。你们莫名其妙闯进来，惊吓我的母牛，到底是什么意思呀？"

"非常对不起，"多萝茜应道："请原谅。"

但是秀丽的挤奶女工被深深地惹恼了，没有回应多萝茜的道歉。她绷着脸，把断腿捡起来，牵着母牛离去了。那可怜的动物一瘸一拐，用三条腿走着。挤奶女工一边走，还一边回过头来，用责备的目光看了这些蠢笨的异乡人几眼，她受伤的胳膊肘紧紧地贴在身侧。

闯下这么大一个祸，多萝茜很伤心。

"在这地界，我们必须非常小心，"有仁慈之心的伐木人说道，"否则就会伤害这些秀丽的小人，给他们带来无法愈合的伤痛。"

往前走出去没多远，多萝茜遇见了一位衣着最美丽的年轻公主。她一看见这些异乡人，立刻停住脚步，扭脸就跑。

多萝茜想多看公主几眼，就跟在她后面追。那瓷女孩儿大声喊叫起来：

"别追我！别追我！"

她的声音那么细，充满了惊惧。多萝茜停住脚，问道："为什么不要追？"

公主也停住脚，站在一段安全的距离之外，答道："我奔跑的话就可能摔倒，把自己摔破。"

"不是可以修理的么？"多萝茜问。

"啊，修是可以修的；但是你知道，一个人修理过以后，就再也没有那么漂亮了，"公主答道。

"我想是的，"多萝茜说。

"这会儿笑话王先生过来了，他是我们这地方的小丑之一，"那瓷小姐接着说道，"他老是玩儿拿大顶，常常把自己摔破，浑身已经修补过一百处，模样一点都不俊俏了。他已经过来了，你可以自己看。”

真的，一个滑稽有趣的小个子小丑正向她们走来。多萝茜看得出来，尽管那一身漂亮的红黄绿衣衫完全遮盖住了碎裂过的地方，但小丑的一举一动都明白无误地表明，他身上有许多地方修补过。

小丑把双手插进口袋里，鼓起腮帮子，鲁莽地向她们点点头，说道：

“我的美丽小姐
你们为何盯着
　可怜的老笑话王先生？
你们十分僵硬，
　十分古板，仿佛
吞下了一根拨火棍！”

“安静些，先生！”公主说，“你看不出这些是异乡人么？不懂得应该对他们尊敬些么？”

“嗯，我希望，这就是尊敬，”小丑声言道，立刻来了个拿大顶。

“别介意笑话王先生，”公主对多萝茜说，“他的脑袋摔坏了，伤得不轻，所以他变蠢了。”

“哦，我一点也不介意他，”多萝茜说。“不过你太美丽了，”她接着说道，“我敢肯定，我会深深地爱上你的。你愿意让我带回堪萨斯，站在婶婶爱姆的壁炉台上么？我可以把你放在篮子里带着。”

“那样我会很不快乐的，”瓷公主答道，“你知道，在这儿，在我们的地界，我们的日子过得心满意足，可以随心所欲地说话和走动。但是我们中间的任何一个只要被带走，关节就会立刻变僵硬，那时就只能笔直地站着，供人家赏玩。自然啰，人家对于我们的期待，无非是把我们摆在壁炉台上、陈列柜里、客厅的桌子上。但在这儿，在我们自己的地界，我们的生活要愉快得多。"

"无论如何，我并不想让你不快乐！"多萝茜嚷道，"所以，我这就说再见。"

"再见，"公主答道。

他们小心翼翼地从瓷地界走过。一路上，小动物们和所有的人纷纷逃避，唯恐这些异乡人踩碎他们。大约一小时后，这些行路人到达了瓷地界的另一边，遇到又一堵瓷墙。

不过，它没有第一堵墙那么高。他们都站在狮子背上，连攀带爬，翻上了墙头。然后，狮子并拢腿，蹲一蹲身子，纵身跳了上去。但他跳起的时候，尾巴刮倒了一座瓷教堂，把它砸得粉碎。

"太可惜了，"多萝茜说，"不过说实在的，我觉得我们还算运气，只弄断了一头母牛的腿，砸碎了一座教堂。我们并没有给这些小人儿造成更多的伤害，他们全都那么容易碎！"

"确实是的，太容易碎了，"稻草人说，"谢天谢地，我是稻草做的，不容易被毁坏。想不到，天底下居然还有比做一个稻草人更糟的事。"

第二十一章　狮子变成百兽之王

从瓷墙上爬下来之后，四个行路人发现自己来到了一片讨厌的地界。到处是沼泽，沼泽里长着又高又密的野草，走过去时，很难避免掉进泥泞的水坑里。他们小心地看着脚下走，总算平安地走到了头，来到坚实的地面上。但这儿的旷野太荒凉了，似乎比他们先前到过的任何地方都更荒凉。他们在矮树丛中走了很长一段时间，走得很累，最后走进了又一片森林里。这林子里的树比他们见过的任何树木更加高大，更加古老。

"这森林真是好极了，太令人愉快了，"狮子断然地说，快乐地环顾着四周，"我从来不曾见过比这更美丽的地方。"

"好像很阴森呢，"稻草人说。

"一点也不阴森，"狮子回应道，"我愿意一辈子在这儿生活。看，你脚底下的枯叶多么柔软，长在这些古树上的青苔多么葱郁。肯定的，一头野兽，不可能指望比这更舒适的家园了。"

"也许这林子里已经有野兽了，"多萝茜说。

"我看肯定有，"狮子答道，"不过我还没有见到过。"

他们在森林里穿行着，直到天太黑了，不能再向前走为止。多萝茜、托托和狮子躺下来睡觉，伐木人和稻草人像往常一样，为他们守望。

晨光破晓后，他们重新上路了。还没走出多远，就听见一种低沉的、嗡隆嗡隆的声音，好像是许多野兽在一起咆哮一样。托托有点儿呜呜咽咽的，但其余的人都不害怕。他们沿着踩踏出来的小径，一直往前走，最后来到一片林中空地上，发现这儿聚焦着几百头各个种类的野兽。老虎、大象、熊、狼、狐狸……自然史上存在的所有各种动物，这儿都全了。有那么一小会儿，多萝茜感到很害怕；但狮子解释说，动物们这是在开会。根据他们的咆哮声，他断定，他们遇到了极大的麻烦。

他一开口说话，几只野兽就看到了他。立刻，这大聚会就像中了魔法一样，肃静无声。老虎中个子最大的那一只走上前来，对狮子鞠了一躬，说道：

"欢迎啊，百兽之王！你来得正是时候，来帮我们打败敌人，给森林里的所有动物重新带来和平吧。"

"你们遇到了什么样的麻烦？"狮子平静地问。

"我们全体受到了威胁，"老虎答道，"有一个凶猛的敌人，它是最近来到这森林里的。这只极其可怕的怪物，样子像大蜘蛛，身体有大象那么大，腿有树干那么长。怪物有八条树干那么长的腿，在林子爬行着，一条腿逮住一只动物，拽过去送到嘴里，像蜘蛛吃苍蝇一样吃掉。只要那凶猛的家伙活着，大伙儿就没有一个是安全的。你过来的时候，我们正在开会，商量怎样保护自己。"

狮子想了片刻。

"这个森林里还有别的狮子么？"他问。

"没有了。从前是有的，但都被怪物吃光了。再者呢，那些狮子不如你，没一个抵得上你这么魁梧和勇敢。"

"假如我结果了你们的敌人，你们是否愿意拜倒在我面前，奉我为森林之王？"狮子问。

"我们很乐意，"老虎答道。所有别的野兽齐声大吼："我们愿意！"

"此时此刻，你们的那个大蜘蛛在什么地方？"狮子问。

"那边，在橡树中间，"老虎一边说，一边用前爪指点着。

"照顾好我这些朋友，"狮子说，"我马上就过去，和怪物斗一斗。"

他和同伴们说了再见，骄傲地大步离去，去和敌人作战。

狮子找到大蜘蛛的时候，它正躺在那儿睡觉。它的样子太丑了，狮子作为它的敌人，见了它厌恶得直往上掀鼻子。它的腿真有老虎说的那么长，身体上满是粗硬的黑毛。它有一张巨大的嘴，嘴里长着一排一英尺长的尖牙。不过，把它的脑袋和矮胖身躯连接在一起的颈子，却像黄蜂的腰一样细。这给狮子提示了一个袭击怪物的最好方法。他知道乘它睡着的时候攻击它，比它醒来后容易；所以他猛地纵身一跃，不偏不倚落在它的背上。然后，他举起沉重的前掌，张开尖利的爪子，重重一击，把蜘蛛的脑袋从身体上捆了下来。然后，他跳下怪物的身体，望着它，直到那些长腿停止扭动。他知道，现在怪物已经死了。

狮子回到林中空地上，森林野兽们在等着他。他骄傲地说：

"你们不必再害怕你们的敌人了。"

于是野兽们向狮子鞠躬，奉他为他们的王。他许诺，一旦把多萝茜平安地送上回堪萨斯的路，就回来统治他们。

第二十二章　阔德林人的地界

　　四个行路人平安地通过了森林的其余部分。当他们从森林的幽暗中走出来时，映入他们眼帘的，是一面陡峭的山。从山顶到山脚，全都是大块大块的岩石。

　　"要爬过去很不容易呢，"稻草人说，"但无论怎样，我们必须翻过山去。"

　　于是他在前面领路，其他人在后面跟着。快要走到第一块岩石跟前时，他们听到一个粗野的声音喊叫着："站住，回去！"

　　"你是谁？"稻草人问道。

　　从岩石后面钻出了一个脑袋。同一个声音说道："这是我们的山，我们不允许任何人过去。"

　　"但是我们一定得过去，"稻草人说，"我们要去阔德林人的地界。"

　　"不行！"那声音答道。话音刚落，从岩石后面走出了一个最奇怪的人，我们的行路人从未见过那种样子的怪人。

　　他十分的矮，十分的胖，还有一个大脑袋。那脑袋顶上是平的，架在一根粗粗的、满是皱褶的脖子上。但是他根本没有手臂。看到这一点，稻草人不害怕了。他不相信，一个如此弱势的家伙，能够阻止他们爬山。所以他说道："很抱歉，我不能按照你的愿望行事，无论你是否愿意，我们都要翻过你的山去。"

　　怪人的脑袋快如闪电地弹射过来，他的脖子直向前伸，那脑袋的平顶顿时就击中了稻草人的身体中央。稻草人被撞翻了，一个跟头接一个跟头地翻滚着，滚下山来；那脑袋却嗖地缩了回去，几乎像出击时一样快。怪人发出刺耳的笑声，说道："不像你想的那么容易呢！"

从别的岩石后面，响起了一片像合唱一样的狂笑声。多萝茜看见山坡上出现了几百个无臂榔头脑袋，一块岩石后面一个。

这一片幸灾乐祸、讥嘲稻草人的笑声，激怒了狮子。他大吼一声向山上冲去，狮吼声像滚雷一样回响着。

多萝茜跑上前去，把稻草人扶了起来。狮子只感觉到自己受了伤，很疼。他走到多萝茜跟前，说道："和弹射脑袋的人斗是没有用的，谁也抵挡不住他们。"

"那怎么办呢？"她问。

"召唤飞猴，"铁皮伐木人提议道，"你还有权力命令他们一次。"

"很好，"她说，戴上金帽子，念动了咒语。猴子们像以往一样迅捷，只过了一会会儿，整群飞猴就站在了她面前。

"您有什么吩咐？"猴王鞠了一躬，询问道。

"载着我们翻过山，到阔德林人的地界去，"女孩儿答道。

"事情会办妥的，"猴王说。飞猴们立刻用长臂捉住四个行路人和托托，提溜起来，带着他们飞上了天。他们从山的上空经过时，那些榔头脑袋气急败坏地叫嚷着，把脑袋高高地弹射到空中，却够不到飞猴们。猴群载着多萝茜和她的伙伴平安地飞过山去，来到阔德林人的美丽地界，把他们放了下来。

"这是你最后一次可以传召我们，"猴王对多萝茜说，"再见，祝你们好运。"

"再见，多谢了，"女孩儿答道。猴子们腾空而起，眨眼之间，就从视野中消失了。

阔德林人的地界看上去富足而快乐。一片片田地毗连着，生长着即将成熟的谷物，田地间伸展着铺砌得很平整的道路。清丽的小河潺潺地流淌着，与道路相交的地方架着结实的小桥。栅栏、房屋和小桥全都漆成鲜亮的红色，正如温基人的地界都漆成黄色、芒奇金人的地界都漆成蓝色一样。阔德林人长得又矮又胖，显得丰腴而且好脾气。他们身上穿的衣服也全都是红色的，在绿色的草和金黄的谷物映衬下，显得格外鲜明。

飞猴将他们放下的地方靠近一座农舍，四位行路人走上前去，叩了门。开门的是农夫的妻子，多萝茜向她要些东西吃，那妇人就供给他们几位一顿好饭，包括三种蛋糕和四种曲奇饼。她还给了托托一碗牛奶。

"这儿离格琳达的城堡有多远？"女孩儿问。

"没有多少路了，"农夫的妻子答道，"沿着向南去的路往前走，走不了多久就能到。"

他们谢过善良的妇人，重新启程了。四位行路人从一片片田野边走过，从一座座秀丽的小桥上走过，最后，来到一座美丽的城堡跟前。城堡大门口站着三位年轻女孩儿，她们穿着漂亮的红色制服，制服上镶着金色的饰带。多萝茜走到近前时，其中一个问她：

"你为什么来南方地界？"

"我来见统治这地界的善女巫，"她答道，"你可以带我去见她么？"

"请告知你们的姓名，我去问格琳达是否愿意见你们。"他们说明了自己的身份，女兵就进城堡去了。过了一会儿，她走出来，说多萝茜和众人获准立刻入见。

第二十三章　善女巫格琳达准了多萝茜的愿望

去见格琳达之前，他们被带到城堡中的一个房间里。在这儿，多萝茜洗脸、梳头，狮子抖掉鬃毛里的灰尘，稻草人把自己的身体拍成最佳形状，伐木人擦亮铁皮、给关节上油。

一个个整理打扮得十分体面后，他们跟着女兵来到一个大厅，见到女巫格琳达坐在一个红宝石宝座上。

在他们眼里，她既美丽又年轻。她的长长的卷发是富丽的艳红色，披垂在双肩。她衣裳纯白如雪，眼睛却是蓝蓝的。她和蔼地看着小女孩。

"我能为你做些什么，我的孩子？"她问。

多萝茜把她所有的故事都讲给女巫听了：龙卷风怎样把她带到奥兹国，她怎样找到同伴，还有她和同伴们的各种奇遇。

"现在，我最大的愿望是回到堪萨斯去，"她补充道，"因为姆姆爱姆肯定会以为我遇到了可怕的事情，那会让她穿上丧服的。除非今年的庄稼收成比去年好，叔叔亨利肯定担负不起服丧的费用。"

可爱的小女孩仰望着格琳达，善女巫前倾着身子，吻了她的甜美的小脸。

"祝福你可爱的心儿，"她说，"我肯定能告诉你一种方法，让你回到堪萨斯去。"然后她加上一句："但是，如果我告诉了你，你必须把金帽子给我。"

"我很乐意！"多萝茜嚷道，"其实，现在这帽子对我已经没有用了。你拥有它后，可以命令飞猴三次。"

"我想，我需要他们服务的次数正好就是三次，"格琳达微笑着说。

多萝茜就把金帽子给了格琳达。善女巫对稻草人说："多萝茜离开我们后，你准备做什么呢？"

"我要回到翡翠城去，"他答道，"因为奥兹让我做了它的统治者，而且，翡翠城的人民很喜欢我。唯一让我发愁的事，是怎样翻过椰头脑袋们的山。"

"我会借助金帽子，命令飞猴把你载到翡翠城的城门口，"格琳达说，"因为，夺走一位如此神奇的统治者，让人民失望，那是一件可耻的事。"

"我真的很神奇么？"稻草人问。

"你很不寻常，"格琳达答道。

她转过脸来对着铁皮伐木人，问道，"多萝茜离开这国家后，你准备怎么办？"

他靠在斧子上想了一会儿。然后他说，"温基人对我非常好，邪恶女巫死后，他们希望我去统治他们。我喜爱温基人，如果能回到西方地界，我愿意永久地统治他们。我没有比这更好的事可以做了。"

"我给飞猴们的第二道命令，"格琳达说，"将是把你平安地载到温基人的大地上去。也许，你的大脑看上去没有稻草人的那么大，但你确实比他明亮——在你好好地擦过之后。我确信不疑，你会英明地统治温基人，把他们的地界治理得井井有条。"

然后，女巫看着毛蓬蓬、身躯庞大的狮子，问道："多萝茜回自己的家之后，你准备怎么办呢？"

"在椰头脑袋们的山另一边，"他答道，"有一片巨大而古老的森林，住在那儿的所有野兽，奉我做了他们的王。只要能回到森林里去，我会很快乐地在那儿度过一生。"

"我给飞猴们的第三道命令，"格琳达说，"将是把你载送到你的森林里去。那时候，金帽子给我的法力用完了，我就把它送给猴王。从此，他和他的猴群就永远自由了。"

稻草人、铁皮伐木人和狮子诚挚地感谢她的仁慈，多萝茜大声说道：

"你真的既美丽又善良！但是，你还没有告诉我怎样回堪萨斯。"

"你的银鞋会载送你越过沙漠，"格琳达答道。"如果你知道这双鞋的法力，来到这国家的第一天，你就可以回到你的婶婶爱姆身边了。"

"可要是那样的话，我就永远不会有这奇妙的大脑！"稻草人嚷道："我就有可能一辈子在农夫的谷子地里度过。"

"我就不会有这一颗可爱的心，"铁皮伐木人说，"我就有可能一直站在那片森林里，锈在那儿，直到世界末日。"

"我就会永远作为一个胆小鬼活在世上，"狮子断言道，"整个森林没有一只野兽会好好地对我说一句话。"

"这些全都是实话，"多萝茜说，"我很高兴自己对这些好朋友有用。但是现在，他们各人都得到了自己最想要的，并且各人都快快乐乐有一个地界可以统治。我想，是时候我该回堪萨斯去了。"

"银鞋有神奇的法力，"善女巫说，"它们能做许多最不寻常的事情。其中之一是，你走三步，它就能把你载送到世界上任何一个地方去，而且每一步都只用一眨眼的工夫。只要这样做就可以办到：将两只鞋后跟互相碰三次，然后下个命令，无论你想去哪儿，它们都会把你送到。"

"如果确实是这样，"女孩儿满心欢喜地说，"我马上就叫它们把我送回堪萨斯去。"

她伸出胳膊，猛地抱住狮子的脖子，吻了他，轻轻地拍了拍他的大脑袋。然后她吻了铁皮伐木人，他哭得很厉害，这对他的关节是极其危险的。但是，她没有吻稻草人那张画出来的脸，而是拥抱了他那柔软的、填塞着稻草的身体。在这即将与挚爱的同伴们分别的时刻，她发现自己也在哭泣着。

善女巫格琳达从红宝石宝座上走下来，和小女孩吻别。多萝茜说了谢谢，感谢女巫对她的朋友和她本人所示的恩惠。

现在，多萝茜庄重地把托托抱在了臂弯里。她向大家最后说了一声再见，然后将两只鞋后跟碰了三次，说道：

"送我回家，回到婶婶爱姆身边！"

立刻，她就在空中疾驰起来。太快了，她能看到或者说感觉到的，只有从她耳边呼啸而过的风。

银鞋只走了三步，然后她就停住了。这一停来得太突然，她在草上滚出去好几个跟头，才弄明白自己到了什么地方。

最后，她总算坐了起来，向四周张望着。

"天哪！"她嚷道。

因为她正坐在堪萨斯广阔的大草原上。她的面前，就是叔叔亨利的新农舍，那是龙卷风把老房子刮走后新造的。叔叔亨利正在谷仓旁的场地上给母牛挤奶，托托已经从她怀里跳出来，正癫狂地吠叫着，向谷仓奔去。

多萝茜站起身来，发现自己只穿着袜子。因为她在空中飞驰时，那双银鞋从脚上掉下去，永远地失落在沙漠中了。

第二十四章　回到家

婶婶爱姆刚从屋子里出来，正在给卷心菜浇水，一抬头，却看见多萝茜向自己奔过来。

"我的宝贝孩子哟！"她嚷道，把小女孩搂在怀里，雨点般地吻着她的脸，"你到底是从哪儿跑回来的呀？"

"从奥兹国，"多萝茜认真地说，"托托也是，他也回来了。啊，婶婶爱姆！回到家，我是多么高兴哟！"

水 孩 子

给我的幼子
格伦威尔·亚瑟
和
其他所有的好小孩

来，读我所作的谜，每个好小人：
如果你读不懂，就不能长大成人。

第一章

从前，有个扫烟囱的孩子①，名叫汤姆。这名字很短，从前你也听到过，所以很容易记住。

汤姆住在英格兰北部一个大城市里，那儿有许多许多烟囱需要打扫，有许多许多钱让汤姆去挣。挣钱给谁花？给他的师傅。

他不会读书也不会写字，也压根儿想不到上面去。他从来都不洗脸，因为他住的那个院子根本就没有水。没人叫他做祷告②，他只在一种话里听说过上帝和基督。那是一种什么样的话？你们从来都没有听到过，要是他也没有听到过就好了。

他一半时间哭，一半时间笑：他不得不爬进污黑的烟囱，磨破可怜的膝盖和胳膊肘；他师傅每天打他；每天他眼睛里都会掉进烟灰；每天他都吃不饱。这些时候，他哭。

每天，有另一半时间，他和别的孩子玩掷硬币，或者玩跳背游戏：一个人蹲着，另一个人跳过去，一道杠一道杠地跳；如果看见马过去，就向马腿中间扔石子儿；他最喜欢的游戏是在附近的墙垛后面捉迷藏。

这些时候，他笑：什么扫烟囱啦，饿肚子啦，挨打啦，都像刮风下雨打雷一样，被他忘到九霄云外去喽。他像个男子汉大丈夫一

---

① 扫烟囱的孩子：过去，在英国，烟囱大而弯曲；小孩子身体比较小，可以爬进去，在里面活动，所以训练小孩子爬到里面去清除烟灰。

② 做祷告：英国人普遍信奉基督教，除去教堂做礼拜外，在家中，例如，在用餐之前，也要向上帝祈祷。

样挺过去，像他的老驴子对付冰雹一样，晃晃脑袋，仿佛什么事也没发生似地又高兴起来，盼着好日子快快来临。

他盼着自己长大成人，做了扫烟囱的师傅，像大人一样坐在酒店里，喝喝啤酒，抽抽旱烟，玩纸牌赢银币，穿棉绒衣服和长筒靴，牵一条长着长长的灰耳朵的小叭狗，口袋里装着小狗崽。

而且，如果可能的话，他还要带徒弟，带那么一两个，或者三个。他要像师傅对待自己那样，吓唬他们，敲他们的脑袋。回家的时候，烟灰袋让他们扛。

而他呀，他将骑着驴子走在前头，嘴上叼着烟斗，纽扣上插一支花儿，就像国王走在军队前面一样。没错，好日子就要来的。况且，他的师傅已经让他喝酒瓶里剩下的几滴酒了，每逢这种时候，他就成了全镇上最快乐的孩子。

一天，汤姆住的那个院子里来了一个骑马扬鞭的机灵的小侍从。当时汤姆正躲在一堵墙后面，对着马腿举起了半截砖，这是他们欢迎陌生人的惯例。

客人看到了他，问他扫烟囱的格林姆先生住哪儿。格林姆先生便是汤姆的师傅。汤姆是个生意精，对顾客总是很客气，他把手里的半截砖轻轻地丢在墙后，迎上去，带他去见格林姆先生。

明天早晨，格林姆先生要动身去约翰·哈塞沃爵士的庄园了。爵士的烟囱需要打扫，而原来那个扫烟囱的进了监狱。小侍从走了，汤姆没来得及问那人为什么坐牢，他自己也坐过一两次牢呢。

还有，那个小侍从看上去非常整洁。他穿着褐色的鞋，打着褐色的绑腿，穿着褐色的夹克衫，还系着一条雪白的领带，领带上面别着一枚精巧的小别针；他的脸红喷喷的，干干净净。

这使汤姆心里很不是滋味儿，憎恶起自己的模样来。他想，这家伙是个蠢货，穿着别人买给他的时髦衣服摆臭架子。他走回墙后，又捡起那半截砖。但是最后他并没有把它扔过去。他想起对方是来谈生意的，既然是这样，也就罢了。

来了个这样的新顾客，他师傅高兴坏了，于是他立刻把汤姆打倒在地。那天晚上，他酒喝得特别多，比平时多两倍还不止，这样他明天才能早起床。因为，一个人醒来时头越是疼，就越是愿意出去呼吸新鲜空气。

第二天早上四点起床后，他又把汤姆打倒在地，目的是为了教训他一下，就像年轻的先生在公立学校受到的教训一样，教他做个好孩子。因为今天他们要去一座很大的房子，只要那里的人满意他们的话，就可以做成一笔好交易。

这些汤姆也想到了。即使师傅不打他，他也会拿出最好的表现来。因为哈塞沃是世界上最美妙的地方，虽然他从来没有去过；而约翰爵士是世界上最可怕的人，他见过他，因为两次送他去坐牢的正是约翰爵士。

即使在富丽的北国，哈塞沃也算得上一块好地方了。它有一座大房子，在汤姆已经记不清的一次乱了套的骚乱中，惠灵顿公爵①的十万士兵和许多大炮安置在里面还非常宽余，至少汤姆相信确有此事。

它有一座花园，里面有许多鹿，汤姆认为鹿是喜欢吃小孩的妖怪。它有几英里的运动场，格林姆先生和烧炭的小伙子在那儿打过几次网球，汤姆乘着那几次机会看到了雉鸡，他很想尝尝它们的滋味。

那儿还有一条很有气派的河，河里有鲑鱼，格林姆先生和他的朋友很想偷些吃，可是那就得下到冰冷的河水里，这种苦差使他们可不肯干！

总之，哈塞沃是块好地方，约翰爵士是个德高望重的老头儿，就连格林姆先生也一贯尊敬他。

这不仅仅因为格林姆先生每个礼拜总会干一两件犯法的事，爵士可以把他关进监狱，每个礼拜爵士都有一两次把人关进去；也不

---

① 惠灵顿公爵：英国将军，因在滑铁卢战役打败拿破仑而著名。

仅仅因为周围好多公里的土地都属于爵士；而且因为，约翰爵士是一切拥有一大群猎狗的绅士中最开朗、正直而通达的人。他认为怎样对待邻居好，就怎样做；他认为什么对自己好，就能得到什么。

最主要的原因是：他体重一百公斤，他的胸膛的宽度谁也说不准，他完全能够在公开的格斗中把格林姆先生摔出去老远，让这个称雄一方的大力士跌得爬不起来。但是，亲爱的孩子们，世界上有许多事我们能够做，而且很想做，却是不应该做的。所以，如果约翰爵士把格林姆先生摔倒，就不合适了。

因为上面说的那些原因，格林姆先生骑马经过镇子时，总是向约翰爵士举手行礼，称他为"好汉子"，称他的年轻的太太为"贤夫人"。在北方，要得到这两个称呼可不容易，格林姆先生认为这样尊重他们，便可以吃到他的雏鸡了。

我敢说，你们从来没有在盛夏凌晨三点钟起过床。有人倒是这么早起床的，因为他们想捉鲑鱼，或者想去阿尔卑斯山；而更多的人则是像汤姆那样，不得不起床。但是我向你们保证，盛夏凌晨三点钟是一天二十四小时、一年三百六十五天中最最令人愉快的时间。

不过，我说不清人们为什么不在这个时间起床，大概他们故意把白天一样可以做的事情拖到晚上去做，损害他们的神经和气色吧。

汤姆的师傅昨晚七点去酒吧时，汤姆就上了床，像猪一样地睡了；所以呢，正像那些总是早早醒来，把少女们叫醒的斗鸡一样，当先生太太们刚刚准备上床时，汤姆就起床了。

就这么着，他和师傅出发了。格林姆骑着驴子走在前面，汤姆扛着刷子走在后面，走出院子，走上大街，经过关得紧紧的百叶窗，眼皮在打架的警察，和在灰白的黎明中泛着灰白的光亮的屋顶。

他们走过矿工村，村里家家户户关着门，没有一点声音。他们穿过收税栅，然后，他们才真的来到乡间，沿着黑色的、铺满灰尘的道路吃力地向前走。路两旁是矿渣砖砌成的墙，除了远处矿机的呻吟和撞击声之外，听不到别的声音。

可是不久，路变白了，墙也变白了，墙脚下长着长长的草和美丽的花，湿漉漉地沾着露水。他们听到的不再是矿机的呻吟，而是云雀在高高的天空上作晨祷的歌唱，和斑鸠在芦苇丛中的鸣啭，那些斑鸠已经唱了一夜了。

其余的一切都默不作声，因为大地老夫人还在沉睡。就像许多可爱的人一样，她显得比醒着时更加可爱。那些巨大的榆树，沉睡在泛着金光的草地上，树下睡着奶牛。

附近的云也在沉睡，它们很困了，就躺在大地上休息，拉得长长的，白色的，一小片一小片和一条一条的，在榆树的树干之间，在溪边赤杨树的树顶上，等待太阳出来吩咐大家起床，在清澈的蓝天下忙碌一天的事情。

路边的景色向后退去。汤姆看啊看啊，看个没完，因为他以前从来没有到过这么远的乡间，他多么想跨进一扇篱笆门，去摘金凤花，在篱笆里寻找鸟巢；可是，格林姆先生是个生意人，这种事儿是不会答应的。

不久，他们遇到了一个穷苦的爱尔兰女子，她背上背着一个包袱，头上包着一块灰头巾，穿着一条深红色的裙子，走路的样子很艰难。根据她的打扮，你可以断定她是盖尔威人。她没穿鞋，也没穿长筒袜。她好像累了，脚底磨坏了，走起路来一拐一拐的。可是她很高，很美，灰色的眼睛非常明亮，脸颊上披着密密的黑发。

格林姆先生看得入了迷，他从她身边走过时，招呼道："这条路真难走，苦了您的嫩脚了，上来吧，坐在我后面怎么样？"

可是她并不喜欢格林姆先生的模样和声音。她冷冷地答道："不啦，谢谢你；我还是和你的小伙计一起走吧。"

"那就请便吧，"格林姆吼道，叼着烟袋走了过去。

她和汤姆一同向前走。她和他说话，问他住在什么地方，问他知道的所有事情。汤姆心想，我还从来没有见过说话这么可爱的女子呢。最后她问他是不是做祈祷，她听了好像很发愁。

后来，汤姆问她住在什么地方。她说她住在老远老远的海边。汤姆问她海是什么样的，她就给他讲，海是怎样地翻滚着，在冬天的夜里怎样拍打着岩石，在明媚夏日怎样静静地躺着，孩子们可以在海里洗澡和玩耍，还有其他一些事情。她说得汤姆恨不能立刻去海边，去看看大海，在海水里洗个澡。

终于，在一个山坳里，他们见到了一道泉水，那是一道真正的北国矿泉，就像西西里和希腊的矿泉一样。老异教徒们曾经幻想有各种女神坐在泉边，在酷热的夏天从泉水中纳凉，而牧羊人就在灌木丛后面，对她们吹奏牧笛。

汤姆他们看到的是一道很大的泉水，在矿石叠成的巉岩脚下，从一个小岩洞中向外冒。它涌动着，泛着泡沫，汩汩作响，清澈得使人分不清哪儿有水，哪儿没有水。

泉水顺路而下，形成一道劲流，大得推得动一座磨坊。它流过蓝色的天竺葵，金色的金梅草，野覆盆子，流过垂着雪绒的雉樱桃树丛。

格林姆停下来，看着泉水。汤姆也看着泉水，他充满了好奇心，想知道那黑乎乎的洞里有没有什么东西会在夜间飞出来，在草地上空飞来飞去。

可是格林姆什么也不想，他一言不发，下了毛驴，翻过路边低矮的篱笆，跪在地上，把丑恶的头伸进水里，一下子就把泉水弄脏了。

汤姆尽可能快地摘着花，那个爱尔兰女子帮着他摘，并教他把花束起来。他们俩很快就扎成了一个很漂亮的花球。但是汤姆看到师傅真的洗起来了，就停住了手。他非常惊奇。

格林姆洗完了，晃晃脑袋，把水甩干。

汤姆说道："嗯，师傅，我以前从来没见过你这样做。"

"以后也不会，就像从前一样。我这样做不是为了干净，而是图个凉快。我才不会像那些一身煤灰的挖煤的毛头小伙子那样，每个礼拜去洗那么一次澡呢。"

"我想到泉边去把头浸一浸，"可怜的小汤姆说："这一定像把头放在镇上抽水机喷出的水里一样好玩，这儿又没有差役来赶人走。"

"你过来，"格林姆说："你干吗要洗？我昨天晚上喝了半加仑啤酒，你又没喝。"

"我不管。"淘气的汤姆说，他跑到泉边，洗起脸来。

本来，那个爱尔兰女子宁愿和汤姆做伴，就已经使格林姆不高兴了，现在这真是火上浇油。他叫骂着冲向汤姆，将他一把拎起来，开始打他。汤姆对此已经习以为常，他把头插在格林姆两腿中间，叫他打不着，并且拼命地踢他的胫骨。

"你不害臊吗，格林姆先生？"爱尔兰女子在篱笆那边喊道。

格林姆抬起头来，他很吃惊：她竟然喊出了他的名字！可是他只是回答了一句"不，绝不。"便继续打汤姆。

"一点不错，如果你会害臊的话，你早就改过自新，去温德尔了。"

"温德尔？你知道多少事情？"格林姆声音很高，可是手已经停下。

"我知道温德尔，也知道你。比如，两年前的圣马丁节①前夜，在赤杨沼矮树丛发生的事情，我也知道。"

"这个你也知道？"他丢下汤姆，翻过篱笆，站在那女子面前。汤姆以为他一定会殴打她了，可是她正颜厉色地看着他，他哪里敢动手。

"对，我在场。"爱尔兰女子平静地说。

"听你的口气，你不是什么爱尔兰女人。"格林姆说了许多脏话以后，这样说道。

"用不着打听我是谁，我看到了我所看到的一切。如果你再打那个男孩，我就会把我知道的事全讲出来。"

格林姆露出一副熊包样，上了驴子，没有再敢多说什么。

---

① 圣马丁节：在每年的十一月十一日，纪念基督教圣徒圣马丁的节日。

"站住！"爱尔兰女子说道："我有一句话要对你们俩说。在一切结束以前，你们俩都会再见到我。想干净的人会干净，想脏臭的人会脏臭，记住。"

　　说完，她就穿过一个栅栏门，走进了草地。格林姆不出声地站了一会儿，像中了邪一样。接着他一边喊着："你回来！"一边追了上去。可是他走进草地时，她不在那儿。

　　她躲起来了么？草地上无处藏身。格林姆四处张望，汤姆也寻找着，他像格林姆一样感到迷惑不解，她怎么一下子就不见了呢？他们找来找去，怎么也找不到。

　　格林姆一声不吭地回到路上，像木头一样。他有些害怕了。他上了驴，装了一锅烟，狠命地抽着，闷声不响地把汤姆丢在了一边。

　　他们已经走出三英里多地，来到了约翰爵士的住宅门前。

　　那些住宅非常豪华，都有大铁门和大理石门柱。门柱上端都雕刻着龇牙咧嘴、长着角和尾巴的怪物。这些形象，是约翰爵士的祖先，在红白玫瑰战争①中使用的头盔上的；敌人一看到这种怪样子，就会吓得争相逃命。

　　格林姆按了一下门铃，一个管家走过来，打开了门。

　　"主人吩咐我在这儿恭候你，"他说："我说，你最好一直走大道，回来的时候别让我在你身上找到一只家兔或一只野兔，我告诉你，我会细细地搜。"

　　"要是在烟灰袋里找到就不算。"格林姆说着，笑了起来。

　　管家也笑了，他说道："如果你是那种人的话，我最好还是陪着你去大厅。"

　　"我想你最好还是去。看守猎物是你的事，伙计，不是我的事。"

　　管家和他们一道往前走去。汤姆惊讶地发现，一路上，管家和格林姆聊得很投机。他不知道，管家只是一个从外面进去的小偷，

---

　　① 红白玫瑰战争：十五世纪英国两个家族争夺王位的战争。

而小偷也不过是一个从里面出来的管家。

　　他们走上一条菩提树大道，这段路足有一英里长。在菩提树的枝叶中，汤姆窥见一头熟睡的鹿，他害怕得发起抖来。那只鹿站在羊齿草中间。汤姆从来没有见过这么高的树，他一边看着它们，一边想：蓝天一定是歇在这些树的树顶上的。

　　但是，一路上，不断地响着一种嗡嗡声，这使他十分迷惑，最后他鼓起勇气，问管家那是什么。

　　汤姆说起话来十分文雅，并且称呼他老爷，这是因为汤姆对他十分害怕。管家听了，心里乐滋滋的。他告诉汤姆，那是些在菩提树花丛中飞来飞去的蜜蜂。

　　"蜜蜂是什么？"汤姆问。

　　"蜜蜂是酿蜜的蜂。"

　　"蜜是什么？"汤姆问。

　　"闭嘴，别烦人。"格林姆说。

　　"别为难这孩子，"管家说："这会儿，他是个文雅的小家伙；假如他不是老跟着你，他会更好的。"

　　格林姆大笑起来，他把这个看作是对他的恭维。

　　"我要是个管家多好啊，"汤姆说："住在这么美丽的地方，像你一样，穿着绿色的天鹅绒制服，扣子上挂着个真正的犬哨。"

　　管家笑了，他够得上是个心地善良的家伙。

　　"一个人总要知足啊，小伙子，你的饭碗要比我靠得住得多。是么，格林姆先生？"

　　格林姆又大笑起来。两个人开始压低声音交谈着什么。可汤姆还是能听出，他们谈的是偷盗猎物的事。

　　最后，格林姆气呼呼地说："难道你没有对不住我的地方么？"

　　"目前还没有。"

　　"等你有了对不住我的地方再跟我说吧，我可是个守信用的人。"

　　说到这儿，他们俩都大笑起来，觉得这是个很好的玩笑。

这时，他们来到了那所房子的大铁门前。汤姆透过铁门向里面张望，他凝视着盛开的杜鹃花和石楠花，望着里面的房子，想着里面有多少烟囱，这房子造了多久了，造这些房子的人叫什么名字，他在这儿干活是否能挣很多钱。

这些问题是很难回答的，因为哈塞沃已经建了九十九次，并且有十九种不同的风格，仿佛有人建了整整一条街的各式各样的房子，再用勺子把它们搅和在一起。

汤姆和他的师傅并没有从那扇正门进去，而是像公爵或主教那样，绕了很长一段路，走到后面，来到一扇小门旁。一个倒垃圾的男仆把他们放了进去，一边开门，一边样子很吓人地打着哈欠。

他们在过道里遇到了女管家，她穿着印花布长袍，花花绿绿地，汤姆误以为她就是女主人了。她严厉地命令格林姆"你当心这个，别碰坏那个，"好像来扫烟囱的不是汤姆，而是格林姆似的。

格林姆洗耳恭听，不住地答应着，低声对汤姆说："你记住了么，你这个小讨饭的？"

汤姆留神听着，能记住多少就记住多少。

女管家把他们带进一个大房间，房间里所有东西上都罩着棕色的纸。她吩咐他们动手干活儿，声音大得吓人。汤姆呜咽了一阵子，师傅踢了他一脚，他才走进壁炉，爬上烟囱。

这时候，有个女仆在屋子里看守家具。格林姆先生和她打趣，对她说恭维话，献殷勤，可是她爱理不理，让他很扫兴。

汤姆扫了多少烟囱我说不上来，他爬过一个又一个烟囱，累极了，也糊涂了。因为这里的烟囱道跟镇子里的不一样，他不习惯。不信你可以爬上去看看，你大概是不愿意爬上去的。

你会发现，这些古老的乡村房屋中，烟囱都又大又弯，改建过一次又一次，最后都连在了一起。因此，汤姆在烟囱里彻底迷路了。

尽管烟囱里漆黑一片，他并不十分着急，他在烟囱里就像鼹鼠在地洞里一样自在。最后，他沿着一个烟囱下来了。他以为自己走对了，实际上却走错了。他发现自己站在一个房间的炉边地毯上，他从未到过这样的房间。

汤姆从来没有见过这样的景象。以往他到绅士们的房间去时，看到的总是：地毯卷了起来，窗帘取了下来，家具乱七八糟堆在一起，上面罩着布，墙上的画都用饭单和抹布遮着。他老是想，这些房间要是布置好了供那些贵人起居会是什么样。

现在他见到了，他觉得，眼前的景象是多么美妙啊。

房间里一片洁白。白色的窗帘，白色的床帷，白色的墙，有的地方有那么几条粉红色的线条。地毯上缀着各种颜色的小花，墙上挂着镶金框的画儿。汤姆觉得那些画好玩极了。画上有夫人，绅士，马，狗。他喜欢那些马，但对狗一点也不感兴趣，因为那些狗里面没有哈巴狗，连条小猎狗也没有。

但最让汤姆好奇的是一幅画儿上的一个男人，他穿着大礼服，周围是一些孩子和他们的妈妈，他把手放在孩子们的头上。

汤姆心想，这张画放在太太或小姐的房间里是很美的呀。他看得出，这房间里的摆设说明它是女子的房间。另一张画是一个男人被钉在十字架上①，汤姆看了很吃惊，他记得好像在商店橱窗里见过这样的画，这儿为什么也有呢？

"可怜的人，"汤姆想："他看上去多么温和平静啊。那位女子为什么在自己房间里挂这么可怕的画儿呢？也许是她的亲人吧，他在荒野里被人杀害了，她把画像挂着留个纪念。"

房间里有一样东西使他迷惑不解，那是一个脸盆架。上面放着热水瓶、脸盆、肥皂、刷子和毛巾，还有一个盛满清水的大浴盆。好大一堆东西啊，全是用来洗浴的！

"照我师傅的那一套，她一定是一位很脏的小姐，"汤姆心想："否则要这么一大堆擦洗用具干什么。但她一定很狡猾，把脏东西都藏

---

① 一个男人被钉在十字架上：这人是耶稣基督，那幅画便是耶稣基督受难图。

起来了，因为房间里没有一点灰尘，连那条洁白的毛巾上也没有。"

接着他看到了床，看到了那位脏小姐——他惊讶得屏住了呼吸。

汤姆从来没见过这么美丽的小姑娘，她盖着雪白的被子，枕着雪白的枕头，她的脸颊像枕头一样白，头发像金线一样披散在床上。她也许和汤姆一样大，也许大一两岁。

可是汤姆想不到这个。他只是想着她细嫩的皮肤和金黄的头发，弄不清她究竟是个真人呢，还只是个商店里见过的那种蜡人。只有她的呼吸使他肯定，她是个活人。他呆呆地凝视着，仿佛她是天使。

"不，她不会是个脏小姐，她从来没有弄脏过。"汤姆心想。他又想道："人洗过以后都是这样的么？"他看着自己的手腕，试着擦上面的灰。他不知道那些灰是不是能够擦掉，他想："如果我是像她那样长大的，看上去一定显得漂亮多了。"

他四下望望，突然看见他身旁站着一个瘦小、丑陋、黑乎乎的、破破烂烂的孩子，双眼朦胧，龇着白牙。他愤怒地转过身去。这个小黑猴在这可爱的小姑娘房间里干吗？

他突然意识到，面前是一面镜子，镜子里正是他自己，汤姆从来没有见过自己的这副样子。

汤姆生平第一次发现自己很脏，又羞又怒，眼泪涌了上来。他转过身去，想再爬进烟囱，躲起来。这一下，他碰倒了炉子的护圈，碰掉了烙铁。哗啦，叮叮当当，一阵响声，就像一万只疯狗尾巴上系着罐头筒发出的声音一样。

那个洁白的小姑娘从床上惊跳起来。她一看到汤姆，便像孔雀一样尖声喊叫。隔壁房间一个胖胖的老保姆立刻冲进来，她看见汤姆，便以为他是盗贼，是来杀人放火的。这时汤姆还躺在壁炉的垫圈上，被她冲过来一把抓住了夹克衫。

但是他并没有被逮住。汤姆曾经好多次被警察抓住，又从警察手里逃脱。如果这一回笨得落在一个老妇人手里，他以后怎么有脸去见他的老朋友？他使出双倍的力气，挣脱那位善良女士的手，冲

143

过房间，一霎眼功夫便从窗户里出去了。

　　他完全有胆子跳下楼去，但是没有这个必要。溜水管可是他的拿手好戏。有一次，他竟然沿着水管爬上了教堂的屋顶。他说自己是去掏老鸦蛋的，可警察却说他偷铅。他就坐在高处，坐到烈日当空的时候，再沿着另一根水管爬下来。警察只好回巡捕房去吃午饭。

　　不过，这一回，他并没有溜水管。

　　用不着。窗前长着棵大树，它枝叶繁茂，开着雪白的花朵。那些花有他的脑袋那么大，我猜大概是木兰花吧。可是汤姆却不知道这个，也顾不上去想。他像只猫一样沿着树溜了下来，穿过花园的草坪，翻过铁栅栏，进了大园子，向树林跑去。

　　老保姆被他甩在了后面，她在窗口尖叫着：杀人啦，放火啦。

　　正在割草的花匠看见了汤姆，把镰刀一丢，却扎在腿上，划了个口子，害得他后来在床上躺了一个礼拜。可是当时他一点也不觉得，急火火地去追汤姆了。

　　挤奶妇听到喧闹声，手忙脚乱打翻了奶桶，牛奶淌了一地，但她根本不管，一跃而起，去抓汤姆了。

　　一个侍从正在为约翰爵士打扫马厩，一把没抓住汤姆，自己却扭伤了脚，一瘸一拐有五分钟，但他依然去追汤姆了。

　　格林姆把烟灰袋弄翻在新铺砂石的院子里，把地上搞得一塌糊涂，但他撒腿便去追汤姆了。

　　年老的看门人慌急慌忙地开门，却把他的小马的下巴钩在了钉子上，据我所知，至今它还挂在那儿，可他还是拔腿便去追汤姆。

　　正在耕地的农夫把马丢在田头，跳过篱笆，却把犁和别的农具都碰翻在沟里；可是他头也不回地去追汤姆了。

　　管家正从夹子里取黄鼠狼，想把它放掉，却把自己的手指夹住了，可他还是蹦起来，跟在汤姆后面拼命追。唉，想想他前面说过的话，他看上去多么善良，要是他抓住汤姆的话，我真的会难过。

　　约翰爵士是个起床很早的绅士，这时正从书房的窗户往外看，

144

看看保姆在什么地方；不料屋顶上落下的灰土掉进了眼睛，后来他只好去请医生，可当时他仍然去追汤姆了。

那爱尔兰女子正好上门乞讨，她一定是绕小路来的，她丢掉包袱，也去追汤姆。

只有女主人没有去，因为她把脑袋伸出窗外时，头上的假发掉进了花园。她只好按铃，叫她的女仆不要声张，把它找回来。这么一来，她就没法子出去追了。所以，她没有出场。

总之啊，庄园里从来不曾有过这么大的声音。即使在有几亩地碎玻璃和几吨碎花盆的温室里追杀狐狸，也不会弄出这么大的声响：争吵声、喧闹声、嗤笑声、嘈杂声、叫大家镇静的声音、下命令的声音，响成一片。

那一天，格林姆、花匠、马夫、约翰爵士、门房、农夫、管家、爱尔兰女子都在花园里奔跑着，叫着"抓贼！"好像汤姆的瘪口袋里装着价值十万英镑的钻石似的。就连喜鹊和鸫鸟也跟着他，咭咭咭咭地尖叫着，好像他是一只被猎人追杀的狐狸，大尾巴开始耷拉下来，快要不行了似的。

这时，可怜的汤姆赤着脚，趟着水，像只小猴子一样，从花园向树林方向逃去。

唉，可惜这时候没有一只猴子做他的爸爸，用一只爪子把花匠掀倒，用另一只爪子把挤奶妇撞到树上去，用第三只爪子抓破约翰爵士的头，同时用牙齿咬碎管家的脑袋，就像啃可可果和核桃那样容易地把它啃碎！

汤姆从来不记得有过父亲，所以他不能指望有一个，只能指望自己照顾自己了；说到跑，他可以追着任何一辆马车跑两里地，给他一个铜币的赏钱就行了；他能够伸开手脚，像车轮一样转动身体，一连做十次侧翻。那种本领可比你强多了。

所以，追捕他的人发现，要捉住他可不容易，我们当然希望他们抓不住他。

当然，汤姆向树林里奔过去了。他长这么大，还从来没有在森林里呆过，可是他非常机灵，知道自己可以躲在灌木丛里或者爬上树去，这样做总要比待在空地上安全得多。要是他连这个都不会的话，就比老鼠和鲦鱼还要蠢了。

可是当他到了林子里时，才发现它和想象中的林子不大一样。他冲进一丛浓密的杜鹃花丛中，立刻发现自己掉进了一个陷阱，撑开的树枝缠住了他的胳膊和腿，刺痛了他的脸和肚子，弄得他只好紧闭眼睛。其实，闭不闭眼睛一个样，因为鼻子前面一码远的东西他都看不清。

他穿过杜鹃花丛时，草丛和芦苇缠着他，恶狠狠地划破了他的可怜的小手指头。

石榴树重重地、没头没脸地抽打他，好像他是伊顿公学的公子哥儿。所有勇敢的孩子都会站出来说，这种抽打是不公平的。

荆棘把他绊倒，扎着他的小腿，好像它们长着尖利的牙齿——荆棘都是这样的。

"我得走出去，"汤姆想："要不我就得在这儿待着，等到有人来帮我，不会有人来帮我的。"

可是怎么出去呢？这是件困难的事。其实，要不是他的头突然撞在一堵墙上，我看他根本就出不去。那样他就会永远待在森林里，等到雄知更鸟用树叶把他埋起来了。

把脑袋撞到墙上可不是一件好玩的事，尤其那堵墙已经很松了，墙上堆着石头，一块有尖角的石头扎在你眉心上，让你眼前直冒金星。那些星星当然是很美丽的，可不幸的是它们在一秒钟内就分裂成了两万个。随之而来的痛苦可是一点也不美丽的呀。

汤姆就这样撞痛了脑袋，但他是个勇敢的孩子，根本就不当回事儿。他猜想，这片浓密的树丛大概就到此为止了，他像松鼠一样爬上了墙头。

他站在墙头上，眺望着大松鸡禁猎场，乡人们都把这个禁猎场叫做哈塞沃狩猎地。欧石楠，沼泽和岩石向远处延伸，直到天际。

现在，汤姆成了一个很滑稽的小家伙，像一只伊克斯默阉牛一样，怎么不像呢？虽然他只有十岁，但比大多数阉牛岁数大；更重要的是，他有更多的智慧。

他像阉牛一样知道，如果他向后走一段，就可以把猎犬甩掉；所以翻过墙头以后他做的第一件事，就是突然来了一个一百八十度急转身，向右面跑了几乎半里地。

于是，约翰爵士、管家、门房、花匠、农夫、挤奶妇和其他人以及他们的叫喊声，都在墙里面前边半里路的地方，向着完全相反的方向去了，把汤姆留在了半里地后的墙外。汤姆听到林子里的叫喊声渐渐消失，快活地发出了冷笑。

终于，他来到一个凹进去的地方。他走到最低处，然后勇敢地转过身去，离开那堵墙，向沼泽地走去。他知道，他和敌人之间已经隔了一座小山，可以不被他们看见，放心向前走了。

可是，在他们中间，爱尔兰女子看见了汤姆的去向。

她一直走在他们的最前面，可是她走得不紧不慢。她轻快而优雅地向前走着，两只脚不停地换来换去，快得使你分不清究竟哪一只脚在前，哪一只脚在后。最后，所有人都问别人这女子是谁，并且大家都觉得，还不如说她是汤姆的同伙。

当她走进那片人造林时，她一下子就从他们的视野里消失了。她轻轻地跟着汤姆翻过了墙。他向哪儿走，她也向哪儿走。约翰爵士和别的人再也没有见到过她。看不到她，也就把她忘了。

汤姆穿过一片沼泽，径直向石楠地走去。那沼泽和你们家乡的沼泽是一样的，只是那里到处是石头。他向前走去，可是沼泽地不是越来越平，而是越来越坑坑洼洼了。但小汤姆还是能够慢慢地走过去，并且还有闲暇环顾这片奇怪的地方，对于汤姆，这仿佛是一个新世界。

他看到了一些人蜘蛛，他们背上有许多王冠形的和十字形的花纹。他们坐在网中央，一看见汤姆走过来，就立刻颤颤地飞速溜走，不见了。

接着他看到了蝎子，有棕色的、灰色的、绿色的。他认为他们是蛇，会咬人，可是他们也一样害怕汤姆，一下子窜进石楠丛中去了。

在一块岩石底下，汤姆看到了一幕很美丽的景象。一只很大的、棕色的、尖鼻子的动物，拖着条白色的尾巴，身旁围着四五个毛茸茸的小崽儿。汤姆从来没有见过这么有趣的小家伙。

她朝天躺着，打着滚儿，在明亮的阳光下，把四条腿和脖子、尾巴都伸展开来。那些小崽儿从她身上跳过来跳过去，绕着她转过去转过来，咬她的爪子，拖着她的尾巴转圈儿。看上去她好像觉得这样非常开心。

可是有个自私的小家伙离开伙伴，偷偷地溜走了。他来到一个死老鸦旁边，把他拖走，藏了起来，那只老鸦几乎和他一般大小。这时他的其他小兄弟们都跟了过去，叫唤着。

这时，他们看见了汤姆，于是一齐跑回去，跳到狐狸太太身边。她嘴里叼着一个，其余的摇摇晃晃跟着她，进了一个黑乎乎的岩洞。这一幕就这样结束了。

接着，他受了一场惊吓。当他爬上一座沙崖的顶端时，噗扑扑、咯咯咯，一阵可怕的声音，不知什么东西从他面前扑过去了。他以为大地炸开了，世界末日到了。

汤姆一下子闭紧了眼睛。可是他睁开眼睛一看，不过是一只老雄山鸡在沙土里洗澡，他喜欢沙子就像阿拉伯人需要水一样。汤姆差一点踩着了他，他就像特别快车一样，哗啦啦地跳起来，丢下他的妻子儿女自个想办法去，像一个老胆小鬼一样，逃走了。

他一边跑，一边叫："咕咕咕咯——杀人啦，放火啦，小偷啊——咕咕咕咯——世界末日来啦——咯咯咯咕！"

他总是这样的：只要在比他的鼻子尖远一点的地方发生了什么事，他就以为到了世界末日来了。可是，就像这一年的八月十二日还没有到一样，世界末日并没有来。可是这只老雄山鸡确信不疑地认为，世界末日真的来了。

一小时以后，老雄山鸡回到了妻子儿女身边。他严肃地说："咕咕咯，我亲爱的，世界末日还没有来，可是我保证后天一定会来——咕。"

他妻子已经听过不知道多少遍了，知道这是怎么回事儿，并且知道他下面还要说些什么。况且，她是这个家庭的主妇，有七个孩子，每天要洗呀，喂呀，这就使她很实在，脾气也有些坏。

所以她不耐烦地打断了他："咯咯咯——去抓蜘蛛，去抓蜘蛛——去。"

汤姆走呀走呀，也不知道为什么，竟然很喜爱这一片辽阔而奇异的地方，喜欢它的清凉、新鲜而劲爽的空气。可是他爬上小山的时候，步子越来越慢了。因为地面实在是越来越坏了。

原先是那种柔软、富有弹性的荒草地，现在却是一大片铺满平滑的青石的原野，就像铺得很坏的道路一样。在石头之间，有着深深的裂缝，裂缝里长着荆棘。所以，他只好从一块石头跳到另一块石头上去，并不时地滑到石头之间。虽然他的小脚趾头还算坚强，但也扭伤了。可是他还得继续走，漫无目的地走下去。

如果汤姆看到，正是那个曾经和他同路的爱尔兰女子，此刻正在沼泽地后面跟着他，他会怎么想呢？可是，也许因为他极少往后看，也许她躲在岩石和小山岗后面不让他看见，他一直没有发现她，而她却能看见他。

他有些饿了，也有些渴了，他已经走了好长一段路啦。而且，太阳已经高高地升到天顶上，石头就像锅一样烫，空气则像硝窑上空的空气一样，跳着转圈儿舞。好像周围的一切都在颤抖，在刺目的阳光中融化。

可是他什么吃的也找不到，也没有什么可以喝。

荒草中长满了覆盆子和草莓，可是它们刚刚开花，因为这时候

150

才是六月啊。至于水，谁能在石灰岩山顶上找到水呢？他不时经过一些又黑又深的喉咙一样的石洞，那些洞通到地下，好像是地下小人国房屋的烟囱一样。

他走过去的时候，不止一次听到在许多许多码下面，水在滴，在流，在叮咚乱蹦。他多么想走下去，到水边润一润他干裂的嘴唇啊！可是，虽然他是个勇敢的扫烟囱的孩子，也不敢爬到这样的烟囱下面去。

于是他继续往前走，被太阳晒得有些头晕了才停下来歇一歇。他仿佛听到远处传来了教堂的钟声。

"啊！"他想："有教堂的地方一定有屋子和人，说不定有人会给我吃喝一点什么的。"于是他又迈开脚步，去找教堂了。他相信自己清清楚楚地听到了钟声。

才走了一分多钟，他朝四周看看，又一次停下来，自言自语道："唉，世界是一个多么大的地方呀！"

确实如此，因为他从山顶上可以看到一切——有什么看不见呢？

在他后面，很远很低的地方是哈塞沃、黑树林和闪光的鲑鱼河；在他左面，很远很低的地方，是镇子和煤行的冒着浓烟的烟囱；很远很低的地方，河越来越宽，流入了闪光的大海，还有些小白点，那是船，它们躺在大海的怀抱里。

他的前方，像一张大地图一样，铺陈着大平原、农场和绿树掩映的村庄，它们仿佛就在他的脚下。可是他并不糊涂，他很清楚地知道，它们离他还有好多里地呢。

他的右边，沼地接着沼地，小山连着小山，越来越模糊，终于融入了蓝天。

在他与那些沼地之间，真的，就在他脚下，躺着一样东西，他一看见就决意走过去。因为那正是一块他要找的地方啊。

那是一条很深很深、铺着绿荫和岩石的溪谷，它很窄，长着树林；可是透过树林，他可以看见，在离他几百码的地方，一道清澈的流

水在闪光。

啊！下到那水边去，只要能到水边！接着，他看到了一个小村庄的屋顶，一个有着空地和苗圃的小花园。花园里有一个小红点在移动，它和苍蝇差不多大。汤姆仔细看了看，看来是一个穿着红裙子的妇女。啊，也许她会给他一点吃的东西。

教堂的钟声又响了。下边一定有个大村庄。是的，那边谁也认不出他，谁也不知道庄园那边发生了什么事。即使约翰爵士把所有警察都派来找他，消息也还不会传到那里；而他只要五分钟就可以到那里了。

汤姆的想法完全正确，追赶者的喊叫声没有传到那里，因为他自己还不知道，他已经来到距哈塞沃十里以外的最好的地方。可是他以为五分钟就可以到那儿并不现实，那村子离他还有一英里多路呢，他得走上一千多码。

汤姆本来就是个勇敢的孩子，虽然他的脚很疼，又饿又渴，可他还是坚持走下去。这时，教堂的钟声更响了，使他觉得，这些钟声是他自己的脑袋里响。那条河远远的，在下面汩汩地流，唱着这样的歌：

清澈又凉爽，清澈又凉爽，
流过欢笑的水滩和做梦的池塘，
凉爽又清澈，凉爽又清澈，
流过飞沫的河堰和闪亮的卵石。
在黑鸫鸟歌唱着的巉岩下，
在荡漾着教堂钟声、爬满常春藤的墙下，
无污的水，留待无污的人儿，
到我这儿来玩，来洗澡吧，母亲和孩儿。

腐臭又阴湿，腐臭又阴湿，
流过烟腾腾戴着污黑烟囱帽的城市，
阴湿又腐臭，阴湿又腐臭，
流过黏滑的堤岸和码头、阴沟，
越向前流，我就越变得黑暗，
越是富有，我就越变得下贱，
被罪恶玷污了的，谁敢和他玩儿？
离开我吧，快回去，母亲和孩儿。

强大而自由，强大而自由，
闸门打开了，我向大海奔流，
自由而强大，自由而强大，
我急匆匆地奔啊，水流在净化。
我奔向金色的沙滩，跳跃的沙洲，
纯洁的潮水在远方把我等候；
无污的水，留待无污的人儿，
到我这儿来玩，来洗澡吧，母亲和孩儿。

　　于是汤姆向下面走去。他并没有看见，那个爱尔兰女子跟在他后面走了下去。

第二章

汤姆看到那个地方的时候，它离开他还有一英里路远，在他一千码以下的谷底呢。但是，汤姆却觉得它近在眼皮底下，似乎能够把一个小石子儿扔到那个穿红裙子的妇人身上。她也许是在花园里除草，也许是穿过溪谷到岩石那边去。

溪谷的底部只有一块田那么大，它的一旁是那道奔腾的溪流。溪流上方，是灰色的巉岩、灰色的丘陵、灰色的石梯和灰色的荒野，陡峭地伸入天空。

那是一块清静安逸、富有而快乐的地方，是大地上一道深深的豁口。它太深、太偏僻了，连那些邪恶的妖怪也找不到。

汤姆向下走的第一段路是三百码长的陡坡。在锉刀一样的粗砂岩中间，长满了刺人的欧石楠。对于汤姆的可怜的小脚掌，这可不是一件让人开心的事儿。况且，他现在走路已经越来越不稳，他是跌跌撞撞地走完那段陡坡的。不过他仍然认为能够把一个石子儿扔到花园里。

接下来的三百码都是石灰石平台，一个下面挨着另一个，方方正正，好像乔治·怀特先生用尺子测量准确，用凿子凿出来的一样。那上面没有长欧石楠，但是——

他先是陷进了一个草窝，上面覆盖着美丽可爱的花朵、石玫瑰、虎耳草、茴香、紫苏和各种甜美诱人的植物。

然后跌跌撞撞地从一个两码高的石灰石台阶上下来。

然后又是一些花和草下面的陷阱。

然后跌跌撞撞地从一个一码高的台阶上下来。

然后又是一些花和草覆盖的陷阱。有五十码长，路像屋顶的斜坡一样陡。

然后又是一个石头台阶，有十码深；在下去之前，他必须让自己先停住，然后找一条石缝，沿着它的边缘爬下去；因为如果他滚下去的话，他会直接栽到老妇人的花园里去，把她吓昏过去的。

他找到了一条很窄的、黑乎乎的石缝，里面长满了伸着绿梗子的蕨草，它们就像挂在客厅里的那种蕨草一样。他只好沿着这条缝爬下去，像他以前爬烟囱一样，用膝盖和胳膊肘。

然后又是一个草窝，又是一个台阶，一个又一个。哦，天哪！我多么希望这一切快点结束，他也希望如此。不过他仍然认为能够把一个小石子儿扔到老妇人的花园里。

最后他来到了一排美丽的灌木前。白色的灌木条上长着硕大的叶片，那些叶子的背面是银色的，还有山白杨和橡树。它们的下方却是悬崖和巉岩、巉岩和悬崖，中间夹杂着大片的王冠蕨草和木蒿。

透过灌木，他能够看到那条闪闪发光的溪流，听到溪水流过白色的鹅卵石所发出的淙淙的声音，他不知道，这一切仍然在三百码以下的地方呢。

也许，如果让你从那上面往下看，你会感到头昏，但是汤姆不会。他是一个勇敢的扫烟囱的小孩子。当他发觉自己来到一个高高的峭壁顶端的时候，他没有坐在那儿哭，而是说道："啊，这才合我的胃口呢！"虽然，这时候他已经很累了。

他向下走去，走过圆石和石块，走过蓑衣草和石尖，走过灌木丛和灯芯草，好像他生来就是一只快乐的小黑猿，不是两只手而是四只手似的。

他一直没有发现，那个爱尔兰女子始终在跟着他往下走。

现在，他已经累极了。火辣辣的太阳照在沼地上，几乎要把他晒干；而树木繁密的巉岩在散发着潮湿的热气，这更要他的命。

他终于来到了谷底；可是，瞧，这并不是谷底。从山上往下走的人常常会发现这种事。看哪，在巉岩的脚下，有一堆又一堆从上面掉落下来的石灰石，大大小小，各式各样，有的和你的脑袋那样差不多大小，有的有公共马车那么大；它们中间有许多洞，洞里长着甜津津的野蕨菜。

汤姆还没有完全从石堆中间穿过，就又完全暴露在火热的太阳下面。然后，他掉了下去，非常突然，就像人们常常碰到的那样，根本来不及弄清楚是怎么一回事。他突然觉得自己垮——掉——了，垮掉了。

小人儿，你一生中会有几次垮掉的时候，这一点你要有心理准备。人人都是这样过来的，你也会有这样的生活经历，所以你要尽可能地强壮健康。当你碰到这种事情时，你会感到非常难堪，我希望那一天会有一个忠诚强壮、没有垮掉的朋友在你身边。如果没有的话，你最好像可怜的汤姆那样，躺在跌倒的地方别动，等情况好些再说。

他不能走了。太阳火辣辣地照着，可是他却感到浑身寒冷。他太虚弱了，他感到自己病得很厉害。在他和那所村舍之间，现在只有两百码平坦的牧场，但他走不过去。他能听到，溪水就在只隔一块田的地方淙淙地响着，可是对于他来说，似乎相隔一百英里。

他躺在草地上，一动不动。不知什么时候，甲虫爬到了他身上，苍蝇停在了他鼻子上。我不知道，如果不是蚊虫同情他的话，他什么时候会再爬起来。

蚊子对着他的耳朵把喇叭吹得嗡嗡响，虫子在他手上和脸上找没有烟灰的地方到处啃。

他们终于把他弄醒了，他摇摇晃晃地离开了那地方，翻过一堵矮墙，走上一条小路，来到村舍门前。

那是一座整齐清洁、漂亮可爱的村舍，园子用砍削过的紫杉木围起来，园子里种着紫杉树。敞开的门里面传来嘈杂的声音，听上去就像青蛙知道明天的天气要热得烤死人一样——我不知道青蛙是怎么知道的，你也不知道，谁也不知道。

村舍的门上挂满了铁线莲和玫瑰，汤姆慢慢地来到敞开的门前，有些害怕地向里面张望。

在本来放炉子的地方，放着满满一锅香甜的草，旁边坐着一位老妇人。

汤姆从来没有看到过这么慈祥的一位老妇人。她下身穿着一条红裙子。上身穿着一件短短的斜纹布睡衣，头上戴着一顶干净的白帽子，一条黑色的丝绸围巾从帽子后面围过来，系在她的下巴下面。

她的脚边躺着一只猫，它可以当世界上所有猫的老爷爷了。她对面的两条凳子上，坐着十二个或十四个孩子。他们一个个都干干净净，丰满的小脸蛋像玫瑰一样红润。他们在乱哄哄、闹嚷嚷地学朗诵，叽叽喳喳响成了一片。

这是一座多么快乐的村舍啊，铺着干净光亮的石头地板，墙上挂着内容很奇异的旧画章，一只黑色的旧壁橱里，放着亮闪闪的锡盘和玻璃盘，角落里有一只布谷鸟自鸣钟。汤姆刚到，这只钟就闹了起来，这并不是吓唬汤姆，而是正好到了十一点钟。

所有的孩子都盯着汤姆脏兮兮、黑乎乎的样子看；女孩子们哭了起来，男孩子们笑了起来，所有的孩子都极其无礼地用手指指他；但是汤姆太累了，管不了那么多。

"你是谁，你想干什么？"老妇人叫道："扫烟囱的孩子！快走开，我这儿从来不让扫烟囱的人进来。"

"水，"可怜的小汤姆说，声音弱得几乎听不见。

"水？河里面多的是，"她声音非常尖地说。

"但是我去不了，我饿坏了、渴极了、累得快死了。"说完，汤姆就瘫倒在门前的台阶上，脑袋搁在了门柱上。

老妇人透过眼镜看了他一分钟、两分钟、三分钟；然后说道："他病了，孩子总是孩子，管他是不是扫烟囱的。"

"水，"汤姆说。

"上帝原谅我！"她放下眼镜，站起身，走到汤姆跟前："水对你没好处，我给你牛奶，"说完，她颤颤巍巍地走开，到另一个房间，拿来一杯牛奶和一小块面包。

汤姆一口就喝干了牛奶，仰起脸，恢复了一些力气。

"你从哪儿来？"老夫人问。

"沼地的那一边，那边。"汤姆向上指着天空说。

"哈塞沃那边？翻过了刘斯威特峭壁？你能保证你不在说谎么？"

"我为什么要说谎呢？"汤姆说，他把脑袋靠在门柱上。

"你怎么上去的？"

"我是从哈塞沃庄园来的，"汤姆那么累、那么伤心，他没有心思也没有时间去编一套故事，所以他就三言两语就把实情全讲了出来。

"上帝保佑小可怜儿！那么，你并没有偷东西？"

"没有。"

"上帝保佑你的小小的心儿！我相信你没有偷。哦，上帝引导孩子，因为孩子是无辜的！从庄园出来，穿过哈塞沃狩猎地，从刘斯威特峭壁上面下来！谁听说过这样的事？如果没有上帝的引导，怎么可能？你为什么不吃面包？"

"我吃不下。"

"这面包挺好，是我自己做的。"

"我吃不下，"汤姆说。他把脑袋支在膝盖上，然后问道："今天是礼拜天么？"

"不是，嗯；你为什么这样问？"

"因为我听见响着礼拜天的教堂钟声。"

"上帝保佑你的可爱的心儿！孩子病了。跟我来，我找个地方让你歇一歇。如果你不是一个扫烟囱的小家伙，看在上帝分上，我会让你躺我自己的床的。跟我来吧。"

但是汤姆想站却站不起来，他太累了，脑子里晕晕乎乎的，她只好帮他一把，扶着他往前走。

她把他带到外屋，让他躺在芳香松软的干草和一张旧的小地毯上。她吩咐他好好睡一觉，消除路途疲劳。她还说，一个小时以后，放了学，她就来看他。

然后她又走回了里屋，她想，汤姆很快就会熟睡的。

但是汤姆并没有睡。

他没有睡着，而是以最奇异的方式翻来覆去，蹬腿踢脚；他觉得浑身燥热难受，只想到河里去凉快凉快。然后他半梦半醒地睡着了，在梦中，他听到那个洁白的小姑娘哭着向他嚷道："哦，你太脏了，去洗一洗。"

然后，他又听到那个爱尔兰女子说道："想干净的人会干净。"

接着，他又听到教堂的钟声在响，那么洪亮，离他那么近。他又一次确信不疑地认为，随便老妇人怎么说，今天是礼拜天。他要去教堂，看看里面是什么样。因为他没去过。这个可怜的小家伙，一生中从来没有到教堂里面去过。

但是人们是不会让他这样去的，像他这种满身烟灰，肮脏不堪的样子。他首先得到河里去洗一洗。他一遍又一遍地大声说："我必须干净，我必须干净。"但是，他是在半醒半睡之中，并不知道自己说的话。

突然，他发觉自己不在外屋的干草上了，而是在草地中间，在路那边，眼前就是那条溪流，他继续说着："我必须干净，我必须干净。"

他是在半睡半醒之间，自己走出来的。有的孩子身体不怎么好的时候，会在睡梦中从床上起来，在房间里走来走去，汤姆正是这样走出来的。

但是他自己一点也不感到奇怪。他沿着小溪河的河岸向前走，在青草上躺下，看着清澈的石灰石溪水。河底的每一颗鹅卵石都光亮清洁，而银色的小鳟鱼一看到汤姆那张黑乎乎的脸，立刻就吓得窜逃开去。

他把手浸到水里，发觉它那么凉、那么凉、那么凉；他说道："我将变成一条鱼，我将在水中游泳，我必须干净，我必须干净。"

于是他脱下了衣服，他脱得那么快，把衣服都撕坏了。它们本来就是非常破烂非常旧的衣服，太容易坏了。他把可怜的疼痛发烫的小脚放进水里，然后又让水淹到小腿；他浸入水中越深，他脑袋里的钟声就越响。

汤姆说；"啊，我得赶快洗洗干净，现在钟声已经非常非常响了，很快就会停止的，然后教堂的门就会关上，我就永远进不去了。"

他一直没有看见那爱尔兰女子，不过这一次她不是在他后面，而是在他前面。

在他到达河边之前，她已经走进凉爽清澈的溪水；头巾和裙子都从她身上飘走了。水草飘浮着，绕在她身上；水百合飘浮着，缠在她头上；溪水中的仙女从水底上来，用手臂架着她离开，沉入水中。因为，她是所有这些仙女的女王；也许，她还是更多的仙女的女王呢。

"你到哪里去了？"她们问她。

"我去把病人们的枕头弄平，把甜美的梦吹入他们的耳朵；我打开了村舍的窗扉，把闷热浑浊的空气放出去；我劝说小孩子们远离传染热病的肮脏水沟和池塘；我尽可能地帮助那些不愿意自己帮助自己的人。

"这些事都微不足道，但是我已经做得很累了。不过，我给你们带来了一个新的小弟弟，在回来的路上我一直在照顾他的安全。"

真好！又来了一个小弟弟，所有的仙女们都开心地笑了。

"但是，姑娘们，你们要记住，现在他还不能见你们，也不能知道你们在这儿。现在他还只是个野孩子，像动物一样，他必须向动物学习。所以，你们不要和他玩，不要和他说话，不要让他看见你们，只要不让他受到伤害就行了。"

因为不能和新来的小弟弟一起玩，仙女们都很不开心；但是，

她们一向都很听话。

她们的女王顺着溪流飘下去了。她从哪里来，就到哪里去。但是，这一切汤姆一点也没有看见，也没有听见。也许，即便他看见或听见了，这个故事也不会有什么两样。

他那么热，又那么渴，恨不能立刻变干净；所以，他尽可能快地投到清澈凉爽的水里去了。

他入水还不到两分钟，就一下子睡着了。这是他一生中所进入的最最安静、最最喜悦、最最舒适的睡眠。他梦见了这一天清晨他经过的绿草地，那些高大的榆树，熟睡的母牛；然后，他什么也梦见不到了。

他进入这样快乐的睡眠的原因是非常简单的，但是还没有谁找出这个原因。很简单，仙女们使他睡着，把他带走了。

有些人认为，世界上根本没有什么仙女。嗯，也许真的没有。但是，我的小小伙子，这个世界很大，有许多地方给仙女们住，让人们见不到她们；当然，在合适的地方，还是可以见到她们的。

你知道，世界上最最美妙奇异的事物，正是那些谁也见不到的事物。你里面有生命，正是你里面的生命使你生长、行动和思考，但是你见不到这个生命；蒸气发动机里有蒸气，正是蒸气使发动机转动，但是你见不到蒸气。

所以，世界上是可能有仙女的。无论如何，我们假装有仙女吧。有许多时候，我们不得不假装，这一次并不会是最后一次。不过，其实也并没有必要假装。必须有仙女，因为这是个童话故事；如果没有仙女，哪儿来童话故事呢？

你有没有看出这里面的逻辑？也许没有。所以呀，在许多这一类大题目中，别去找什么逻辑。在你的胡子变白以前，你会听到这种题目的。

那位慈祥的老夫人在十二点钟放了学以后，回来看汤姆；但是汤姆不见了。她寻找他的脚印，但是地面很硬，看不出脚印。

于是她很生气地走回里屋，她觉得，小汤姆编了一套假话捉弄了她，假装生病，然后又逃走了。

但是第二天她改变了对汤姆的看法。

这就又要说到约翰爵士了。他和其余一大帮人跑得透不过气来，把汤姆追丢掉以后，只好打道回府，那副样子别提多傻了。

当约翰爵士从保姆那儿了解到更多的事情以后，他们的样子就更傻了；当他们从艾莉小姐，就是那个穿白衣服的小姑娘那儿，了解到事情的整个经过以后，他们都傻愣了眼。

艾莉小姐所看到的一切，就是一个可怜的、黑黑的、扫烟囱的小孩，呜呜咽咽地哭着，跑过去，想重新爬回到烟囱里。当然，她吓坏了。但是，这就是事情的全部经过。

那个孩子并没有拿房间里的一针一线；从他沾满烟灰的脚印来看，在保姆去抓他以前，他从没有离开炉边地毯半步。这件事完全搞错了。

所以，约翰爵士叫格林姆回家去；他许下诺言：如果格林姆好好地把那个小男孩带到他面前，不打孩子，让他核实事情的真相，他就给他五个先令。因为他和格林姆都认为，汤姆当然在回家的路上。

但是那天晚上汤姆并没有回到格林姆先生那儿。格林姆就去了警察局，叫警察去找那个男孩子。但是一点汤姆的消息也没有。至于汤姆已经穿过大沼泽地去了温德尔，是他们做梦也想不到的事，那就像让他们想象汤姆已经到月亮上去了一样。

所以，第二天格林姆先生又去哈塞沃庄园的时候，一副愁眉苦脸的样子。

但是当他到达的时候，约翰爵士已经翻过小山，到很远的地方去了。格林姆先生只好整天坐在外屋仆人的门厅里，喝着烈性的麦酒，借酒浇愁。在约翰爵士回到庄园以前，他的愁早就被酒浇灭了。

因为好人约翰爵士那天一夜没有睡好，他对他的太太说："亲爱的，那孩子一定进了松鸡禁猎地，迷了路了；我对这孩子感到良心有愧,心头很沉重,可怜的小家伙。不过,我知道自己应该怎么做。"

所以,第二天凌晨五点钟他就起了床,走进洗澡间,穿上猎装和打绑腿的高筒靴,走进牲口栏。他的模样正是一个优雅的英国老绅士。他的脸像玫瑰一样红,手像桌子一样结实,背像小公牛一样宽。

他吩咐他们牵上他打猎骑的矮种马,吩咐管家跟在马后面,吩咐那些猎人,和第一个帮猎人赶狗的人,第二个帮猎人赶狗的人,和助理管家,用皮带牵上猎狗。

那是一条大猎狗,像小牛一样高,身体的颜色像沙石路,耳朵和鼻子的颜色像桃花心木,嗓门像教堂的钟一样响。

他们把猎狗带到汤姆逃进树林去的地方,猎狗抬高了大嗓门,把他所知道的一切告诉他们。

然后,猎狗把他们带到了汤姆爬上墙的地方,他们把墙推倒,全体穿了过去。

然后,那条聪明的猎狗带着他们越过松鸡禁猎地,越过荒野,一步一步,非常慢地向前走。你知道,汤姆的气味已经是前一天的了,已经因为天热和干旱变得很淡。这正是狡猾的老约翰爵士清晨五点钟就动身的原因。

最后,猎狗来到了刘斯威特峭壁的顶端,他停下来,吠叫着,仰起头看着他们的脸,好像在说:"我告诉你们,他从这儿下去了!"

他们无法相信,汤姆竟然走了这么远;当他们看着那可怕的悬崖的时候,他们根本无法相信,汤姆竟然敢于面对它。但是既然狗这么说,事情就是真的。"上帝原谅我们!"约翰爵士说:"如果我们真的找到了他,他一定是躺在谷底。"

他用他的巨大的手拍拍他的巨大的大腿,问道:"谁愿意从刘斯威特峭壁下去,看看那孩子是否还活着?唉,要是我年轻二十岁,我一定亲自下去!"就像这个郡任何一个扫烟囱的人一样,如果他年轻二十岁,他真的会那么做。

然后,他说:"谁把那孩子活着带上来交给我,我给他二十英镑！"他说到做到，这是他一向的作风。

这一次，在这群人中，多了一个小小的侍从，这个小伙子真的是一个非常非常小的侍从；他就是骑马到那个大院里，叫汤姆他们去扫烟囱的那个小侍从。

他说："二十英镑无所谓，如果只是为了那个可怜的孩子的缘故，我愿意到刘斯威特峭壁下面去。因为，他是爬到烟囱里去的孩子中讲话最有礼貌的小家伙。"

说完，他就到刘斯威特峭壁下面去了。在悬崖顶上，他是一个非常聪明的侍从；在悬崖底下，他则是一个非常狼狈的侍从。

因为他绑腿扯坏了，裤子裂开屁股露了出来，夹克衫撕破了，背带拉断了，长筒靴开了口，帽子丢了；最糟糕的是，衬衫上的别针掉了，这是他非常引以为荣的东西，因为它是金的。

但是他连汤姆的一根头发也没有找到。

同时，约翰爵士和其余的人在绕路走，他们向右走了足足三里路，再绕过来，到了温德尔，来到峭壁下面。

当他们来到老夫人的学校时，所有孩子都跑出来看。老夫人也出来了，当她看到约翰爵士的时候，她行了个很深的礼，因为她是他的一名佃户。

"喂，老太太，你好么？"约翰爵士说。

"像你的背一样宽的祝福给你，哈塞沃。"她不称他约翰爵士，只是叫他哈塞沃，因为这是郡北的风俗。"欢迎来到温德尔，不过，在一年中的这个时候，你不是来猎狐狸的吧？"

"我在打猎，而且找的是奇怪的猎物。"他说。

"上帝保佑你的心；什么事情让你一大早就看上去那么伤心？"

"我在找一个迷路的孩子，一个扫烟囱的孩子，逃出来的。"

"哦，哈塞沃，哈塞沃，"她说："你一直是一个正直的人，非常仁慈，如果我把他的消息告诉你，你不会伤害那可怜的小家伙吧？"

"不，不，老太太。我恐怕，我们从家里出来追他，完全是因为犯了一个悲惨的错误。猎狗追踪他到了刘斯威特峭壁，然后……"

听到这里，老太太忍不住放声大哭起来，打断了他的话。"那么，他跟我讲的完全是真话，可怜的小乖乖！啊，第一个想法总是最正确的，一个人只要愿意听听自己的心怎么说，它就会引导你做正确的事。"说完这些，她把一切都告诉了约翰爵士。

"把狗带来，让他找。"约翰爵士只说了这么一句，牙关咬得紧紧的。

狗立刻被放了出去。他从村舍后面走开去，越过小路，穿过草地，跑进一小片赤杨树林；在一棵赤杨树的树根旁，他们找到了汤姆的衣服。这样，他们该知道的都知道了。

那么汤姆呢？

啊，现在要进入这个美妙故事中最美妙的部分了。当他醒来的时候，哦，他当然会醒来；孩子在睡足了对他们有益的一段时间之后，总是会醒来的。

当他醒来的时候，他发现自己在溪水中游泳，身体只有四英寸长，脖子周围长着一圈鳃；他去扯它们，弄疼了自己，才发现那并不是花边饰带；他意识到它们是自己的一部分，最好别去动它。

其实，仙女们已经把他变成了一个水孩子。

一个水孩子？你从来没有听说过水孩子。也许没有。这正是为什么要写这本书的原因。世界上有许多事情你从来没有听说过，其中有一大部分从前没有人听说过，还有许多将来也没有人会听说。

"水孩子这样的东西世界上是没有的。"

你怎么知道没有呢？你去那儿找过？如果你去那儿找过，没有找到，也不能证明不存在。假设玛丝夫人在艾弗斯莱树林没有找到狐狸，并不能证明不存在狐狸这种东西。

"但是，如果有水孩子，至少有人捉到过一只吧？"

嗯，你怎么知道没有人捉到过呢？

"但是，他们如果捉到了，会把它放在酒精瓶里，送到欧文教授或休斯利教授①那儿去，看看他们怎么说。"

啊，我亲爱的小小伙子！正像你在这个故事结束之前会看到的那样，这种事情最终并没有发生。

事实上就是没有水孩子？有陆地上的孩子，为什么没有水中的孩子呢？难道不是有水耗子、水蝇、水蟋蟀、水蟹、水龟、水蝎子、水老虎和水猪、水猫和水狗么？

难道不是有海狮和海熊、海马和海象、海鼠和海刺猬、海剃刀和海笔、海梳子和海扇子么？

至于植物，难道不是有水草和水毛茛、水芹草等等无穷无尽的东西？

绿蜉蝣、桤木蝇和蜻蜓，小时候也是在水中生活的，等脱皮以后才离开水；难道你连这一些也不知道？汤姆也是换了皮肤。既然水里的动物能不断地变成陆上的动物，陆地上的动物为什么有时不能变成水里的动物呢？

既然低等动物的变化很奇妙，很难发现；为什么高等动物就不能发生更加奇妙、更加难以发现的变化呢？难道，人，这万物之王、万物之花，就不可以发生比其余一切生物更加美妙的变化么？

对于大自然，在你知道得比欧文教授和休斯利教授加起来还要多得多之前，请不要对我说不会发生什么，也不要凭空说某样东西太不可思议了，不可能是真的。

我说这些话是很认真地么？哦，不，亲爱的。你难道不知道，这是一个童话故事么？全是在说着玩，全是在假设？你一句话也不必相信，即使是真话？

但是无论如何，汤姆身上发生了这种变化。所以，管家、马夫和约翰爵士犯了一个很大的错误。他们在水中找到了一个黑乎乎的东西，说它是汤姆的尸体，说汤姆已经淹死了。他们很悲伤，至少

①　欧文教授或休斯利教授：欧文教授是英国解剖学家和动物学家，休斯利教授是英国著名生物学家。

约翰爵士很悲伤，其实这是毫无道理的。

他们完全错了。汤姆活得好好的，并且比以前任何时候都干净和快乐。你知道，仙女们把他洗干净了，在流得很急的河水中彻底地给他洗了个澡。不仅他身上的脏东西，而且他的整个外皮和外壳都被完全洗掉了。

可爱的、小小的真汤姆被她们从里面洗了出来，游走了；那就像一只蜻蜓把宝石和丝绸做的茧弄破，仰着身子钻出来，划着水到岸边，在岸上褪掉皮，变成小飞蛾飞走了，扇动着四片黄褐色的翅膀，悬着长长的腿，伸着长长的触须。

那些小飞蛾是些蠢家伙，如果你在夜里开着门，它们就会飞进来，扑到蜡烛火里去。但愿汤姆是一个比较聪明的家伙，现在，他已经安全地离开了他的沾满烟灰的旧壳子了。

但是好人约翰爵士弄不明白这一切，在他的头脑里，这就意味着汤姆已经淹死了。他翻开汤姆壳子上的空口袋，发现里面没有珍珠、没有钱，除了三颗大理石的石子儿、一颗系着线的玻璃纽扣以外，什么也没有。

这时候，约翰爵士做了他一生中第一件像是哭泣的事情；他非常痛苦地责备自己，其实他没有必要痛苦成这样。他哭了，当马夫的小伙子哭了，猎人哭了，老太太哭了，小姑娘哭了，挤奶妇哭了，老保姆哭了：因为这多少是她的错，夫人也哭了；

但是管家没有哭，要记得，前一天早晨他在汤姆面前表现得多么好；格林姆也没有哭，因为约翰爵士给了他十个英镑，他在一个礼拜之内就把这笔钱喝酒喝了个精光。

而那个小姑娘将整整一个礼拜不玩布娃娃，她永远忘不了可怜的小汤姆。

不久以后，在温德尔的教堂墓地里，爵士夫人给小汤姆竖了一个漂亮的小墓碑，在它下面埋着汤姆的壳子。溪谷里所有年老的居民都一个挨着一个，躺在一块块墓碑下面。

每个礼拜天,那位老太太都在汤姆的墓碑前放上一个花环;后来,她实在太老了,再也不能摇摇晃晃地走到外面去;那时,那些小孩子就替她去放花环。

她坐着纺织的时候,总是唱一首非常、非常古老的歌,她把她织的东西叫做她的结婚礼服。孩子们都弄不明白她唱的是什么,但是他们对那支歌的喜爱却一点也不因此而减少,因为它非常甜美、非常悲伤,对于他们来说,这就够了。下面就是这支歌的歌词:

当整个世界还都年轻,小伙子,
所有的树木碧绿生光;
每一只傻鹅都是天鹅,小伙子,
每一位少女都是女王;
快为靴子和马儿叫好,小伙子,
跑出去满世界兜风转圈子:
年轻的血必须有它的渠道,小伙子,
每一条狗都得有他的日子。

当整个世界变得年老,小伙子,
所有的树木都变得枯黄;
所有的运动都疲惫不堪,小伙子,
所有的车轮都破旧损伤;
请爬回家去找安身的地方,
同老弱病残的人待在一块儿:
上帝让你找到一张脸庞,
是大家年轻时你爱过的人儿。

这就是那首歌的歌词,但是它们只是歌的身体;而歌的灵魂,是那亲爱的老妇人那甜美的脸庞和甜美的声音,还有她唱出的甜美的古老气氛，还有，啊啊！那些无法言喻的东西。

最后，她变得实在太老态龙钟、太僵直无用了，天使们只好来把她带走；她们帮她穿上那件结婚礼服，载着她飞过哈塞沃荒野，再往那边飞，飞往非常遥远的地方。而温德尔又来了一位新的女教师。

这些时候，汤姆一直在河水中游泳，他脖子上围着一圈漂亮的腮环，像蚱蜢一样活蹦乱跳，像刚从海里游到淡水中的鲑鱼一样干净清爽。

现在，如果你不喜欢我的故事的话，就到教室里去学习乘法表吧，看看你是否更加喜欢那东西。毫无疑问，有些人会那样做。对他们来说有多么不好，对我们来说就有多么好。有人说，世界是由各种各样的人组成的。

第三章

汤姆完全是两栖动物了。你不知道这是什么意思?

那你最好就近去请教一下老师，他可能会非常敏捷地回答你，比如:

"两栖动物。名词，从两个希腊词演变而来。amphi, 鱼; bios, 兽。鱼加兽，我们无知的祖先设想的一种动物; 因此，它像河马一样，在陆地上能活，在水中也能活。"

无论那是怎么一回事，汤姆现在是两栖动物了。而且更让人高兴的是，现在他已经很干净。他生平第一次感觉到，除了自己的身体，没有别的东西沾在身上是一件多么舒服的事。

但是他只知道享受这种舒服，并不理解它，也不去想。就像你，享受你的生活和健康，却从来不去想活着和健康意味着什么; 也许，在很久以后，你才不得不去想!

他一点也不记得自己以前很脏，其实，他把以前所有的麻烦全忘记了。什么挨累、挨饿、挨打、被赶去扫黑乎乎的烟囱等等，全都不记得了。自从那次甜美的睡眠以后，他忘记了他的师傅、哈塞沃庄园、洁白的小姑娘……总之一句话，他忘记了以前生活中发生过的一切事情。

最让人高兴的是，他也忘记了所有从格林姆那儿，以及常和他一起玩的那些野孩子那儿学来的脏话。

当你来到这个世界，变成一个陆地上的孩子的时候，你什么也不记得; 你知道，这并没有什么奇怪。那么，他变成水孩子以后，

172

什么也不记得了，这又有什么奇怪呢？

汤姆在水中非常快乐。在陆地世界的时候，他工作得太累、太苦了；而现在，作为补偿，在水中他将有很长、很长一段时间什么也不用做，天天放假。

现在，他什么也不用做，自由自在，自得其乐；在凉爽清澈的水世界里，有许多美丽可爱的事物等着他去看。在这个世界里，太阳永远不会太热，霜永远不会太冷。

他吃什么呢？也许是水芹，也许是水粥和水奶；陆地上的孩子不都是吃粥和奶这样的东西么？但是我们对水里的东西十分之一也不知道，所以，水孩子吃什么我们是答不上来的。

有时，他沿着河底满是砾石的光滑河道向前游，观看水蟋蟀。他们在石头中间进进出出，就像陆地上的野兔一样；

有时，他爬过突出的岩石，看到成千上万的矶鹬悬在天空上，每一只鸟都长着一个可爱的小脑袋和两条小腿，向周围张望着；

有时，他钻进一个安静的角落，观察水蜉蝣吃腐烂的草茎。他们那副贪馋的样子，就像你吃葡萄干布丁的时候一样。

他还看到她们用丝和胶水造房子。她们都是想象力很丰富的女士，没有一个在两天里使用同一种材料。一位女士会先找到几块卵石，然后找一片水草把它们沾上，再找到一个贝壳，也把它沾上去。

可怜的贝壳是活着的，根本就不是应该用来造房子的东西；但是水蜉蝣根本就不允许他提出一点点抗议，她很自私，就像人往往很自私一样。

她再沾上一片腐烂的小木片，然后是一块光滑的粉红色石头，等等。拼拼凑凑，大功告成，造出来的东西就像戏中小丑的外套。

然后，她找到一根比自己的身体长五倍的稻草，说道："啊哈！姐姐有尾巴，我也会有一个。"

说完，她把它沾在背上，得意洋洋地开步走，其实，这样走路有多么不方便呀。

那根尾巴，变成了那个池塘里水蛴螬引诱别人的最时髦的打扮，好像她们是在去年五朔节长池①的最前头似的。她们全都步子摇摇晃晃，屁股上翘着长长的稻草，不时绊到别人腿中间，摔到别人身上。

这副丑态真是滑稽透了，惹得汤姆咯咯发笑。后来汤姆不笑了，他哭了。但是你知道，她们是对的，因为人必须总是赶时髦。

有时他来到很深的河段，在那儿，他见了水森林。如果你看到了，你会说，那不过是一些小水草。

但是你得记住，汤姆只有很小一点点，东西在他的眼里，要比在你的眼里大一百倍。好比一条鲦鱼在找食吃时，能够看到水里的小生物；而你要在显微镜下面才能看得见。

在水森林里，他看到了水猴子和水松鼠。不过，他们都是六条腿。除了水蜥和水孩子以外，水里几乎所有动物都是六条腿。他们在树枝中间非常敏捷地奔来奔去。

水森林里也有花儿，成千上万朵的水花。汤姆去摘它们，但是他的手刚碰到它们，它们就缩进去，变成一团黏糊糊的东西。这时，汤姆才发现，它们都是活的；各种形状、五颜六色的美丽铃铛、星星、轮子和花朵都是活的生物。它们都活着，而且像汤姆一样在忙自己的事。

这时汤姆才发现，原来，世界上的东西真是丰富多彩呀，比他第一眼看到时不知要多出多少。

还有一个奇妙的小家伙，他住在一个用圆砖造的房子里，从房顶上伸出脑袋向外面偷看。他有两个大轮子和一个小轮子，轮子上都是牙齿；这些齿轮旋转着，不停地旋转，就像打谷机里的轮子一样。

汤姆停下来盯着他看，想知道他会用自己的机器做什么。

你猜他会做什么？做砖头。他用两个大轮子把漂浮在水里的泥巴全扫到一起，把其中的好东西放进肚子里吃掉，把烂泥放进他胸

---

① 五朔节长池：五朔节，基督教重大节日之一，又称圣神降临节、降灵节。这里的五朔节长池指五朔节的游行队伍。

174

前的小轮子里。

小轮子其实就是一个安着牙齿的圆洞。他就在这个洞里把烂泥纺成一块干净、坚硬的圆砖。他把圆砖取出来，砌在他的房子的墙头上，然后着手做下一块砖。瞧，他难道不是一个聪明的小家伙么？

汤姆就是这样认为的。他想和造砖者说话，但是他忙得不可开交，而且他很为自己的工作骄傲，根本不愿意理睬汤姆。

你要知道，水里的所有动物都会说话，只不过他们说的话和我们不同。他们说的话，很像马儿、狗、牛和鸟儿互相交谈时说的话。汤姆不久就听懂了，并且能和他们交谈。所以，只要他是一个好孩子，就可以有非常令人愉快的朋友。

但是我很难过地告诉你，他和别的小孩子太像了，非常喜欢追赶动物，和他们捣蛋。不为别的，只是闹着玩玩而已。有人说，孩子免不了这样，他们控制不住自己，这是天生的。

其实，不管是不是天生的，小孩子能够控制自己，而且应该控制自己。

即使他们真的天生就像猴子，喜欢淘气，搞低级、有害的恶作剧；也并没有理由说，他们就应该像猴子，别的什么也不懂，尽管去搞恶作剧。

所以，孩子们不应该折磨不会说话的动物；要知道，如果他们干了这种坏事，一定会来一个老太太，给他们应有的惩罚。

但是汤姆不知道这一点。他招惹、捉弄和欺负水里的可怜的小东西们，把他们折磨得很伤心。最后，他们都怕他了，远远地躲着他，或者躲到壳子里去。这样一来，就没有谁和他说话，也没有谁和他一起玩了。

他成了一个不快乐的孩子。水里的仙女们看到了，心里当然很难过，很想把他找来，告诉他，他太淘气了。她们想教他学好，想和他一起玩、一起闹；但是女王不准她们这样做。

汤姆必须通过接受教训自己学会一切。他必须像其他许多愚蠢的人要经历的那样，在各方面获得刻骨铭心的经验。虽然，有许多仁慈的心一直在关心和怜悯他们，非常想教给他们一切；但是，那一切他只能自己教自己。

有一天，他终于找到了一只水蜉蝣。他希望她从房子里伸出头来向外看，但是她的房门紧闭着。

以前，他从来没有见过水蜉蝣的房子有门；这一下，可真是给这个爱管闲事的小家伙行方便啦；他只要拉开门，看看那可怜的女士在里面做什么就行了。

多可耻！你是不是喜欢什么人破门而入，闯进你的卧室，看看你在床上时的尴尬模样？

汤姆就是这样把门弄成了碎片。那是一扇最美丽可爱的、加栅栏的门。它用丝做成，上面缀满了一块块亮闪闪的水晶。

他向门里面看时，水蜉蝣伸出了头。她的头已经变成了鸟头的形状。

汤姆和她说话，但是她却不能回答。因为，一顶非常干净的粉红皮肤的新睡帽，把她的嘴和脸包得紧紧的。

但是，如果说她没有回答的话，其他所有的水蜉蝣都回答了。

她们举起手，像《斯图威尔的彼得》①中的猫一样尖叫着："哦，你这个下流坯，讨厌鬼，又来捣蛋了！她正躺下来休眠，不久她会长出无比美丽的翅膀，翩翩飞舞，产下很多很多的卵。

"现在，你弄破了她的门，她没法修了，因为她的嘴绑起来休眠了，她会死的。谁让你到这儿来烦我们，害我们，要我们的命的？"

汤姆游走了。他为自己感到非常害臊，他觉得自己是个一无是处的废物。小孩子们做错了事，嘴上又不愿意承认时，就是这样的。

他来到了一个池塘，里面全是小鳟鱼。他去折腾他们，捉他们，他们从他的手指之间滑掉，吓得蹦出了水面。汤姆捉他们的时候，

---

① 《斯图威尔的彼得》：德国小人书。当时在欧洲各国的孩子中间非常流行。

渐渐走近了一棵赤杨树的树根，树根下有一个很大的、黑洞洞的旋涡。

一条巨大的棕色的老鳟鱼从旋涡里冲了出来。他有汤姆的十倍那么大，向汤姆直冲过来，把他吓得魂都掉了，我不知道还有什么情景比这更加可怕。

他气呼呼、孤零零地走开了，这是他应得的惩罚。

在靠近岸边的一块地方，他看到一个很丑、很脏的动物坐在那儿。他的身体大约只有汤姆一半那么大，有六条腿、一个大肚子，滑稽无比的脑袋上长着两只大眼睛，脸很像驴子。

"哦，"汤姆说："你是个丑家伙，没错！"

汤姆对他做鬼脸，把鼻子凑近他，像那种很粗野的孩子那样招呼他。

这时候，嗨，转眼之间！那张驴子脸一下子什么都没了，突然伸出来一只长长的手臂，手臂上长着一副钳子，一下子就抓住了汤姆的鼻子。

这并没有怎么伤着汤姆，但是汤姆被紧紧地夹住了。

"啊呀！哦，放开我！"汤姆哭叫着。

"那你也放过我，"那动物说："我想安静，我要裂开了。"

汤姆保证不再打扰他，他便放开了汤姆。

"你为什么要裂开？"汤姆问。

"因为我的哥哥姐姐都裂开，变成了有翅膀的美丽动物，所以我也想裂开。别和我说话。我觉得我就要裂开了。我要裂开了！"

汤姆静静地站在那儿，看着他。他膨胀，裂开，把身体伸直，最后，嘭、啪、砰，他的背打开，掉下，然后向上裂开到脑袋。于是，他里面的身体出来了。

那是一个纤细、优美、柔软的身体，像汤姆的身体一样柔软光滑，但是非常苍白虚弱，就像小孩子在一个黑暗的房间里病了很久那样。

它一边无力地移动着腿，一边有些害羞地看着自己，就像小姑娘第一次去舞厅时那样。然后，它慢慢地沿着一根草茎走上去，露出了水。

汤姆非常惊讶，整个过程中他一句话也没有说，只是瞪大了眼睛看。他也浮上去，把头伸出水面，想看看下面会发生什么。

那个动物坐在温暖明亮的阳光下。阳光使它全身发生了一种奇妙的变化。它变强壮结实了，身上渐渐出现了各种最可爱的色彩：蓝的，黄的和黑的；圆点，条纹和圆圈；从它背上，伸出了四片长着亮晶晶的棕色纱网的大翅膀；它的眼睛变得很大，几乎长满了它整个的头，像一万颗钻石一样闪闪发光。

"哦，多漂亮的动物呀！"汤姆说着，伸手去抓它。

但是那东西盘旋着飞到空中，用翅膀平衡着在空中停留了一会儿，然后，停在了汤姆跟前不远的地方。它一点也不害怕汤姆。

"不，"它说："你抓不到我，现在我是一只蜻蜓了，我要在阳光下跳舞，在河面上空捉东西吃，捉蚊子，找一个像我一样漂亮的妻子。我知道我将做什么，啊哈！"

说完，它飞到空中去了。

"哦，回来，你回来，"汤姆叫道："你这个漂亮的动物！我没有人一起玩，我在这儿太孤单了。如果你愿意，你就回来吧，我再也不捉你了。"

"我才不去管你捉不捉我呢，"蜻蜓说："你根本就抓不到我。不过，等我吃过午饭，再稍微看一下这个漂亮的地方以后，我会回来，跟你稍微聊聊我旅途上看到的东西。唉，这是一颗多么大的树呀！树叶子这么大。"

那只是一颗大酸模草。

但是你知道，蜻蜓从前只看到过很小的水树，像星星草、芡草和水毛茛之类的东西，从来没有见过真正的树。所以，酸模草在他的眼睛里就特别的大。

另外，他很近视，鼻子跟前一码以外的东西就看不见。那些身体不及他一半大的许多小家伙们看见东西的距离，也并不比他短。

蜻蜓飞回来了。他和汤姆说了个没完没了。说到自己身上的色彩和大翅膀，他有些自高自大。但是你知道，在他的前半生中，他只是一个肮脏、丑陋、可怜的动物，所以，他这样自负是完全可以原谅的。

他非常喜欢讲自己在树上和草地上见到的美妙的事物，汤姆也很乐意听他讲，因为他完全忘记自己见过它们了。他们俩很快就成了一对非常要好的朋友。

我非常高兴地告诉你，那一天汤姆上了很有用的一课；从这以后，他有很长时间没有折磨动物。那些水蜻蟒对他也变得很温和了，常常给他讲奇妙的故事，比如她们造房子的方法，她们怎样换皮，最后变成长翅膀的飞蛾。听着听着，汤姆竟然也想有一天褪了皮，像她们一样变成长翅膀的飞虫了。

鳟鱼也和他亲近了。鳟鱼如果受到过恐吓和伤害，很快就会忘记的。汤姆常常和他们玩野兔和猎狗的游戏，大家都玩得非常开心。他常常试着蹦出水面，就像阵雨到来前鳟鱼所做的那样，头朝下脚朝上来一个鱼跃；但他从来没有做成功。

他最喜欢看他们升上去吃苍蝇，那是他们在大橡树的影子下面巡游的时候。那儿常有甲虫咕的一声掉到水里，还有绿螟蛉无缘无故地从树枝上拖着丝线挂下来，然后又同样无缘无故地改变他们的愚蠢念头，把丝一收，重新回到树上，再把丝卷成一个球，抓在爪子中间。

那是一个非常聪明的走钢丝演员玩的花样，布朗丁和廖塔德[1]都做不出来。但是谁也说不出，绿螟蛉他们为什么费那么大的事儿来这样做。因为布朗丁和廖塔德表演杂技是为了谋生；而绿螟蛉并不能通过吊断脖子来维持生活。

当他们接触到水的时候，汤姆常常去抓他们。他还抓桤木蝇、

---

① 布朗丁和廖塔德：布朗丁，法国杂技演员，擅长走钢丝。曾数次走钢丝跨越北美尼加拉河；廖塔德，可能是当地一位著名的杂技演员。

跳跳虫、公鸡尾巴蜉蝣和蜘蛛。

那些蜘蛛有黄色的、棕色的、青色的和灰色的。他把他们抓来送给他的鳟鱼朋友。这样做也许对苍蝇他们不太仁慈；但是一个人有能力的时候，是必须做一些好事来向朋友表示友好的。

最后，他连苍蝇也不抓了，因为他偶然地和一只苍蝇混熟了，发现他也是一个令人愉快的小家伙。

事情是这样发生的，我说的一点都没有掺假。

在七月份一个炎热的日子里，汤姆正浮在水面上，一边晒太阳，一边捉蜉蝣给鳟鱼吃。这时候，他看到了一个新品种的苍蝇，一个长着棕色脑袋和深灰色身体的家伙。

其实他是个很小的家伙，但是他对自己极为重视，就像人们应该做的那样。他昂起头，翘起翅膀，竖起尾巴，并且支棱着尾巴尖上的两把小刷子；总之，他是所有小小伙子中最神气的小小伙子。事实证明他不愧为最神气的，因为他不但没有逃走，而且跳到汤姆的手指上，像九尾精一样勇敢地坐在上面。

他用你有生以来听到过的最最细小、最最尖脆、最最锐利的小声音叫嚷着："真的非常感谢你的好意，但是我还不需要。"

"什么需要不需要？"汤姆问，小家伙的无礼使他吃了一惊。

"你的腿。感谢你伸出腿来让我坐。我必须马上走，去照看一会儿我的老婆。天哪，家庭是一件多么麻烦的事呀！"他说。

其实，这个小游民根本什么事也不做，让他的可怜的妻子独自孵所有的卵。他并没有马上走，而是继续说道："我回来的时候，如果你仍然把腿伸在那儿等我，我会非常高兴的。"

汤姆认为，他这种人脸皮很厚。五分钟后他回来的时候，汤姆觉得他的脸皮比原来所想的还要厚。

他说："你等累了吧？嗯，你的那一条腿也这样伸出来。"

他砰地一下落在汤姆的膝盖上，用他那尖锐的声音没完没了地说开了："那么说，你住在水底下？那是个低级的地方。我在那儿住过一段时间，身上弄得非常破烂，非常脏。我待不下去了，另找出路。所以我变得受人尊敬，到上面来，穿上了这套灰衣服。这是一套非常像样的衣服，你看是吧，是不是？"

"真的非常干净朴素。"汤姆说。

"是啊，一个人应该朴素、干净、受人尊敬，但是在一个人成家以后，这些东西就差不多完了。我已经很厌倦了，事实上就是这样。我想，我做了太多的事，上个礼拜为了谋生我已经受够了。所以，我要换一套跳舞的衣服，出去逛逛，做一个潇洒的人，看看花花世界，跳一两场舞。一个人能快活为什么不快活呢？"

"那你的妻子怎么办？"

"啊！她是个非常平庸愚蠢的东西，事实就是这样，她什么也不想，只想她的卵。如果她决定跟我出去，那好，她就去；如果她不想去，那好，我就一个人去，现在我就走。"

他说话的时候，脸色变得十分苍白，然后一点血色也没有了。

"哎，你病了！"汤姆说。

但是他没有回答。

"你要死了。"汤姆说。

汤姆盯着站在他膝盖上的苍蝇看，就像看着一个鬼。

"不，我没有！"一个很细、很尖的声音在汤姆头顶上说："我在上面呢，穿着我的跳舞衣服；那只是我褪下的皮。哈，哈！你变不出这种戏法吧！"

这种戏法汤姆变不出，侯丁、罗宾、费里克尔①也变不出。那个小游民把自己的皮完全地褪下来，脱开身去，让它站在汤姆膝盖上。这个壳子上眼睛、翅膀、腿、尾巴都全，一点也不缺，就像个活的。

"哈，哈！"他笑着。

他飞快地跳上跳下，一刻也不停，好像患了舞蹈病。

---

① 侯丁、罗宾、费里克尔：都是当时有名的魔术师，依次是法国人、德国人和荷兰人。

"现在我是个漂亮小伙子了吧？"

他说得没错。现在他的身体是白色的，尾巴是橘黄色的，眼睛里闪着孔雀尾巴上的所有色彩；最奇妙的是，他尾巴尖上的刷子比原来长了四倍。

"啊！"他说："现在我要去看看花花世界了。我的生活不会花费很多钱的，因为，你看，我没有嘴，也没有内脏；所以我永远不会饿，也不会肚子疼。"

的确没有了。他变得又干又硬又空，就像一根鸡毛管子。这正是那种愚蠢、空心、没有心肝的家伙应该长成的样子。

但是他一点也不为自己的空虚害臊，反而引以为自豪，就像许多文雅的绅士那样。

他轻轻地跳动着，飞上滑下，唱着歌：

"妻子跳舞我唱歌，
日子过得好快活；
这种事情最聪明，
驱散忧愁心欢乐。"

他这样上下飞舞了三天三夜，最后累极了，掉进水里，顺水漂走了。他变成了什么，汤姆就不知道了。那家伙自己也并不在意，汤姆听到他最后还在唱：

他漂在水上还唱着："驱散忧愁心——欢——乐！"

他自己不忧愁，别人还替他忧愁什么。

汤姆碰上了一次新的奇遇。有一天，他正睡在水百合的叶子上，他的朋友蜻蜓也在，他们在看蚊子跳舞。蜻蜓已经吃蚊子吃了个饱，静静地坐着，差不多要睡着了。因为天气实在是太热，太阳实在是太耀眼了。

对可怜的兄弟们的死，那些蚊子一点也不在意，他们依然昏天黑地、头重脚轻地跳着舞，高兴得忘乎所以。一只大黑苍蝇停在离蜻蜓鼻子不到一英寸的地方，在用爪子洗脸和梳头；但是蜻蜓一点也没有发觉，他继续和汤姆聊天，讲他在水里生活的时候发生的事情。

突然，汤姆听到从溪流上游传来最奇怪的噪音。咕咕咕、呼噜噜、呜呜呜、吱吱吱，好像你在袋子里装了两只野鸽子、九只耗子、三只土拨鼠和一只瞎了眼睛的小狗，把他们丢在里面不管，让他们尽管自个儿嚷嚷时发出的声音。

他向上游望去。

看到的和听到的一样奇怪。一只球不断翻滚着向下游漂来，第一秒钟看上去，它是一只长着棕色毛皮的球，第二秒钟看上去，它是一个闪亮的玻璃球。

但那并不是一只球。因为，它有时打开，一团团漂开来，然后又重新收拢，而且它发出来的噪音一个劲儿地越来越大。

汤姆问蜻蜓那是什么，蜻蜓当然不知道。因为他很近视，虽然那东西离他们已经不到十码，他还没有看到呢。

所以，汤姆沉到水里，靠在一块最光滑的露头石上，开始自己观察。那个球滚到近前，打开来，变成了四五个很漂亮的动物，每一个都比汤姆大好几倍。

他们游动着、打着滚儿、潜到水里、缠在一起、扭打着、拥抱、亲嘴、咬、抓，他们那种样子，简直是可爱极了，从来没见过。

如果你不相信，你可以去佐罗几克公园看看。难道你会说，水獭不是你见过的最最快乐、最最灵巧、最最优美的动物？

他们中个子最大的一个看见了汤姆，她从同伴中冲出来，用水里的语言叫嚷着，声音十分尖锐："快，孩子们，有东西吃了！"

她一边叫喊，一边向可怜的汤姆冲过来。她的两个眼睛那么凶，一副牙齿那么锋利，一张嘴巴张得那么大。

汤姆原来还认为她非常漂亮可爱，这时候对自己说："这就是漂亮可爱的真正面目。"

他尽量飞快地钻到水百合的根之间，然后转过身来对着她做鬼脸。

"出来，"那个很凶的水獭说："否则对你更不利。"

汤姆从两丛密密的水百合根中间看着她，用尽全身力气摇晃着它们，不停地向她做吓人的鬼脸；就像他从前在陆地上生活时，隔着围栏向老妇人龇牙咧嘴做怪相一样。毫无疑问，这是不大有礼貌的；但是你知道，汤姆现在还没有教育好。

"走吧，孩子们，"老水獭摆出一副嫌恶汤姆的样子，说道："说到底，那东西并不值得吃。那只不过是一只讨厌的水蜥，谁也不愿意吃它，连池塘里的那些下等的狗鱼也不要吃的。"

"我不是水蜥！"汤姆说；"水蜥有尾巴。"

"你就是水蜥，"老水獭非常独断专横地说："我从你的两只手就看得出来，我知道你有尾巴。"

"告诉你我没有，"汤姆说："瞧！"

他把漂亮的小身体转了一个圈儿；那当然，他没有尾巴。

老水獭想说汤姆是一只青蛙，但是话到嘴边，她又改变了主意。像许多人一样，当她说了一句话，不管是对还是错，她都要坚持。

所以她说："我说你是水蜥，你就是水蜥；对于我和我的孩子这种上流人士，你不是合适的食物。你可以坐在这儿，等鲑鱼来吃你。"

她知道鲑鱼不会吃他，但她想吓唬吓唬可怜的汤姆。

"哈，哈！他们吃你，我们吃他们！"

水獭说，笑得那么邪恶和残酷，有时你会听到他们这样笑的。如果你第一次听到他们笑，你大概会认为那是鬼哭。

"什么鲑鱼？"汤姆问。

"一种鱼，你这个水蜥！是大鱼，很好吃的鱼。鲑鱼是鱼的领主，我们是鲑鱼的领主。"她又笑了："我们在池塘里上上下下追他们，把他们赶到角落里，这些蠢东西；他们太骄傲，欺负小鳟鱼和鲦鱼；看到我们来了，立刻就成了软骨头；我们就抓他们，但是我们并不把它们整个地吞下去；我们只是咬他们的柔软的喉咙，吸他们身体里的甜汁。啊，味道真好！"

说到这里，她舔舔她那张邪恶的嘴。

"然后，把这一个扔掉，再去抓另一个。他们很快就会来的，很快就来，孩子们；我能嗅到雨从大海那边来了；到时候，就可以欢呼新鲜柔软的鲑鱼的到来，就可以一整天有大堆的东西吃！"

老水獭越说越得意，头朝前翻了两个跟头，然后半个身体露在水面上，站直了，像柴郡猫[①]一样咧着嘴。

"他们从哪儿来？"汤姆问。

他很小心，因为他非常害怕。

"从大海，水蜥，宽广的大海。如果愿意，鲑鱼可以待在大海里，非常安全。但是那些愚蠢的东西会离开大海，到大河的下游来；我们前来等着他们；到他们往回游的时候，我们也向下游去，跟着他们。

"我们在下游捉鲈鱼和鳕鱼吃，沿着河岸过快活的日子，在冲到河滩上的浪花里搅水、打滚，暖洋洋地睡在温暖干燥的巉岩中间。啊，孩子们，如果不是因为可怕的人类，那也是一种快乐的生活呀。"

"人是什么？"汤姆问。但是在话出口之前，他似乎已经知道答案了。

"两条腿的东西，水蜥；现在我要过来看看你，如果你没有尾巴的话，他们实际上是一种和你很像的东西。"

她认定汤姆会有尾巴。"只是，他们比你大多了，我们真倒霉！他们用钩子和线来捉鱼，有时，钩子会扎进我们的脚；他们还沿着岩石放鱼篓捉龙虾。我可怜的亲爱的丈夫出去给我找些东西吃，被他们用鱼叉戳死了。那时候，我正躲在巉岩中间。

"在陆地世界上，我们是很低等的动物，因为大海是非常粗野的，没有鱼会到岸边来给我们吃。但是他们戳死了他，可怜的丈夫啊！我看见他们把他绑在竿子上抬走。啊，孩子们，他为了你们的缘故

---

① 柴郡猫：著名童话《爱丽丝漫游奇境记》中劝告爱丽丝的一只猫，它总是龇牙咧嘴地笑着。

丢了性命，他是个可怜的、亲爱的、温顺的动物。"

水獭说完以后，便神情庄重地带着她的孩子们顺着小溪游下去了。汤姆在那一段时间再也没有见到过她。

她幸亏离开了那儿。因为他们刚走不久，就有七条凶猛的小猎狗从上游沿着河岸扑过来了。他们到处嗅着、吠叫着、东刨西挖、溅着水，一路狂叫着追猎水獭。汤姆躲在水百合根之间，直到他们离开以后，才敢从里面出来。

他怎么能想到，那些水百合是水中的仙女们变了来保护他的。

他忍不住一直在想水獭说的话，想她所说的大河和大海。他想呀想呀，便忍不住很想游出去见见它们了。

他想得越多，便越是对他所住的这条小溪流、对他所有的同伴感到不满意。这是为什么，他也说不出。他想出去，到宽广又宽广的世界里去，去欣赏所有美妙的风光。他相信，那个宽广的世界肯定充满了美妙的事物。

有一次，他动身向下游游去；但是溪水很浅，当他来到浅滩的时候，他没法躲在水下了，因为水太少，不能淹没他。

于是，太阳火辣辣地照在他背上，使他生了病。他只好游回来，静静地在凉爽的池塘里躺了一个多礼拜。

那一段时间里，在一个非常炎热的白天过去后的夜晚，他见到了一件奇异的事。

那天，整个白天他都昏沉沉的。鳟鱼也是这样，即使挪动一英吋去抓一只苍蝇，他们也不愿意。水面上苍蝇可是有成千上万只呢。

他们在石头影子下面的水底打瞌睡，汤姆也躺着打瞌睡。他很高兴贴着他们光滑、凉爽的身体，因为水十分暖，让他不舒服。

但是，快到夜晚的时候，天空突然就黑了。汤姆伸出头来，向天上望去。

他看到一大片乌云在头顶上，从溪谷右边铺过来，从右到左盖在了两边的巉岩上。他并没有感到十分害怕，只是感到非常安静。

听不到一丝风响，听不到一声鸟鸣。然后，几滴大雨点啪啪地掉进水里，有一滴打了汤姆的鼻子上，他赶快噗的一声沉到水里。

然后，雷轰隆隆地滚过，闪电唰地划过温德尔上空，又收了回去。从乌云到乌云，从峭壁到峭壁，电闪雷鸣，溪水中的石头仿佛都在发抖。

汤姆仰着脸，透过水看着这一切，心想，这真是他一生中见过的最了不起的事情。

但是他不敢把头伸出水面，因为掉下来的雨点子有水桶那么大，冰雹像炮弹一样揎打着溪流，搅起一团一团的泡沫。溪水涨起来了，向下游直泻。水越涨越高，越涨越险，水里漂着的东西越来越多。稻草、蛆、腐败的蛋、木头里的寄生虫，蚂蟥，零星杂物，这个，那个，另一个，足够填满九个博物馆。

汤姆在溪流中快站不住了，他躲到了一块石头后面。但是鳟鱼没有躲，他们从石头中间冲出来，大口地吞吃甲虫和蚂蟥，那副样子真是急火火地，贪婪极了。他们嘴边挂着很大的虫子游来游去，为了互相之间分开来，前冲后退，又拖又拽。

借着闪电的光亮，汤姆看到了一个新的景象。

溪流的整个河底动起来了，一大片都是大鳗鱼，他们翻滚着，缠绕着，顺水而下。

在过去的几个礼拜里，他们一直躲在石头缝和泥洞里，汤姆一直没有见到过他们。只是在夜间，才偶尔看见他们几次。现在他们都出来了，从他身边急匆匆地涌过，一大片，气势那么大、那么猛，让汤姆感到十分害怕。

他听见他们从他身边涌过的时候互相招呼道："我们得快跑，我们得快跑。多让人高兴的大雷雨啊！下海去！下海去！"

这时，水獭带着她所有的小孩子从旁边过去了。他们一路缠绕着、扫荡着，像鳗鱼一样快。

汤姆经过的时候，水獭窥探着他，说道："喂，水蜥，如果你

187

想看看世界，现在是时候了。快跟上，孩子们，别管那些肮脏的鳗鱼；我们明天早上用鲑鱼作早餐。下海去！下海去！"

这时，天空上划过去一个比所有闪电更亮的闪电。虽然它只亮了千分之一秒便又熄灭，但是汤姆借着它的光亮看见了，是的，他肯定自己看见了三个美丽的、穿着白衣服的小姑娘。

她们互相用手臂勾着脖子，顺水而下，唱着："下海去！下海去！"

"啊，停下来！等等我！"汤姆叫着。

她们已经不见了。不过他仍然可以听到她们的声音。她们消失的时候，她们那甜美的声音，穿过雷电的轰鸣、穿过水的吼叫、穿过风的呼啸，清晰地传来："下海去！"

"下海去？"汤姆说："所有的动物都向大海去了，我也要去。再见，鳟鱼。"

但是鳟鱼正忙着吞虫子呢，根本就没有转过身来回答他。这样也好，省了汤姆和他们道别时依依不舍的痛苦。

下海去。顺着奔腾的溪流，靠着大雷雨中明亮的闪电的指引；

下海去。经过所有点缀着白桦树的岩石：它们一刹那明亮清晰如同白昼，一会儿又黑暗如同深夜；

下海去。经过旋转着水涡的河岸下那些黑洞洞的鱼穴：巨大的鳟鱼从里面冲出来，冲向汤姆，把他当成好吃的东西，但又失望地游了回去；是仙女们让他们回去的，他们竟敢打扰水孩子，被她们狠狠地责骂了一顿；

下海去。经过急转直下的水峡和怒吼的瀑布：有一会儿，汤姆什么也听不见了，只听见水的吼声；

下海去。沿着深深地没入水中的河滩，白色的水百合在狂风和冰雹袭击下颠簸摇晃；

下海去。经过沉睡的村庄；

下海去。从黑乎乎的桥孔下穿过，向着大海，离过去越来越远。

汤姆停不下来，也不去想它；他将见到下游的世界，见到鲑鱼，

188

见到激浪，见到无比、无比宽广的大海。

当白天的光线照进世界的时候，汤姆发现自己已经离开小溪，来到了鲑鱼河。

它足足有一百码宽，从宽阔的池塘流向宽阔的浅滩，从宽阔的浅滩流向宽阔的池塘，越过铺满砂石的广阔田野，从橡树和白杨树的绿荫下流过，经过低矮的沙石陡壁，经过碧绿的青草地、美丽的花园和一座灰色岩石造的大房子，经过地势很高的沼地，经过一座煤矿的东一个西一个直指蓝天的烟囱。

不一会儿，他来到了一个崭新的地方。河流展开来，变成了宽阔安静的浅滩；它太宽了，汤姆从水中伸出头来看，真是一眼望不到边。

在这儿他停了下来。他稍微有些害怕。

"这一定就是大海了，"他想："多么广阔的地方啊，如果我继续游，游到里面去，我一定会迷路的；或者，会有什么奇怪的东西出来咬我。我得在这儿停一停，等一等水獭、鳗鱼或别的动物，问一问应该怎么走。"

他稍稍向后游了一点路，在河流开始变成广阔的浅滩的地方，找了个石头缝，爬了进去。他向外面张望着，等待别人经过，问一问路。但是，水獭和鳗鱼早在他前头过去，已经在河流前面很多英里了。

他在那儿等啊等啊，睡着了。因为他已经游了一整夜，十分疲劳。他醒来的时候，河水的水位虽然很高，但不浑浊了，而是变成了美丽的琥珀色。不一会儿，他看到了一个景象，它使他跳了起来，因为刹那间他就明白了，那正是他要来看的东西之一。

这么大的一条鱼！比最大的鳟鱼还要大十倍，比汤姆要大一百倍。它逆水向上游，就像汤姆顺水向下游一样容易。

这么美的一条鱼！身上从头到尾闪着银光，零零星星地缀着深红色的圆点，巨大的钩形鼻子，巨大的弯嘴唇，巨大的亮眼睛，像国王一样骄傲地转过头去望一望，审视着左右的水域，好像那全属于他。他一定是鲑鱼，所有鱼的王。

汤姆害怕极了，很想找个洞钻进去。但是他用不着，因为鲑鱼全都是真正的绅士。

像真正的绅士那样，鲑鱼看上去非常高贵骄傲；但是，他们也像真正的绅士那样，从不伤害别人或与别人争吵；他们只管忙自己的事，从不与粗野的家伙计较。

鲑鱼仔细地看了看汤姆的脸，然后对他毫不介意地继续向前游去。他的尾巴打了一两下水，使水流重新又翻腾起来。

几分钟以后，又来了一条鲑鱼，然后又是四五条，不断有鲑鱼从汤姆眼前经过。

他们逆水而上，用银色的尾巴有力地击打着水，跳上大瀑布，不时地完全跃出水面，跃过岩石，一瞬间在阳光中闪耀着耀眼的光芒。汤姆高兴极了，即使让他在这儿看一整天，他也愿意。

最后来的一条鲑鱼特别大，比其他所有的鲑鱼都大。但是他游得很慢，并且回过头去看身后，好像很着急，很忙。汤姆看到，他在帮助另一条鲑鱼，那是一条特别漂亮的鲑鱼。她身上一个斑点也没有，从头到尾都是纯银色。

"亲爱的，"特大鲑鱼对他的同伴说："你看上去真的累坏了，刚开始的时候你不要用尽全力。在这块石头后面休息一下吧。"说着，他用鼻子把她轻轻地推到汤姆休息的那块石头旁边。

你要知道，她是特大鲑鱼的妻子。因为，鲑鱼像别的绅士一样，总是挑选一位女子、爱上她、对她忠诚、关心她、为她工作、为她战斗，就像每个真正的绅士应该做的那样。

他们不像粗俗的下波鱼、斜齿鳊和狗鱼，那些鱼是不重感情、不关心妻子的。

特大鲑鱼看见了汤姆，非常凶地看了他一会儿，好像要把他吃掉似的。

"你在这儿干什么？"他非常凶地说。

"哦，别伤害我！"汤姆叫道："我只是想看看你，你那么英俊。"

"啊！"鲑鱼非常严肃，但又非常有礼地说："请你多多原谅；我知道你是谁了，亲爱的小东西。以前我见过一两个像你一样的动物，发现他们非常令人愉快，举止非常得体。事实上，他们中有一个最近对我非常好，我希望能回报他。希望我们没有妨碍你。这位夫人休息好以后，我们立刻就继续赶路。"

他是一条教养多么好的老鲑鱼啊！

"你以前见过我这样的动物？"汤姆问。

"见过七次，我亲爱的。其实，就在昨天晚上，在河口，有一个来向我和我的妻子报警，说新发现河里布下了桩子网，去年冬天起就下在水里了。我不知道那是怎么回事。他还用最最可爱的、彬彬有礼的方式，领着我们绕过了那块危险的地方。"

"这样说来，大海里面也有水孩子？"汤姆拍着小手叫道："那么，我在海里可以有人一起玩了？这多让人高兴啊！"

"这条河的上游没有水孩子？"鲑鱼夫人问。

"没有；我很孤独。我想，昨天晚上我见到了三个，但是她们一晃就过去了，向大海游去了。所以，我也要下海去，因为，除了水蜻蜓、蜻蜓和鳟鱼以外，我没有谁可以一起玩。"

"嗯哼！"鲑鱼夫人嚷道："那种朋友多么低级呀！"

"我亲爱的，如果说，他和低级动物做过伴儿，他当然没有学他们那种低级的样子。"她丈夫说。

鲑鱼夫人说："没有，真的，亲爱的可怜的小家伙！但是和水蜻蜓这种动物生活在一起，对他来说是一件多么不幸的事情呀，他们有六条腿！蜻蜓也是这样！唉，不要说别的了，吃也不好吃；我吃过一次，他们都又硬又空；至于鳟鱼，谁都知道他们是些什么东西。"

说到这里，她撅起了嘴唇，看上去非常地瞧不起人。同时，她丈夫也撅起了嘴唇，一直撅到看上去好像和阿西比亚德[1]一样骄傲。

---

[1] 阿西比亚德：公元前四世纪雅典政治家和将军。

"你为什么连鳟鱼也不喜欢？"汤姆问。

"亲爱的，如果能回避的话，我们连提都不愿意提他们。我很抱歉地说，他们是我们的亲戚，但对我们不守信用。许多许多年以前，他们和我们一样，但是他们变得又懒又馋，又怯懦，不愿意每年下海去看看广阔的世界，去长得肥壮一些；

"而是情愿留在小溪里面东游西荡，吃虫子和蛆子。他们得到了应有的惩罚，身体变丑了，变小了，变成了棕色，浑身都是斑点。他们的品位变得十分下贱，甚至吃我们的孩子。"

"然后，他们又假惺惺地来和我们攀亲戚，"鲑鱼夫人继续说道："唉，其实，我知道他们中有一个向鲑鱼女士求婚，这种卑鄙的下贱东西！"

"我希望，"鲑鱼绅士说："我们这种鱼中没有哪位夫人会自降身份，听那种东西唠叨片刻。如果我偶然碰到这种东西，我想，我有责任把他们那些狗男女就地正法。"

老鲑鱼说道，那样子就像一位血统纯正的西班牙老绅士①。而且，他说到就会做到。

你要知道，没有哪种敌人之间的敌意比同类之间的敌意更深。鲑鱼看待鳟鱼，就像某种东西中的大家伙看待他们中的小家伙。好比有什么东西太像他们自己，让他们不能容忍。

---

① 血统纯正的西班牙绅士：指低等西班牙贵族，一种傲慢、骄扬跋扈的人。

第四章

告别的时候，汤姆警告鲑鱼，要小心邪恶的老水獭。鲑鱼离开岩石，向上游方向游去了。汤姆继续向下游方向游去，但是他沿着岸边，游得很慢，很警惕。

他游啊游啊，游了很多天。因为他离开大海还有许多英里呢。也许，如果不是仙女在暗中引导他，他永远也不会找到通往大海的路。仙女们在引导他，但不让他看到她们美丽的脸，也不让他感觉到她们温柔的手。

在游往大海的路上，他有过一次非常奇怪的历险。那是九月里一个晴朗、安静的夜晚。月光那么明亮，照进水里；使他尽管拼命闭紧眼睛，仍然睡不着觉。

他索性浮到水面上来，坐在一块小石头尖上，仰望着大大的、橙黄色的月亮。他在想，她是什么呀，他觉得她也在看着他。

他看着洒在水面上的鳞鳞月光、冷杉树的黑乎乎的树顶、蒙着银霜的草地；他听着猫头鹰的叫声、沙锥鸟的哀鸣、狐狸的吠叫和水獭的笑声；

他嗅着白桦树的淡淡的芬芳，还有那从很远的上游的松鸡禁猎地吹来的，一阵阵欧石楠的甜香；

他感到非常快乐，尽管他说不清为什么。当然，如果让你在九月里的一个夜晚，坐在那样一个地方，湿漉漉的背上一点衣服也没有的话，你会感到很冷的。但是汤姆是一个水孩子，所以他不会比一条鱼更觉得冷。

突然，他见到了一幅美丽的景象。一片美丽的红光，沿着河边移动着，投进水里，像一条长长的火舌。汤姆这个好奇的小淘气，下决心去看看那到底是什么。于是，他向岸边游去。那道光停在了一块矮石头边缘的浅水上方，就在那儿，汤姆遇上了它。

在那儿，在那道光的下面，躺着五六条巨大的鲑鱼。他们睁着大大的、向外突出的眼睛，仰望着那道光的光焰，摇着尾巴，似乎看到它非常高兴。

汤姆浮上水面，想更近地观看那道美妙的光，他在水里弄出了一声响。

他听到一个声音说："有一条鱼。"

他不知道那句话是什么意思，但他似乎熟悉他们的声音，熟悉说那句话的那个东西的声音。

他看到岸边站着三个巨大的两条腿的动物。其中一个动物拿着那道光，它闪闪烁烁，并且噼噼啪啪地响着。另一个动物拿着一根长竿。

他知道，那是人。他很害怕，爬进石头中间的一个洞里。从洞里，他可以看见下面发生的事。

那个拿火把的人向水面弯下腰来，认真地看着水里，然后他说："赤佬，捉那只大么事；伊十五镑都不罢，侬格手要捏捏紧。"①

汤姆觉得，有什么危险要降临了。他非常想警告那条愚蠢的鲑鱼，他正盯着那道光看，似乎犯了迷。

但是汤姆还没有来得及拿定主意，那根竿子就戳进水里了；

一阵可怕的溅水声和挣扎声；

汤姆看见，那条可怜的鲑鱼被戳穿身体，从水中甩上了岸。

这时，另外三个人从后面向这三个人冲了过来。接着是一片吼叫、打斗和谩骂的声音。

---

① 这一段话是行话或黑话，故此姑妄以上海方言译之。应为："小伙子，捉那条大的，它十五镑都不止，你手要抓抓紧。"

汤姆恍惚记得，这些声音他曾经在哪儿听到过。现在，他一听到这些声音就直打寒战，感到十分厌恶。因为，他有点觉得，他们是奇怪的、丑恶的、错误的、可怕的。

一切他都想起来了。

他们是人，他们在打架：野蛮、不要命地打、打他个昏天黑地。这些事汤姆从前不知道见过多少次。

他捂紧自己的小耳朵，恨不能立刻从那个地方游开去；他很高兴自己是个水孩子，再也不用和那些肮脏可怕的人打交道了。那些背上穿着脏衣服，满嘴脏话的人。

他想离开，但是他不敢从洞里面出来。这时，在管家和偷猎者的践踏和打斗之下，他头顶上的岩石摇晃起来。

突然，一片大得惊人的溅水声，一道可怕的闪光，一阵嗞嗞声，然后一切都静了下来。

原来，有一个人掉进了水里，离汤姆很近。是那个手中拿着火把的人。他沉入了湍急的河水，在水流中不断地翻滚着。

汤姆听到岸上的人在沿着河边奔跑，似乎在找落水的人。但是，那个人已经沉没在水下深深的洞里，一动不动地躺在那儿，他们再也找不着他了。

汤姆等了很长时间，直到一点声音也没有以后，才伸出头来张望。他看见了那个躺着的人。他终于鼓起勇气向下游去，游向那个溺水的人。"也许，"汤姆心想："水使他睡着了，就像我一样。"

他离那个人越来越近。他越来越好奇，但说不出为什么。他必须去看看他。当然，他会轻手轻脚地游过去；他绕着他游了一圈又一圈，离他越来越近。由于那人一直没有动，他终于壮起胆子游到了离他很近的地方，看清了他的脸。

月光是那么的明亮，每一个特征汤姆都看得清楚；看着看着，他一点一点地回忆起来了：是他过去的师傅，格林姆。汤姆转过身，尽快地从他身边游开。

"哦，天哪！"他想："他会变成水孩子了，他会变成一个多么讨厌的水孩子！也许他会发现我，再打我。"

　　于是，他向大河的上游游了一段回头路；然后，一整夜都躺在赤杨树的树根下面；但是，当早晨来临的时候，他又急着要回到大塘去了，他要看看格林姆先生有没有变成水孩子。

　　他非常小心。他躲在岩石后面，藏在树根下面，偷偷地张望。格林姆先生依然一动不动地躺在那儿，他没有变成水孩子。

　　下午汤姆又来偷看了一次。因为不弄明白格林姆先生变成什么，汤姆是不会安心的。但是这一回格林姆先生已经不见了，汤姆心想，他变成水孩子了。

　　他其实用不着紧张，可怜的小小伙子。格林姆先生并没有变成水孩子或别的什么类似的东西。但是汤姆很紧张，有很长一段时间，他一直担心有一天会在哪一个深深的池塘突然碰上格林姆。他怎么会知道，仙女们把格林姆弄走了呢？她们把他弄到安放落水者的地方去了，那正是他应该去的地方。

　　汤姆继续向下游游去，因为他害怕呆在离格林姆很近的地方。他离去的时候，整个溪谷都显得很悲伤。红的和黄的树叶像阵雨似地落进水里，苍蝇和甲虫都已经死光，秋天的寒雾笼罩着山冈，有时甚至浓浓地盖在水面上，使汤姆看不清路。

　　于是，他就摸索着前进，跟着水流的方向，一天又一天，经过很大的桥，经过小船和驳船，经过大的市镇，经过市镇的码头、磨坊和冒着烟的大烟囱，经过下了锚、在水面上浮沉晃荡的轮船。

　　汤姆不时地碰上轮船的锚链，很想知道那是什么。他把头伸出水面张望，看见水手们懒洋洋地在甲板上抽烟斗。他又重新潜入水中，因为他害怕得要死，怕被人们捉住，再变成扫烟囱的孩子。

　　他并不知道，仙女们一直在他身旁，遮住水手们的眼睛，不让他们看见他，使他避开磨坊的水槽、下水道的出口和其他肮脏危险的东西。

可怜的小家伙，对于他来说，这是一次忧郁的旅行。他不止一次恨不能返回温德尔去，和鳟鱼一起，在夏日的灿烂阳光下游戏。但是这不可能，事情过去了，就一去不复返；人们永远不可能再回到小时候，连水孩子也是一样，人只能活一次。

另外，那些想出去看看广阔世界的人，例如汤姆，都一定会发现，那是一次疲倦的旅行。如果他们没有灰心，没有半途而废，而是继续勇敢地走下去，到达终点，那就是他们的幸运。汤姆正是这样。

汤姆始终是一条勇敢无畏、意志坚定的英国叭喇狗，他从不知道什么是被打败。他坚持游下去，游下去……终于，他透过雾气，看到远处有一个红色的浮标。他非常惊奇地发现，水流回过身，向陆地这边涌过来。

当然，这是潮水，但是汤姆不知道潮水是什么。他只知道，只有一两分钟，他身边的淡水就变成了咸水。接着，他身上发生了一种变化。

他感到自己强壮、轻松、精神百倍、好像自己血管里流的是香槟酒。他自己也不知道为什么，竟然三次完全跳起来，离水面有一码高，一个鱼跃，就像鲑鱼第一次接触到高贵富有的咸水时那样。就像一些聪明人告诉我们的那样，这水，是所有生物的母亲。

潮水冲击着他，他竟然一点也不在乎。那个红色浮标就在他的视野里，在敞开着胸怀的大海里跳着舞。他要游到浮标那儿去，他游过去了。

他经过大群的鲈鱼和鲻鱼，他们跳跃着，在追逐褐虾；但是，他没有注意到他们，他们也没有注意到他。有一次，他经过一头巨大的，闪闪发光的黑色海豹。海豹是尾随着来吃鲻鱼的，他把头和肩膀伸出水面，盯着汤姆看。

汤姆并不害怕，而是说道："你好吗，先生？大海是多么美丽的地方呀！"

那只老海豹没有去吃他，而是用柔和的、睡意蒙眬、老是在眨巴的眼睛看着他，说道："祝你碰上好潮水，小小伙子；你在找哥哥姐姐么？我在外面碰见了他们，他们都在那儿玩。"

"哦，那么，"汤姆说："我终于有伙伴一起玩了！"

他游到浮标那儿，爬上去坐了下来，因为他已经累得上气不接下气了。他向四周看，寻找水孩子，但是看不见。

轻柔清新的海风吹过来，带着潮水，吹散了大雾。浮标周围，细细的波浪快乐地跳着舞；老浮标也随着波浪一道跳舞。

一片片云彩的影子在明亮的蓝色海湾上赛跑，互相之间却从来追不上。

潮水欢快地冲上宽阔的白色沙滩，跳过岩石，想看看里面的绿色田野是什么样子。它们摔下来，摔成了碎片，但是一点也不在意，又向上冲。

燕鸥在汤姆的头顶上翱翔，就像巨大的、白身体黑脑袋的蜻蜓；海鸥欢笑着，就像姑娘们玩耍时的笑声一样；红嘴红腿的海喜鹊，在海岸与海岸之间飞来飞去，他们的鸣叫声甜美悦耳，又充满了野性。

汤姆看啊看啊，听啊听啊，这时只要能见到水孩子们，他就会十分地快乐了。当潮水返回大海的时候，他离开了浮标，游到各处去寻找水孩子们，但是他白辛苦了。

有时，他觉得自己听到了他们的笑声，但是，那其实只是波浪的笑声。有时，在海底，他觉得自己看到了他们，但是，那些其实不过是白色的和粉红色的海贝。

有一次，他蛮有把握地认为找到了一个水孩子，因为，他见到两只明亮的眼睛从沙中向外张望。于是，他下潜到海底，把沙扒开，嚷道："别躲了，我太想有人一起玩了！"

从沙里跳出来一只大菱鲆，他歪着丑陋的眼睛和嘴，沿着海底噗噗地跳走，把可怜的汤姆撞到了一边。他坐在海底，哭泣着，流着咸的眼泪，彻底失望了。

游了这么多的路，面临着这么多的危险，但是仍然找不到水孩子们！太难了！是啊，看起来的确是很难；但是，如果不付出等待，不付出劳动，人们，即使是小孩子，是无法想什么就有什么的。这一点，你总有一天会明白。

汤姆在浮标上坐了许多天，许多个礼拜。他望着大海的远处，希望水孩子们在某一天回来；但是，他们没有回来。

于是，他开始打听。各种奇奇怪怪的动物从大海外面归来，他向他们每一个打听水孩子，有的说"见过"，有的说根本就没见过什么水孩子。

他问鲈鱼和绿鳕，但是他们贪婪得要命地追着褐虾，根本顾不上回答他一个字。

接着，来了整整一大片紫色的海蜗牛。他们一个接一个地漂过来，每一个都躺在一片满是泡沫的海绵上。

汤姆说道："你们从哪儿来，你们这些美丽的小动物？你们见过水孩子么？"

海蜗牛答道："我们从何处来，我们不知；我们往何处去，谁又能晓？我们在大海中央漂泊着我们的小小生命，头顶上是温暖的阳光，脚底下是温暖的墨西哥湾流，于愿已足矣。是啊，也许我们见过水孩子。我们一路航行，见过许多奇怪的东西。"

说完，这些快乐而蠢笨的东西就漂走了，全都上岸，到了沙滩上。

接着，来了一条巨大的、懒洋洋的翻车鱼，它肥得就像半片猪，它的模样也像半片猪，好像是塞到衣橱里压平的一样。与他的巨大的身体和巨大的鳍相比，他的嘴小得就像小兔子的嘴一样，比汤姆的嘴也大不到什么地方去。当汤姆向他询问时，他用尖尖的、微弱的声音回答说："我肯定不知道，我迷路了。我打算去柴斯比湾，但恐怕有点走错方向了。天哪！都因为跟着让人舒服的暖流走。我肯定迷路了。"

汤姆再问他，他还是那几句话："我迷路了。别和我说话，我得想一想。"

但是，就像许多许多人一样，他越是拼命想，就越是想不出；汤姆看到他东碰西撞、昏头昏脑地转了一整天。最后，海岸警卫队的士兵看见他的巨大的鳍露出水面，便划船过来，用带钩的篙子扎进他的身体，把他弄走了。

他们把他带到镇上展览，看的人每人付一便士，一整天都生意兴隆。当然，这些汤姆是不知道的。

接着，来了一大群海豚。他们是翻滚着过来的，爸爸妈妈带着小孩子，身上全都十分光滑，闪闪发亮。因为，每天早晨，仙女们都给他们进行法国式的擦拭。他们从汤姆身边经过时，非常轻非常轻地叹息着，这使汤姆鼓起勇气对他们说话。

但他们只是回答："嘘，别作声；嘘，别作声！"因为，他们只会说这个。

接着，来了一大群舒舒服服晒太阳的鲨鱼，他们中有些大得像一条小船。汤姆见了他们很害怕。但是，他们其实是些很懒、脾气很好的家伙。他们不像其他鲨鱼，不是贪婪的恶霸。

鲨鱼有许多种，像白鲨、蓝鲨、地鲨和纺锤鲨，都是些吃人的鲨鱼；像锯鳐、长尾鲛和冰鲨，都是些吃可怜的老年鲸鱼的鲨鱼。

那些鲨鱼过来了，在浮标上摩擦着他们那巨大的身体的侧面，躺在那儿，背鳍露出水面晒太阳，向汤姆挤眼睛。但是，汤姆永远无法让他们和他说话，他们吃了太多的鲱鱼，变得笨得要命。

一条运煤的方帆双桅船过来，把他们全吓走了，这使汤姆非常高兴。他们的气味太难闻了，他们没走的时候，汤姆一直捂着鼻子。

接着，来了一个美丽的动物。它就像一条纯银的缎带，尖尖的头，长长的牙齿。但是，它好像病得很厉害，很伤心。有时，它无力地侧着身体，然后向前冲一下，像白色的火焰一样闪闪发光；然后，它又病歪歪地躺着不动了。

"你从哪儿来？"汤姆问："你怎么病得那么厉害，那么悲伤？"

"我从温暖的南、北卡罗莱那州①来，那儿，沙滩上长着一长排的松树；那儿，鹞鱼拍打着潮水，就像巨大的蝙蝠一样。但是我一直随着温暖的、不可靠的墨西哥湾流向北流浪，最后遇上了寒冷的冰山，它们漂浮在大海中央。于是，我被困在冰山中间了，被它们的寒气冻得直发抖。

"是水孩子们把我从冰山中间救了出来，使我重新获得了自由。现在我的身体每天都在恢复，但是我很忧愁、很伤心，也许，我再也不能回到家乡，和鹞鱼一起玩了。"

"哦！"汤姆叫道："你见到过水孩子？你在这附近见到过么？"

"见到过，他们昨天晚上又来帮助过我，否则，我已经被一条巨大的黑色海豚吃掉了。"

多让人焦急呀！水孩子就在附近，但是他找不到他们。

于是，他离开了浮标。他常常沿着沙滩，在岩石周围寻找着；晚上，他就从海水中出来，坐在闪闪发光的海草中间露出来的石头尖上，对着十月里的落潮，叫喊着，呼唤着水孩子。

但是他从来没有听到回音。最后，因为烦恼和哭泣，他的身体变得十分消瘦和单薄。

有一天，他在岩石中间找到了一个一起玩的伙伴。可惜那不是一个水孩子，唉！那是一只龙虾。他是一只非常出色的龙虾，因为他的爪子上附着活的藤壶，这在龙虾中是一个区别等级的重要标志，像好良心和维多利亚十字勋章一样，是不能拿去卖钱的。

汤姆以前从来没有见过龙虾，他被这一只龙虾强烈地吸引住了。因为，他觉得这是他见到过的最奇怪、最有趣、最滑稽的动物。

他的想法并没有错到什么地方去。因为，世界上所有机灵的人，所有懂科学的人，所有想象力丰富的人，此外再加上所有画鬼怪的德国老画家，即使把他们的聪明都加到一块儿，也发明不出像龙虾

---

① 南、北卡罗莱那州：美国南部的两个州。

201

这样如此奇怪滑稽的动物。

他的一只钳子上有瘤节，另一只钳子上有锯齿。汤姆很喜欢看他吃东西的样子：他用有瘤节的钳子拿着海草，用有锯齿的钳子切割色拉，像猴子那样闻闻食物的味道，然后放进嘴里。他吃东西的时候，那些小藤壶总是把网撒出去，在水里捞一下，他们要来分享一点随便什么剩饭剩菜，作为午饭。

但是最让汤姆惊奇的是，看着龙虾把自己发射去：啪！就像你用鹅胸骨做的跳蛙一样。当然，他弹出去的姿势是最美妙的，弹回来也是一样。如果他要钻进十码外一条窄窄的石头缝，你猜他会怎么办？

如果他一开始就头朝前，那他进去后当然就转不过身来了。所以，他把尾巴朝前，把长长的触须放平。

他的第六感觉就在这两根触须的尖尖上。谁也不知道第六感觉是什么。

他又把背直直地竖起来，作为引导；把两只眼睛向后面扭转，直到它们快脱出眼窝为止。然后，各就各位，预备，开火，啪！

他弹了出去，砰地进了洞，一边向外面张望着，一边玩弄着他的长须，好像在说："你没本事这样做。"

汤姆向他打听水孩子。他回答说见过，但是对他们没有多大好感。他们是些爱管闲事的家伙，喜欢去帮助陷入困境的鱼和贝。嗯，对他来说，要一个背上连一块壳子也没有的、小小的软身体动物帮助，那是一件让人害臊的事情。他在世界上已经生活了很长时间了，一直是自己照顾自己。

他是个自高自大的家伙，这个老龙虾，他对汤姆不怎么客气。不久你就会听说，他在即将被人放到锅里去煮熟的时候，是怎样不得不改变想法的，那些自高自大的人总是这样。但是他很有趣，而汤姆又很孤独，他不能和龙虾吵架。他们常常坐在石洞里，聊上好几个小时。

这一次，汤姆碰上了一次十分奇异而重大的奇遇。这个奇遇实在太严重了，汤姆差一点就永远找不到别的水孩子们；我相信，要是那样，你们会很难过的。

我希望，这会儿你们还没有忘记那位洁白的小姑娘。无论如何，现在她来了。她看去就像一位清爽、洁白的小乖宝，她过去总是这样，将来也会总是这样。

事情发生在十二月那些令人愉快的日子里。约翰爵士忙着打猎，家里面谁也和他说不上一句话。他一礼拜有四天打猎，收获非常丰富；另外两天他去法庭当法官，参加监护人董事会，他作的审判都非常公正。

约翰爵士整天打猎，五点钟吃晚饭，吃完了就倒在床上呼呼大睡。他睡觉时发出的鼾声大得吓人，哈塞沃所有的窗户都被震得直晃，烟囱里的烟灰都被震落下来。

因为没法和爵士说上话，就像没法让死了的夜莺唱歌一样，太太决定离开，让爵士同医生和代理商史文格上尉去打鼾，让他们一起心满意足、此起彼伏地打个够。

于是，她带着所有的孩子到海边去了。

她去了海边什么地方，是谁也不能告诉的。因为，我恐怕年轻的女士们会想象那儿有水孩子，去捉他们，把他们放到鱼缸里；就像庞培城，就是你们可以在画儿上看到的古罗马城市，就像庞培城的女士们常常把丘比特关在笼子里那样。所以，谁也不能知道太太去了哪儿。

于是发生了这样一件事。就在汤姆玩耍的那一带海岸边，就在汤姆和他的朋友龙虾坐过的那些石头上，有一天，一位洁白的小姑娘，正是艾丽，在上面散步。和她一起的是一位的确非常聪明的人，他是普滕姆棱斯普厄次教授。

他是一位十分高尚、仁慈、好脾气的小个子老绅士，非常喜欢孩子。他只犯过一个错误，那是雄知更鸟犯的那种错误。你如果从保姆的窗户向外看，就会看到：

如果有谁发现一条奇怪的虫子，教授一定会缠住他不放，找他的岔子，像雄知更鸟一样，撅起尾巴竖起毛，宣称是他第一个发现那条虫子的，那是他的虫子，如果不是他的，那就根本不是什么虫子。

他遇到约翰爵士是在斯卡勃罗，或者弗里特伍德，或者某地，或者另一块地方；如果你不在乎是什么地方，别人也不在乎。他和爵士熟了，对他的孩子们十分喜爱。

约翰爵士不知道什么宝贝小海鸟儿，也不感兴趣，他只是让鱼贩子送鱼给教授当晚饭；太太也不知道，但她认为孩子们应该知道一些。你要明白，在愚蠢的古时候，人们总是教孩子们学一样东西，并且学得很透；但是，在现在的开化时代，人们教孩子们什么东西都学一点，但是什么都懂不透：这就轻松愉快多了，容易多了，所以很正确。

现在，艾丽和他在岩石上散步，那儿有成千上万的奇异事物，他一样一样地指给她看。但是艾丽对那些东西一点也不感兴趣。她情愿和活的孩子一起玩，哪怕是布娃娃也行，她可以假装它们是活的。

最后她说："我对这些东西都没兴趣，因为它们不能和我一起玩，也不能和我说话。水里常常有小孩，如果现在有的话，我会喜欢他们的。"

"水里的孩子，你这个奇怪的小鸭子？"教授说。

"是的，"艾丽说："我知道水里常常有孩子，还有美人鱼，还有男的美人鱼。我在家里的一幅画上看到过。一个美丽的夫人坐在海豚拉的车子上，孩子们在她身边飞跑，还有一个坐在她怀里。美人鱼在游泳和玩耍，男美人鱼在吹贝壳做的号角。

"画儿的名字叫'嘉拉蒂的凯旋'[1]，画儿的背景上有一座燃烧的山。这幅画挂在大楼梯间，我从小娃娃起就一直看着它，在梦里

---

① 嘉拉蒂的凯旋：大画家拉菲尔的名画，现保存在罗马。

见过它一百次。它太美了，一定是真的。"

就因为人们认为很美，事情就是真的；对于这种想法，教授一点也不以为然。所以，他用最最爱护她、最最仁慈的态度，向艾丽解释，这些东西真有其事是多么的不可能。

我想，当时艾丽一定是一个很笨的小姑娘，因为，她并没有被说服，而只是重复地问同一个问题。

"但是为什么没有水孩子？"

我相信，并且希望，是因为，教授在一个非常锋利的贻贝的边缘上绊了一下，脚上的一个鸡眼被戳得很疼，他才很生硬地回答说："就是因为冘没。"

他说的这句话甚至连发音都不准。如果教授气愤得不得了，真的要说那种话的话，他应该说："就是因为没有。"或者"就是因为不存在。"

说着他很用力地用捞网在水草底下捞了一下，就这样，他捉住了可怜的小汤姆。

他感到网很沉，迅速地把它捞出水，汤姆在里面，被网眼卡住了。

"天哪！"他嚷道："多大的一只粉红海参啊；还有手！它一定和白海参是亲戚。"他把它从网里拿了出来。

"它还有真的眼睛！"他嚷道："它一定是一只乌贼！这是最不平常的事情！"

"不，我不是！"汤姆直着嗓子嚷道，他不愿意被人用坏名字来称呼。

"这是个水孩子！"艾丽嚷道，当然，她说对了。

"要么是水胡扯，亲爱的！"教授说，急剧地扭过脸去。

不容否定。这是一个水孩子，一分钟之前他还说过没有水孩子，这叫他怎么办？

当然，他会把汤姆放在水桶里带回家的。他不会把他放在酒精里。当然不会。他会让他活着，宠爱他，因为他是个非常仁慈的老绅士。

他会写一本关于他的书，给他一个很长的名，一个很长的姓，其中第一个会提到一点汤姆，第二个则全是他自己；因为，他当然会把他叫做海德罗泰克诺恩·普滕姆棱斯普厄次，或别的什么差不多的长名字；因为，现在他们只能用长名字来称呼每一样东西，因为他们把短名字都用光了。

但是，如果那样，所有博学的人会对他怎么说？艾丽会怎么说，刚才他还对她说没有水孩子？

现在，如果教授对艾丽说："是的，我亲爱的，这是一只水孩子，它是一种非常奇妙的东西。它使我明白，对于奇妙大自然，虽然我经过四十年的光荣劳动，但我仍然知道得太少了。

"我刚才还对你说不可能存在这种动物，可是瞧！这就来了一个，这一下我明白了，大自然能够创造和已经创造出来的东西，是人的可怜的想象力所远不能及的。"

我想，如果教授说了这些话，小艾丽一定会对他相信得更加坚定，对他尊敬得更加深切，比以往任何时候更加爱他。

但是他可不这样想。他犹豫了一会儿。他很想拥有汤姆，但他又有些希望自己根本就没有捉住过他；最后，他非常想摆脱他了。

于是，他转过身去，用手指拨弄着汤姆，想考虑出一个比较好的办法来。

他漫不经心地说："我亲爱的小小姐，你昨天晚上一定梦见水孩子了，你满脑子都是水孩子。"

这时，汤姆一直都处在最可怕的恐惧之中，而且不敢出声。尽管他被称作海参和乌贼，但他仍然尽量保持安静，因为他的小脑袋里有一个顽固的想法，那就是，如果一个穿衣服的人抓住了他，就会给他也穿上衣服，再把他变成一个脏乎乎、黑乎乎的扫烟囱的孩子。

但是，当教授用手指戳他的时候，他实在受不了了，他又是害怕、又是愤怒地狂叫起来，就像被逼到墙角里的老鼠一样地勇敢。他又是叫，又是咬教授的手指头，把它咬出了血。

"哦，啊，呀！"教授喊叫着，他很高兴找到了一个摆脱汤姆的借口，把他扔到了水草上。于是，汤姆潜入水中，一会儿就不见了。

"它真的是水孩子，我听到它说话。"艾丽嚷道："唉，它不见了！"她从岩石上跳了下去，想在汤姆溜到大海里去之前抓住他。

太晚了！更糟糕的是，她跳下去的时候滑了一跤，摔下去大约六英尺，脑袋撞在一块尖石头上，躺在那儿一动不动了。

教授把她拉起来，想把她弄醒；他呼唤着她，对着她大声喊叫，因为，他是非常爱她的。但是，无论怎么样都喊不醒她。于是，他用手臂把她托起来，把她带到家庭女教师那里，他们一起回了家。

小艾丽被放到床上，一动不动地躺在那儿。她只是偶尔醒一下，喊着水孩子；但是谁也不知道她说的是什么东西，教授也不说，因为他不好意思说。

一个礼拜以后，在一个月色迷人的夜晚，仙女们飞到她窗前，给她带来了一对翅膀。那是一对无比美丽可爱的翅膀，艾丽情不自禁地把它们戴在了身上。她和她们一起飞出窗子，飞越大地，飞越大海，飞入云彩；在这以后很长很长一段时间里，谁也没有见过她的踪影，听到她的一点消息。

人们之所以说谁也没有见过水孩子，原因就在这儿。至于我，我相信博物学家出去捕捞的时候，抓到过好几打水孩子；但是他们一点也不透露风声，重新把他们扔进了大海，因为他们怕损害自己的理论。

但是你看，教授被揭露了，就像任何人到时候都会被揭露一样。一个非常可怕的老仙女揭露了教授；她知道教授会做什么，仿佛她是从一本印成铅字的书上看到的，就像他们在亲爱的老西部所说的那样。他正是那样做的，所以他先被揭露了，正像任何人总是会被揭露一样。

于是，当时老仙女就非常严厉地、就地处理了他。但是她说，她总是对最好的人最严厉，因为治好他们的机会最大，他们是对她回报最多的病人；因为，她的工作必须得到和中国皇帝的御医一样的报酬：什么样的医生，什么样的报酬。但可惜的是，她从来得不到那样的报酬。

于是她处理了可怜的教授。因为他不满足于事情是什么样就什么样，她就用不是什么样的就什么样的东西塞进他的脑袋，看看他是否更喜欢它们。

因为他在看到水孩子之后，作出了不相信有水孩子的选择；她就让他去做比相信水孩子更糟的事：去相信独角兽、喷火龙、占卜口、怪蛇、鹰头狮身鸟翅兽、大鹏鸟、海怪、狗头人、三头狗和其他稀奇古怪的动物。

大家从来不相信有这些东西，大家从来都不希望有这些东西，尽管他们对事情真相一点都不知道，而且永远不会知道。

这些动物是那么让人不安，那么令人害怕，那么使人惊慌，那么叫人恼火，那么让人迷惑，那么令人震惊，那么使人恐怖，弄得可怜的教授完全目瞪口呆。医生说，他精神错乱了三个月；也许医生们说对了，他们常常会说对的。

第五章

汤姆怎么样了呢？我前面说过，他从岩石上滑下了水。但是他忍不住一直在想着艾丽。他已经忘了她是谁，但是，他知道她是个小姑娘，尽管她有他的一百倍那么大。

那没有什么稀奇。尺寸大小和种类是没有关系的。一棵小草，完全有可能是一棵大树最亲的表兄；微克虽然是只一丁点小的小狗，却知道，莱恩妮斯虽然比自己大二十倍，也是一条狗呢。

所以，汤姆知道，艾丽是一个小姑娘；他整天都想着她，渴望能和她一起玩。但是，他很快就得考虑一些别的事情了。

下面是一篇有关他的遭遇的报道，这篇报道第二天早晨刊登在《水证报》上。这份报纸是用最好的防水纸印了，给"你怎么待人她就怎么待你"大仙女看的，她每天早晨都仔细地读新闻，尤其是警察破案，这些事情你很快就会听说的。

那天，他正在三英寻深的水中，沿着岩石向前走，观看鳕鱼捉对虾，濑鱼从石头上啃食藤壶、贝和其他各种甲壳动物。

这时，他看见了一个绿柳枝做的圆笼子。里面坐着他的龙虾朋友，他看上去非常害臊；这一回，他不是在摆弄自己的钳子，而是在摆弄自己的触须了。

"怎么回事！是你太淘气了，还是他们把你关起来的？"汤姆问道。

龙虾对汤姆的这种想法有些气愤，但是他心情很沮丧，不想和汤姆争吵，所以他只是说："我出不去了。"

"你为什么进去的？"

"为了那块讨厌的死鱼肉。"

在笼子外面的时候，他可没有认为它讨厌；他觉得它看上去那么诱人，闻起来那么香。对于龙虾来说，它确实是这样。现在他反过来骂它，是因为他对自己很生气。

"你从哪儿进去的？"

"从顶上那个圆洞。"

"那你为什么不从洞口出来呢？"

"我出不来。"

龙虾一边说，一边比先前厉害得多地折腾自己的触须，但是他只好认输。

"我已经向上、向下、向后、向左、向右，跳了至少四千次，但是我出不去；我总是跳到上面被挡住，找不到那个圆洞。"

汤姆观察了一下那个笼子，他比龙虾聪明多了，很容易就看出那是怎么一回事情；如果你看到龙虾笼子，你也会一下子就明白的。

"别跳了，"汤姆说："把你的尾巴翘起来，转过来对着我，我拉你从正中间出来，你就不会被倒尖桩戳到了。"

但是龙虾非常蠢笨，对不准那个洞。

许多许多狐狸猎手在自己的地盘里的时候，是非常灵敏的，但是一旦到了外面，就晕头转向了；

龙虾也是这样，对他来说，是丢尾转向了。

汤姆爬上笼子，从洞口向下爬，终于抓到了龙虾；然后，不出我们所料，笨龙虾将汤姆一个倒栽葱拽了进去。

"喂！你可真会制造麻烦，"汤姆说："用用你的大爪子吧，把那些倒尖桩上的尖头弄掉，那样我们俩都很容易出去了。"

"天哪，我怎么没有想到这个呢，"龙虾说："我有那么多的生活经验！"

你看到了吧，经验是没有多大用处的，除非一个人，或一只龙虾，有足够的智慧使用它。有许多许多人，例如老波罗纽斯①，世界上什么事情几乎全见过了，但是最终仍然不比孩子强。

他们才把一半尖桩的尖头弄掉，就看到头顶上来了一大团乌云，瞧，那是水獭。

她见到汤姆的处境，顿时狞笑个不停。"呀，"她说："你这个爱管闲事的坏蛋，这回我可逮住你了！我要让你知道，向鲑鱼告我的密，把我的行踪说出去，你会有什么好处！"

说完，她爬到笼子上，想钻进来。汤姆吓坏了。当她发现了顶上的洞，龇牙咧嘴地从洞口向下探着身子，拼命扭动着挤进来时，汤姆更加害怕。

但是她的头刚刚伸进来，英勇的龙虾先生就一下子抓住她的鼻子，死不松手。

现在，笼子里成了他们三个混战的场所，翻来滚去，里面都快装不下了。龙虾撕扯水獭，水獭撕扯龙虾，把可怜的汤姆挤得透不过气来；幸亏他终于爬到水獭的背上，安全地从洞口逃了出去；否则，不知道会发生什么事呢。

他出去以后真是高兴，但是他不愿抛弃刚才救他的龙虾朋友。他一见到龙虾的尾巴翘到最高的地方，就立刻抓住它，用尽全身力气往外拉。

但是龙虾不愿意松手。

"快出来，"汤姆说："你没有见到她已经死了么？"

她真的死了，完全淹死了。这就是那个邪恶的水獭的下场。

但是龙虾不愿意松手。

"快出来，你这个愚蠢的老木疙瘩，"汤姆嚷道："否则渔夫会来抓你的！"

汤姆说得没错，他已经感觉到上面有什么人在向上提笼子了。

---

① 波罗纽斯：莎士比亚著名悲剧《哈姆雷特》中的人物，当朝宰相，哈姆雷特的恋人娥菲丽亚的父亲。

但是龙虾不愿意松手。

汤姆看见渔夫把他提到小船旁，笼子什么的都和他一起上来了。龙虾一看到渔夫，就猛烈地一拉，他的动作太剧烈了，一下子就拉掉了爪子，出了笼子，安全地逃进了大海。

但是他留下了自己有瘤节的那只爪子。他的笨脑子从来没有想过松手，所以干脆把爪子甩掉，这样更容易脱身。他曾经非常坚决地说过，在龙虾中间，爪子关系到荣誉。看来确实如此。

现在汤姆碰到了一件最美妙的事情。他离开龙虾还不到五分钟，就遇到了一个水孩子。

这是一个真的、活生生的水孩子，坐在白沙上，正忙着在石头上摆弄一小堆东西。

它看见汤姆以后，仰起头端详了一会儿，然后嚷道："嗨，你不是我们中间的人。你是新来的孩子！哦，多让人高兴啊！"

它向汤姆跑来，汤姆向它跑去，他们紧紧地抱在一起，亲吻了很长时间，他们不知道这是因为什么。但是，在水底下，是用不着互相介绍的。

最后汤姆说："哎，这些日子你们一直在哪儿？我找了你们那么长时间，我太孤独了。"

"我们天天都在这儿。石头附近有几百个孩子呢。你怎么看不见我们，我们每天晚上回家之前，都唱歌、嬉闹，你也听不见？"

汤姆重新凝视了一会儿那个孩子，然后说道："嗯，这太妙了！你们这样的东西我不知道看见过多少回，但我把你们看成了海贝和海里的其他动物。我从来没有把你们看成和我一样的水孩子。"

这不是很奇怪么？事实上，确实是太奇怪了，你一定想知道这是怎么回事。

你一定想知道，为什么汤姆在把龙虾救出笼子以后，才看到了水孩子。如果你把这个故事读九遍，然后自己想一想，你就会明白的。把什么事情都告诉小孩子并没有好处，那样，他们就不会自己

214

动脑筋去思考了。那样，他们学到的东西，就不会比在达尔西默博士那儿学到的更多。在那儿，老师教课，学生听着，省了许多麻烦，在当时。

"那么，"那孩子说："过来帮我吧，否则，在我的兄弟姐妹们来这儿之前，我就干不完了，到回家的时间了。"

"我帮你做什么事呢？"

"修这块亲爱的、可怜的小石头；在上一次暴风雨中，一块巨大、笨重的大石头滚了过来，把自己的脑袋完全撞掉了，上面的花都被磨掉了。现在，我要重新在上面种上海草、珊瑚和海葵，我要把它变成所有海岸边最漂亮的小石头花园。"

于是，他们俩在那块石头上继续工作起来，在上面种东西，把石头周身的沙子擦掉，他们开心极了。

潮水开始落下来。这时，汤姆听到其他所有的孩子们都来了，笑声、歌声、喊叫声和嬉闹声传了过来；他们发出的这些声音就像波浪的声音一样。

所以，汤姆知道以前自己一直听到和看到水孩子；只不过他不认识他们，因为他的眼睛和耳朵没有开。

他们进来了，几十个几十个地，有的比汤姆大，有的比汤姆小，全都穿着干净洁白的小浴衣。当他们发现他是个新来的孩子，就一个个过来抱他，亲他，然后把他放在中央，围着他在沙地上跳舞。没有谁比这时的可怜的小汤姆更幸福了。

"现在，"他们同时嚷道："我们必须继续赶路回家，我们必须继续赶路回家，否则潮水会落下去，把我们晒干。我们修好了所有损坏的海草，把坑中所有的石头放得整整齐齐，把所有的海贝重新栽进沙里，谁也看不出上礼拜丑恶的暴风雨扫荡的痕迹。"

这就是石头坑为什么总是整齐干净的原因。因为在每场暴风雨之后，水孩子们都来到岸上，打扫它们，把它们打扮好，重新安排整齐。

只有在人们浪费、肮脏、将排污管通入大海，而不是把废物堆在田野的时候；只有在人们将鲱鱼头、死狗鱼或其他垃圾扔进水里的时候，水孩子才不会来。有时几百年也不会来，因为他们不能忍受任何臭的或脏的东西。

他们就离开，让海葵和螃蟹来打扫一切。等到大海重新变得整整齐齐，等到软泥或干净的沙子，掩埋了一切肮脏的东西，他们再来；种上活的鸟蛤、海螺、竹蛏、海参和金梳，重建一座美丽的、活的花园。我想，为什么我去过的一切有水的地方都没有水孩子，原因就在这里。

水孩子的家在哪儿？在圣布伦丹[1]的仙女岛。

你没有听说过有福的圣布伦丹么？没有听说他，还有另外五个隐士，怎样在荒凉、荒凉的开利海岸[2]布道，最后筋疲力尽、渴望休息？

圣布伦丹出游到老邓摩尔山的尖岬上，看到潮水咆哮着，围绕着布拉斯开兹群岛[3]，从世界的尽头，流向大洋。

他叹息道："啊！要是我像鸽子一样有翅膀，那该多好！"

他看见，在很远的地方，在太阳沉入大海处前面一些的地方，有一片蓝色的仙女海，仙女海上是一群金色的仙女岛。

他说："那些岛是神圣的岛。"

然后，他和朋友们扬帆远去，远去，向西，向着太阳落下去的地方。此后，再也没有听到他们的消息。

当圣布伦丹和隐士们来到仙女岛的时候，他们发现，岛上长满了雪松，到处是美丽的鸟儿。他坐在雪松下，对着天空中所有的鸟儿布道。

鸟儿非常喜欢他的布道词，就去告诉海里的鱼儿；鱼儿就来了，圣布伦丹就对鱼儿布道；鱼儿就告诉住在岛下洞穴中的水孩子，于

---

[1] 圣布伦丹：十六世纪爱尔兰僧侣。因徒步寻找可能存在于亚特兰提斯的现世乐园而著名。在首次发现美洲大陆的时候，许多人相信那就是圣布伦丹的仙岛。亚特兰提斯：大西洋中的的一座神秘的岛屿，最先由柏拉图提及，据说最后沉入了海底。

[2] 开利海岸：爱尔兰西海岸。

[3] 布拉斯开兹：在开利海岸以西。

是就来了好几百个水孩子。

布伦丹就在那儿教水孩子功课,教了好几百年。最后,他的眼睛老花了,看不见了;他的胡子太长了,不敢走路了,害怕踩着它,摔跟头。

最后,他和五个隐士躺在雪松的树荫下面,一下子就睡着了。在那儿,他们一直睡到今天还没有醒。仙女们就自己带水孩子,教他们功课。

在那些静静的、清爽的夏日傍晚,当太阳沉入金色云彩的海岬和海岛中间,沉入碧空的尽头时,航海的人常常产生幻觉,觉得自己看见了圣布伦丹的仙女岛,在遥远的西方。但是,无论人们有没有见过,圣布伦丹的仙女岛曾经真的矗立在那儿。它是遥远的大洋中的一大块陆地,后来,慢慢地沉到波浪下面去了。

老柏拉图①把那个地方叫做亚特兰提斯。他说,岛上的人非常聪明,他讲了他们的许多奇怪的故事,还有古时候他们所进行的战争。

从那个岛上传出来许多奇花异草。这些花草,现在还在我们这块土地上生长着:康华尔郡石楠、康华尔郡铜钱珍珠菜、纤细的掌叶铁线蕨、在开利的群山上满山都是的虎耳草、德文郡的粉红色捕虫堇、爱尔兰的蓝色捕虫堇,还有许许多多的奇异植物。

这些花草都是仙女从圣布伦丹的仙女岛上带出来,给聪明人和好孩子的。

当汤姆来到岛上的时候,他发现,整个岛架在柱子上,岛的底部遍布着洞穴。

那些柱子有黑色的,有绿色的,有绯红色的,还有的饰着一圈一圈红色的、白色的和黄色的砂岩;

那些洞穴有蓝色的、有白色的,全都披着海草,门口挂着海草帘子;有紫色的、绯红色的、绿色的、棕色的,地上全都铺着柔软的白沙,水孩子们每天晚上就在上面睡觉。

---

① 柏拉图:著名的古希腊哲学家。

218

为了保持干净和芳香，许多海蟹像猴子一样，从地上捡起碎渣，把它们吃掉；石头上爬满了成千上万的海葵、珊瑚和石珊瑚，他们整天清洗海水，使海水保持纯正干净。

不过，为了对他们做那些肮脏工作进行补偿，仙女们给他们全穿上颜色和款式最漂亮的衣服，使他们就像开满鲜花的巨大花床。

在夜间维持秩序、防止发生坏事的，不是男警察或女警察，而是成千上万的水蛇，她们是最奇妙的动物。她们都跟尼瑞兹姓，尼瑞兹是照管她们的仙女。她们穿着绿丝绒、黑丝绒和紫丝绒的衣服，一节一节身体之间用一道一道的环连接起来。

有些水蛇各有三百只脑子，她们都很机灵；有些水蛇每一节上都有眼睛，她们就看得特别清楚，如果有什么坏东西过来，她们就一下子扑过去。那时候，她们的几百只脚里一下子就会弹出数不清的东西，那些东西足够开一家刀具店：

长柄大镰刀　　双刃小刀

钩刀　　　　　螺丝刀

鹤嘴锄　　　　开塞钻

叉子　　　　　别针

削笔刀　　　　缝衣针

标枪

这些东西对那些淘气的野兽又是刺、又是射、又是戳、又是扎、又是抓，那种滋味儿真是可怕，他们只有拔腿逃命；否则就会被剁成碎片，然后被吃掉。如果这里说的有一个字是假的话，那就连显微镜也不能相信了。

岛上有成千上万的水孩子，汤姆数不过来，你也没本事数：

所有因为父母不愿意管，由仙女来照顾的孩子；

所有因为被虐待、被忽视、被无知地伤害而遭到不幸的孩子；

所有在小巷、大院、在摇摇欲坠的棚屋中，死于发烧、霍乱、麻疹、猩红热，死于那些谁也不应该染上、如果脑子正常谁也不愿意有一天会染上的恶病的孩子；

所有被残忍的师傅和坏士兵杀害的孩子——总是有坏士兵的。

我真希望汤姆已经放弃了淘气的恶作剧，不再折磨哑巴动物，因为现在他有了许多一起玩的伙伴，让他开心。

但是，我很难过地说，事情并不是这样。他喜欢打扰动物，除了海蛇以外的所有动物，因为海蛇不会容忍任何胡闹。

他搔石珊瑚的痒痒，弄得他们合上嘴；他吓唬海蟹，吓得他们躲进沙子里，只敢伸出两只眼睛的小圆球偷看他；他把石头放进的海葵的嘴里，让他们以为晚饭来了，空欢喜一场。

别的水孩子警告他说："当心你做的事，""你怎么待人她就怎么待你"夫人要来了。"

但是汤姆闹得兴高采烈，而且运气很好，一点也听不进去。

终于，在礼拜五一大早，"你怎么待人她就怎么待你"夫人真的来了。

她是一位很吓人的女士，孩子一看见她，全都立正，站成一排，把浴衣拉直，把小手放在身后，好像是接受监察员的检阅。

她戴着一顶黑帽子，披着一条黑围巾，裙子没有衬架；她戴着一副很大的绿色眼镜，眼镜架在一只很大的鹰钩鼻子上：它勾得那么厉害，鼻梁都拱到眉毛上面去了；她的胳膊下面夹着一根很大的白桦木杖。

她真的太丑了，汤姆很想对她做鬼脸；但是他没有做，因为，她胳膊下面那根白桦木杖的样子，他看着真有些不大受用。

她一个孩子一个孩子地看过去，似乎对他们非常满意；虽然她并没有提一个问题，问问他们的表现。

然后，她发给他们各种各样好吃的海点心：海饼、海苹果、海桔子、海牛眼睛①、海太妃糖；对他们中间最好的孩子，她还发给了海冰，那是用海牛奶做的，在水里不会融化。

如果你不十分相信我，你只要想一想：有什么比海里的石头更便宜、更多呢？那么为什么就不会同样有海太妃糖？如果在潮水比较低的时候找一找，谁都能找到海柠檬，而且也是切成四分之一的；有时还能找到海葡萄，它们一串一串地挂在那儿。

汤姆看着所有这些香甜的东西都发完了，嘴里直淌口水，眼睛瞪得比猫头鹰还要大；因为，他希望最后也会轮到他。

是轮到他了。女士叫他到前面去，手里拿着什么东西伸到他面前，把那个东西啪的一声扔进他嘴里。瞧瞧，那是一块脏兮兮、凉冰冰、硬邦邦的石子儿。

"你是个很残忍的女人。"汤姆说，呜呜咽咽地哭起来。

"你是个很残忍的小男孩，是谁把石子儿放进海葵的嘴里，欺骗他们，让他们以为逮到了一顿好吃的晚饭的？你怎样对待他们，我就得怎样对待你。"

"是谁告诉你的？"

"你告诉我的，刚刚告诉我。"

汤姆一直没有开过口，所以他真的非常吃惊。

"不错，每个孩子都告诉我他做了什么错事，自己却不知不觉。所以，向我隐瞒任何事情都是没用的。现在你去吧，做一个好孩子；如果你不再向别的动物嘴里扔石子儿，我就不再向你的嘴里扔石子儿。"

"我以前不知道那有什么害处。"

"那么现在你知道了，人们老是对我这样说；但是我告诉他们，你不知道火会烧，并不等于火就不会烧伤你。你不知道肮东西会使人发烧，不等于发烧就不会要你的命。那只龙虾不知道进入笼子有

---

① 海牛眼睛：一种很硬的糖球。

什么害处，但是它照样逮住了他。"

"天哪，"汤姆想："她什么都知道！"

当然是这样，她知道一切。

"所以，你不知道那些事做错了，并不等于你就不应该因为那些事情受惩罚。但比起明知故犯的人所受的处分，这只是小小的惩罚，小小的惩罚，我的小小伙子。"

无论如何，这位女士看上去还是很仁慈的。

"嗯，你对可怜的小伙子稍微厉害了一点。"汤姆说。

"一点儿也不厉害；我是你一生中最好的朋友。但是我要告诉你，在人们犯错误的时候，我是忍不住要惩罚他们的。他们不喜欢惩罚，我也不喜欢。我常常为他们感到难过，可怜的小东西；但是我不能不惩罚。

"即使我不想惩罚，结果还是一样要惩罚；因为我是机械地去做的，就像引擎一样，我里面全是轮子和发条，发条被非常细心地上紧了，所以我不得不动。"

"是不是很久以前他们就给你上了发条？"汤姆问。

因为这个狡猾的小家伙是这样想的："总有一天发条会松的，或者他们会忘了给她上发条，就像老格林姆从小酒店回来时，常常忘了给手表上发条一样。那时我就没事了。"

"我是一次上发条就永远用不完的，这是很久很久以前的事了，我全都忘了。"

"天哪，"汤姆说："你被造出来已经很久了！"

"我从来没有被造出来过，我的孩子，我永远存在，我像永恒一样古老，像时间一样年轻。"

这时，从女士的脸上掠过一丝奇怪的表情，非常严肃、非常悲伤，但又非常非常温柔和蔼。她抬起头，望着远方，她的目光似乎越过大海、越过天空，注视着非常遥远、非常遥远的地方的什么东西。

她这样看着的时候，脸上掠过一丝如此宁静、温柔、显示出耐心的、充满希望的微笑。有一刻汤姆觉得，她看上去根本不丑。

她看上去再也不丑了。她就像许多许多人一样，没有一副漂亮的脸蛋，但是看上去却很可爱，立刻就抓住了小孩子们的心；因为，房子虽然十分平常，却从窗口透出一种美丽善良的精神。

汤姆对着她的脸微笑着，那一刻，她看上去那么令人愉快。

这位奇异的仙女也笑了，她说：“是啊，你刚才认为我很丑，不是么？”

汤姆垂下了头，脸一直红到耳朵根。

“我是很丑。我是世界上最丑的仙女；我会一直丑下去，直到人们的行为都变得像应该有的那么好为止。那时候，我就会变得像我的妹妹一样漂亮，她是世界上最可爱的仙女。

“她的名字叫‘她怎么待你你就怎么待人’。所以，她从我结束的地方开始，我从她结束的地方开始；不愿意听她的人就必须听我，就像你看到的那样。现在，你们都走开吧，只留下汤姆，他可以留下，看看我下面做什么。在他上学之前，这对他开始学好是一个很好的教训。

“汤姆，从现在起，每个礼拜五我都到这儿来，把所有虐待孩子们的人召集在一起，用他们对待孩子们的办法来对待他们。”

她所实行的惩罚使汤姆非常害怕，他爬到了一块石头下面。

这使住在那儿的两只海蟹非常生气，而且吓坏了他们的朋友酪鱼。但是，汤姆不愿意为了让他们安心而让开。

首先，她叫来了所有给小孩子胡乱看病吃药的医生。他们中大多数是年老的，因为年轻的都学好了。她让他们全体站成一排，他们的样子都很沮丧，因为，他们知道会发生什么事。

首先，她把他们的牙齿都拔掉；然后，她给他们身上到处放血；

然后，她让他们吃氯化亚汞、球根牵牛根泻药、盐、番泻叶泻药、硫黄和解毒甜剂，吃得他们脸上全露出恐怖的表情；

然后，她让他们吃了许多芥末和水做的催吐剂；然后一切从头

223

再来一遍；

这就是她度过整个上午的方式。

然后，她叫来一大队愚蠢的女士，因为她们夹疼了自己孩子的腰和脚趾头。

她用束腰带把她们全都捆得紧紧的，这使她们憋得很难受、想呕吐；她们鼻子变红，手脚起肿；

然后，她把她们可怜的脚硬塞进最最紧得要命的靴子，让她们全都跳舞；真的，没有谁跳舞比这个更笨、更难看的了；

然后，她就问她们是不是很喜欢这样，如果她们说根本不喜欢，她就放她们走；因为，她们那样做只不过是遵循愚蠢的风俗，以为这样对孩子有好处。

然后，她叫来所有粗心的保姆，给她们全身刺进别针；让她们坐在童车里，用很紧的带子勒着她们的肚子，让她们的头和手臂挂在旁边，推着她们走；直到她们头昏眼花，直想呕吐，快要中暑为止。

不过，她们是在水下，应该说是中水暑。我向你保证，那种滋味和中暑一样难受。如果你坐到磨坊的水轮下面试试，你就会知道的。记着，如果你听到海底有车子轰隆隆行驶的声音，水手们告诉你那是地震，你应该知道其实是另一回事。那是那位老女士用童车推着保姆。

那一天，她很累了，只好先去吃午饭。

吃过午饭以后，她又继续工作。她叫来了所有残酷的校长，她一看见他们，就很可怕地皱起眉头，认真工作起来，好像一天中最重要的工作开始了。

她扇他们的耳光，用戒尺重重地敲他们的头，用藤条抽他们的手心；最后，她举起那根很大的白桦木杖，声音很响地打他们的全身，罚他们在她下礼拜五再来之前，背完一课三十万字的课文。

他们听了，全都号啕大哭，他们呼出的气冒上了海面，就像苏打水冒出的泡泡一样。这时，她很累了，很乐意停下来；其实，她已经很好地完成了一天的工作。

汤姆并不十分讨厌这位老女士，但是，他忍不住地认为，她有些狠毒。她确实有点狠毒，这一点也不奇怪；因为，必须等到人们都知恶行善的时候，她才能变漂亮，她必须等很长很长的时间。

可怜的"你怎么待人她就怎么待你"老夫人！有大量艰苦的工作等着她去做呢，她还不如生来就是个洗衣妇，整天站在木盆前面；但是你知道，人们并非总是能够选择自己的职业的。

汤姆急于问她一个问题；无论如何，她看他的时候，不再用审视的目光了；而且，她脸上会时不时地露出一点明朗的笑容。她暗自轻声地笑着，这给了汤姆勇气。

他终于说道："请问，夫人，我可以问你一个问题么？"

"当然可以，我的小亲爱的。"

"你为什么不把所有的坏师傅带到这儿来，也狠狠地惩罚他们一顿呢？工头们毒打煤矿的童工；制钉的师傅用锉刀锉徒弟的鼻子，用锤子敲他们的手指头；还有所有扫烟囱的师傅，就像我的师傅格林姆？很久以前，我看见他掉进水里，我真的以为他到了这儿。他对我非常非常坏，我一点也不冤枉他。"

这时，老女士的脸色非常严厉，汤姆看了不禁十分害怕，很后悔自己这么大胆。但是她并不是对汤姆生气。

她只是答道："整个礼拜我都在管他们，他们不在这儿，在与这儿不同的地方，因为他们是明知故犯。"

她的声音非常平静，但是里面有什么东西使汤姆从头到脚感到刺痛，好像钻进了一大群海荨麻中间一样。

"但是这儿的人，"她继续说道："并不知道自己是在做坏事，他们只是愚蠢和没有耐心。所以，我只是稍稍地惩罚他们，让他们有耐心，学会像有理智的人一样，运用他们的正常理智，就可以了。"

"对于扫烟囱的孩子、煤矿的童工和制钉的学徒，我的妹妹已经派好人去阻止那种事情再发生了。我对她非常感激，因为只要她能阻止残酷的师傅们虐待可怜的孩子们，我变漂亮的日期至少就可以提前一千年。

"现在，你要做一个好孩子，做一些他们没有做的、会得到善报的事；还有，我的妹妹'她怎么待你你就怎么待人'夫人礼拜天来，也许她会注意你，教你怎么做。对于这个，她比我知道得多。"

说完，她就走了。

听说再也没有机会见到格林姆，汤姆真是非常高兴；不过，想到以前格林姆有时给他喝剩下的啤酒，他有些替他难过。但是，他决定整个礼拜六都做一个非常好的孩子。

他真的那么做了，他不再吓唬海蟹，不再挠活的珊瑚的痒痒，不再向海葵的嘴里塞石子儿，让他们以为晚饭来了。

礼拜天早晨，"她怎么待你你就怎么待人"夫人真的来了。一见到她，所有的孩子都跳起舞、拍起手来，汤姆也尽其所能地跳舞。

说到这位美丽的女士，我说不出她的头发是什么颜色，她的眼睛是什么颜色；汤姆也说不出。

任何一个人见到她，心中只有一个念头，那就是：她有一张自己一生所见过的、或者最想见到的，最甜美、最仁慈、最温柔、最有趣、最快乐的脸庞。

但是汤姆心里想的是，她是一位很高的女子，像她的姐姐一样高，但是不像她姐姐那样，又有节疤、又有棱角、又有鳞、又有刺。

相反，她是照顾过孩子的女子中最和蔼、最温柔、最丰腴、最平和、最让人喜爱、最令人想拥抱、最美妙芬芳的女子。

她完全理解孩子们，因为她有许多自己的孩子：有好多排、一大群，直到今天还有。她所有的快乐就是，只要一有空，就和孩子们一起玩。这说明，她是一个有见识的女子，因为孩子是世界上最好的朋友，一起玩的最好的伙伴。至少，世界上所有的聪明人都是这么想的。

所以，孩子们一见到她，自然就全都上去抓住她，拉着她坐在一块石头上，爬到她怀里，缠住她的脖子，握住她的手；然后，孩子们都将大拇指放进嘴里吮着，发出满意的声音，就像一大群小鸡的声音一样，他们本来就应该是这样的啊。

那些没有在她身上找到地方的孩子就坐在沙子上，抱住她的光脚。你知道，在水里，是没有人穿鞋子的。只有汤姆站在那儿，盯着他们看，因为他不明白那是怎么一回事。

"你是谁，你这个小心肝？"她说。

"他就是新来的孩子！"他们把手指从嘴里拿出来，一起嚷道："他没有妈妈。"

说完，他们又全都把手指放进嘴里，因为他们不想浪费一点点时间。

"那么我就做他的妈妈，他应该有最好的位置。现在，你们大家都下来，马上下来。"

她举起了两只挂满水孩子的手臂：一只手臂上挂着九百个，另一只手臂上挂着一千三百个。她把他们全抛出去，抛进了水里。

但是他们一点也不在乎，就像《斯图威尔的彼得》中那些淘气的孩子，被圣尼古拉斯浸到墨水池里时一样，毫不在乎。

他们甚至没有把大拇指从嘴里拿出来，就又划着水扭动着身体回到她身上，像一大群蝌蚪一样。最后她身上从头到脚什么也看不见了，只有密密麻麻一大片水孩子。

她把汤姆抱在怀里，放在她身上最柔软的地方，吻着他，轻轻地拍着他，温柔地、轻轻地和他说话。在他一生中，这样的事他从前连听也没有听说过。

汤姆看着她的眼睛，爱着她，爱着，爱着，最后，他一下子就在纯洁的爱中睡着了。

他醒来的时候，她正在给孩子们讲故事。她讲的什么故事？她讲的一个故事，是从每一个圣诞夜开始的，但永远永远不会结束。

在她讲故事的时候，孩子们都把大拇指从嘴里拿出来，十分认真地听；但是他们听的时候永远不伤心，因为她从来不给他们讲伤心的事情。

汤姆也在听，一直听不厌。他听了很久很久，终于又一次睡着了；当他醒来的时候，女士仍然在哄着他。

"别走，"小汤姆说："这样太美了。以前从来没有人抱过我。"

"别走，"所有的孩子一起说："你还没有给我们唱歌。"

"好吧，我只有时间唱一支歌。那么唱什么呢？"

"失去的布娃娃！失去的布娃娃！"所有的孩子立刻一起嚷道。

于是，那位奇异的仙女唱了起来：

"我曾经有一个可爱的小布娃娃，亲爱的，
那是世界上最漂亮的小布娃娃；
她的脸那么红艳那么洁白，亲爱的，
她有一头那么迷人的卷发。
但我失去了可怜的小布娃娃，亲爱的，
那一天我在野地里游戏玩耍；
我为她哭了不止一个礼拜，亲爱的，
但是我一直没有能够找到她。
"我终于找到了可怜的小布娃娃，亲爱的，
那一天我在野地里游戏玩耍；
人家说她已经变得不成样子，亲爱的，
因为她身上的漆已经掉光啦，
她的胳膊已经被母牛踩掉，亲爱的，
她的头上找不到一根卷发：
但是，为了老交情，她还在那儿，亲爱的，
那个世界上最最漂亮的布娃娃。"

一位仙女唱这样的歌，这有多傻！多么傻的水孩子们，竟然十分开心地听这样的歌!

"那么，"仙女对汤姆说："你是否愿意为了我的缘故，做一个好孩子，在我回来之前再也不折磨海里的动物?"

"你会再抱我么?"可怜的小汤姆说。

"当然会，你这个小鸭子。我很愿意把你带在身边，一直抱着你，只是我不应该那样。"

说完，她就走了。

于是，汤姆真的做一个好孩子了。从此以后，他很久很久没有再折磨过海里的动物，他活多久，就有多久。你放心，他现在仍然活着，活得很好。

啊，有仁慈的、毛茸茸的妈妈抱着，给他们讲故事的小孩子，真应该学好啊；他们真应该担心自己变得淘气、让妈妈的可爱的眼睛流泪!

第六章

现在我要讲到故事最伤心的部分了。

我知道，有人读了会发笑，说有什么好伤心的，真是白耗精神；但是我知道有一个人不会这样。

他是一位军官，两撇灰白的小胡子有你胳膊那么长。有一次，他对同伴们说，世界上他见过的事情中有两个场面最让人伤心，当时，他激动得泪水盈眶；要是能够阻止或弥补那样的事，让他干什么他都心甘情愿。

那两件事是：孩子对着破了的洋娃娃哭，孩子偷糖果。

同伴们当面并没有笑他，因为他的胡子已经那么长、那么灰白。但是他走开以后，他们就在背后说他多愁善感什么的。

只有一个人没有笑，那是教友派一位亲爱的小个子老太太。她的灵魂像她的帽子一样洁白，当然，总的来说她是不喜爱士兵的。她说话的声音很平静，真是一位地道的教友派教徒。

她说："朋友们，我脑子里产生了一个念头：他是一位真正的勇士。"

你一定认为，汤姆想要的一切现在都有了，他应该变成一个十分好的孩子。

那你就错了。十分舒适是一件很好的事，但并不能使人学好。其实，有时反而使人更淘气。

我很难过地说，小汤姆就是这样。因为，他越来越喜欢吃海牛眼睛和海棒棒糖了，他那愚蠢的小脑袋里整天想的就是这两样东西。

他总是希望能够多得到一些。

他整天盘算着：那位奇异的女士什么时候再来，带点糖果来给他吃；她会给他带什么，带多少，给他的会不会比给别人的多。

整个白天，除了糖果以外，他什么也不想；整个晚上，除了糖果以外，他什么也梦不见。那么，结果怎么样了呢？

他开始观察那位女士，想找出她放糖果的地方。他躲躲藏藏、偷偷摸摸地跟踪她，假装是在看别的地方，在找别的东西。终于，他找着了：原来呀，她把它们放在一只美丽的珍珠母小柜子中，它藏在远处一个很深的石头缝里。

他很想去打开那只小柜子，但又有些害怕，他就一直想着它。最后，他实在忍不住了，就把害怕两个字丢在了一边。

一天晚上，他悄悄地从石头中间爬到了柜子旁边，瞧！它是开着的。

但是他不但高兴不起来，而且害怕了。他但愿自己从来没有来过，因为，柜子里面的东西实在是太多太好了。

"我只是碰它们一下，"，于是，他碰了；然后，

"我只是尝一下，"于是，他尝了一下；然后，

"我只吃一个，"于是，他吃了一个；然后，

只吃两个，只吃三个……他害怕她很快会来，把他捉住，于是，他索性狼吞虎咽起来。就像猪八戒吃人参果，食而不知其味；而且，并没有享受到什么乐趣。

然后，他觉得有些不舒服。"再吃一个就不吃了"，他对自己说。然后，又是再吃一个就不吃了……

最后，全部吃完了。

他做这些事的时候，"你怎么待人她就怎么待你"夫人一直看着他，她就在他身后。

"那她为什么不把柜子锁起来呢？"嗯，我知道。

这似乎很奇怪，但她从来不给柜子上锁；谁都可以自己去尝尝，

想吃多少就吃多少。这很奇怪，但是确实如此。我敢说她什么都知道。也许，她是想让人们烫痛手指以后，再也不把手指伸到火中去。

她摘下了眼镜，因为她不想看得太仔细、太多。因为非常难过，她的眉毛抬了起来，抬到了头发里面。她的眼睛睁得很大，大得可以装下全世界的悲伤；她眼睛里噙满了大颗大颗的泪珠，她的眼睛常常是这样的。

但是她只说了一句话："啊！可怜的小宝贝！你和别人一样。"

她是说给自己听的，汤姆听不见，也看不见她。对于这个，你一点也不能认为她是多愁善感。

如果你那么想，而且认为，在你我或别的什么人犯了错误的时候，她会因为心肠太软，不对我们加以惩罚，饶了我们，那你就大错特错了。每一年每一天，都有许多人是那么想的。

那奇怪的仙女看见糖果被吃光以后，是怎么做的呢？

她有没有扑向汤姆，一把抓住他的后颈，夹着他、按下他的脑袋、押着他、打他、戳他、拽他、捏他、敲他、罚他站壁角、摇他、扇他耳光、让他坐在冰冷的石头上反省自己，等等？

一点也没有。如果你知道在哪儿可以找到她，你可以看到她怎么做，但是你决不会看到她那样做。因为她知道得很清楚，如果她那样做的话，汤姆就会挣扎反抗，他会又踢又咬、骂脏话，在那一刻，重新变成一个淘气、野蛮的扫烟囱的小孩，像以实玛利①那样，他与人人作对，人人与他作对。

她有没有责问他、逼他、吓唬他、威胁他，让他坦白？

一点也没有。我说过，如果你知道在哪儿可以找到她，你可以看到她怎么做，但是你决不会看到她那样做。因为如果她那样做的话，就等于让他因为害怕而说谎，那样对他更不好，甚至比重新变成扫烟囱的野孩子还要坏，如果世界上还有比那更坏的事情的话。

---

① 以实玛利：亚伯拉罕与侍女哈加所生之子，被人们所唾弃，社会公敌。

所以，对于这件事，她一个字也没有说。甚至，在第二天，当汤姆和其他孩子一起来领糖果时，她也没有说什么。他心里害怕，所以不敢来，但是更不敢不来；因为他害怕那样一来，别人会怀疑他。

他想，糖果已经全被自己吃光了，哪里再有什么发给大家呢？到时候肯定露馅儿。想到这个，他更是害怕得要命。因为，仙女肯定会问，糖果到哪里去了，是谁吃掉了？

但是，瞧！她把糖果拿了出来，一点也没有少。汤姆惊呆了，心里更加害怕。

当仙女仔细地打量着他的脸时候，他从头到脚都在发抖；但是，她给了他和别人一样多的一份。他心想，她大概还没有发觉他做的事。

但是，当他把糖果放进嘴里的时候，它们的味道使他讨厌极了，他直想呕吐，只好拼命地快跑，离开那儿。这以后的一个礼拜，他难受得要命，一直郁郁不乐。

第二个礼拜发糖果的时候，他又领到了自己的一份，仙女又仔细地打量着他的脸。她的神情悲伤极了，她从来没有这么伤心过。

他更受不了糖果的味儿了，但不管多难受，他还是吃了下去。

"她怎么待你你就怎么待人"夫人来的时候，他想象着她会像抱别人一样抱他，但是她非常严肃地说："我愿意抱你，但是我不能，你身上有那么多角和刺。"

汤姆看看自己。

自己身上长满了刺，就像海胆一样。

这并没有什么奇怪。因为，你必须明白、必须相信：人的灵魂制造人的身体，就像蜗牛制造自己的壳一样。我并不是开玩笑，我的小小伙子，我说这话是非常严肃、非常认真的。

所以，当汤姆的灵魂长满了带着淘气性格的刺的时候，他身上就免不了也长刺。这样一来，就没有人愿意抱他、和他一起玩了，甚至看都不想看他。

现在，汤姆除了走开，躲在角落里哭，还能干什么呢？没有人会和他一起玩，什么原因？他自己心里全明白。

整整一个礼拜，他惨透了。丑仙女来的时候，再一次仔细地打量他的脸；她的神情比以往任何时候更加严肃、更加悲伤。这时，他再也受不了了。

他把糖果扔掉："不，我不要糖果，我再也受不了它们了。"

说完，他放声大哭起来。可怜的小小伙子，他把发生的一切都告诉了"你怎么待人她就怎么待你"夫人。

说完以后，他害怕极了；他想，她会非常严厉地惩罚他的。但是她没有，她只是把他举起来，亲了他一下。那并不怎么让人舒服，因为她的下巴长满了硬毛；但是他心里太孤单了，他想，粗糙的亲吻总比没有的好。

"我原谅你，小小伙子，"她说："只要主动把事情真相告诉我，我总是会立刻就原谅的。"

"那么，你愿意把我身上这些讨厌的刺全弄掉么？"

"那完全是另一回事。你身上的刺是你自己长出来的，只有你自己才能弄掉。"

"我应该怎么弄？"汤姆问，重新又哭了起来。

"嗯，我想，你应该去上学了；我会给你带一位女教师来，她会教你除掉身上的刺。"

说完，她就走了。

想到女教师的样子，汤姆很害怕；汤姆心想，她当然会带一根白桦木杖来，或者带一根藤条来。但是他最后安慰自己说，也许她是一个像温德尔的那位老妇人一样的女教师。

根本就不是。仙女带她来了，她是一个小姑娘，从来没见过这么美丽的小姑娘。长长的卷发飘在她身后，就像一片金色的云；长长的袍子在她身体周围飘动着，就像白银做的一样。

"就是这个孩子，"仙女说："你必须教他学好，不管你愿意愿不意。"

"我知道，"小姑娘说，但是她好像不怎么愿意，因为她把手指放在嘴里，垂着眼睛瞟他。汤姆也把手指放在嘴里，垂着眼睛瞟她，他为自己感到十分害臊。

小姑娘好像不知道怎样开始才好，也许她永远也不会开始教他，如果不是可怜的汤姆放声大哭起来，请求她教他学好，帮助他治好身上的刺的话。

看到汤姆这个样子，她心软了，开始教他；这个开始，就像世界上所有的孩子开始上课时一样地有趣。

小姑娘教了汤姆些什么？她首先教他的，正是你从坐在妈妈的膝盖上，学第一句祈祷词开始，所学到的一切。

但是，她教他的东西比那些简单多了；因为，我的孩子，那个世界上的课和这个世界的课不同，没有许多很难的词儿。所以，水孩子们比你更加喜欢上课，希望学更多更多的东西。

从礼拜一到礼拜六，她每天都教汤姆；只是每个礼拜天她都回家去，由仁慈的仙女来代她上课。仙女还没有来教多少次，汤姆身上的刺就全都没有了，他的皮肤重新变得又光滑又干净。

"天哪！"小姑娘说："唉，现在我知道你是谁了。你就是那一天，到我房间里来的那个扫烟囱的孩子。"

"天哪！"汤姆嚷道："现在我也知道你是谁了。你就是那一天，我看到的那个躺在床上的、洁白的小姐。"

他向她奔过去，想紧紧地抱住她，亲吻她。但是他没有那样做，因为，他想到了，她是出身很高贵的小姐。所以，他只是绕着她跳啊，跳啊，一直跳到累得跳不动为止。

然后，他们开始给对方讲自己所有的故事：

他讲他怎样到水里去，她讲她怎样摔到石头上；

他讲他怎样游到大海，她讲她怎样飞出窗子；

他讲他怎样这个、那个、还有……她讲她怎样这个、那个、还有……

等全部都讲完了，他们俩又从头再讲一遍。我说不准他们谁讲话讲得更快。

然后，他们又重新开始上课；他们俩都非常喜欢上课，整整七年过去了，他们还在那儿上课。

你会以为，汤姆在那整整七年中非常满足和幸福；但是事实上并不是这样。他脑子里总想着一件事，那就是，她每个礼拜天回家去，她的家在哪儿。

她回答说，在一个非常美丽的地方。

但是，那个非常美丽的地方是什么样的呢？它在什么地方？

啊！这正是她不能说的呀。这很奇怪，却是真的，任何人都不能说。那些常常在那个地方的人，或者即使是离那个地方很近的人，对于它一个字也不能说，连它是什么样子也不能让别人知道。

那个地方叫"世外奇境"，汤姆后来去了那儿。

有许多人住在它附近，就吹大话说，他们对它从南到北都熟悉，好像他们在那儿当过邮递员似的；但是因为他们远在世外奇境，说什么都不要紧：那地方远着呢，离这儿有九亿九千九百万里。所以，他们说什么和我们一点都没有关系。

但是那些真的去过那个地方的，可爱、和蔼、有爱心、聪明、善良、自我牺牲的人，是决不会对你说它一个字的；最多只是说，它是全世界最美丽的地方；如果你再问他们什么，他们就会谦虚地保持沉默，怕被别人笑话；他们这样做十分正确。

所以，善良的小艾丽所能说的就是，世界上其他所有地方加在一起也比不上它。她那样说，当然只能使汤姆急着也要去那个地方。

"艾丽小姐，"最后他说："我想知道，为什么你每个礼拜天回家时，我不能和你一起去。你不说我心里就不得安宁，那样，也就不能让你安宁。"

"这个你得问仙女。"

"你怎么待人她就怎么待你"仙女来的时候，汤姆问了她。

237

"只配和海里的动物一起玩的小男孩是不能去那儿的，"她说："去那儿的人必须首先去他不喜欢去的地方，帮助他不喜欢的人。"

"那么，艾丽也那样做过的？"

"去问她。"

艾丽红着脸说："是的，汤姆；开始我不喜欢来这儿；因为我在家里幸福极了，那里天天都是礼拜天。开始我很害怕你，因为……因为……"

"因为我浑身都是刺？但是我现在身上没有刺了，是么，艾丽小姐？"

"是的，"艾丽说："现在我非常喜欢你，我也喜欢到这儿来。"

"也许，"仙女说："你也必须学会喜欢去你所不喜欢的地方，帮助你所不喜欢的人，就像艾丽那样。"

汤姆把手指放进嘴里，垂下了头；他才不愿意呢。

所以，当"她怎么待你就怎么待人"夫人来的时候，汤姆又问。因为他的小脑袋里想："她不像她姐姐那样严厉，也许她更容易饶过我。"

啊，汤姆，汤姆，傻家伙！我不知道我怎么能责备你，因为许多大人的心里也有这样的念头呢。

但是，当他们这样想的时候，他们得到的回答也和汤姆一样。当他问第二位仙女的时候，她说的话和第一位仙女一样，没有一个字不同。

这样一来，汤姆心里很难过了。礼拜天艾丽回了家，他就整天地发愁、哭泣；对仙女所讲的好孩子的故事，他一点也听不进去；尽管，那些故事比她以前讲的任何故事都好听得多。

其实，他越是听得多，就越是不喜欢听。那些故事全是讲某个孩子怎样做自己不喜欢做的事，怎样不怕麻烦帮助别人，怎样努力工作养活弟弟妹妹，而不是只顾自己玩。

她还讲了古时候一位圣子殉难的故事。那些野蛮人不愿意崇拜神的偶像，把圣子杀害了。她开始讲这个故事的时候，汤姆再也受不了了，他跑得远远的，躲在石头中间。

艾丽回来以后，他怕羞不敢见她，因为他觉得她会瞧不起他，认为他是个胆小鬼。接着，他又对她感到很反感，因为她比自己地位高，她能做的事情他不能做。

看到汤姆这种样子，可怜的艾丽感到十分惊讶和伤心。最后，汤姆放声大哭起来，但是，他不能把自己的真心话告诉她。

这时，汤姆已经克制住了自己的好奇心，不再想艾丽礼拜天到哪儿去这件事了。所以，他开始对和自己一起玩的伙伴、对海里的宫殿等等，都失去兴趣。

也许，这样一来，汤姆感到轻松极了。他变得对周围的一切都不满意，他不想再待下去了，他要走，管它去哪儿呢。

"唉，"最后他说："我在这儿太悲惨，我要走了，但愿你会跟我一起走。"

"啊！"艾丽说："但愿我能跟你一起走，但不幸的是仙女说了，如果你一定要走，你得自己一个人走。别弄那只可怜的蟹，汤姆，"

汤姆戳那只蟹是因为他觉得很想恶作剧一番。

"别，汤姆，"艾丽说："否则仙女会惩罚你的。"

汤姆几乎要脱口而出："我才不在乎她会怎么样呢，"但是，他及时地把话缩了回去。

"我知道她要我做什么，"他很伤心地发着牢骚："她要我去找那个可怕的老格林姆。我不喜欢他，那是当然的。如果我找到他，他会再把我变成一个扫烟囱的孩子，这个我知道。这就是我一直害怕的事情。"

"不，他不可能；这个我知道得很清楚。谁也无法把水孩子变成扫烟囱的孩子，谁也无法伤害水孩子，只要他是个好孩子的话。"

"啊，"淘气的汤姆说："我知道你想干什么，你想说服我去找他，因为你对我厌倦了，想摆脱我。"

听到汤姆这样说，小艾丽睁大了眼睛，泪水涌了上来。

"啊，汤姆，汤姆，"她说，她伤心极了，哭了起来："啊，汤姆！你在哪儿？"

汤姆叫道："啊，艾丽，你在哪儿？"

因为，这时他们互相看不见了。小艾丽正在离他而去，汤姆听到她喊他的声音，那声音越来越小，越来越微弱，最后，什么也听不见了。

还有谁比这时的汤姆更害怕？他在石头中间游上来游下去，游过所有的大厅和房间，游得比从前任何时候都快。但是，他找不到她。

他呼喊她的名字，但是听不到她的回音；他问其他所有的水孩子，但他们都说没有见到她；最后，他浮到水面上，哭着，尖声喊叫"她怎么待你你就怎么待人"夫人，但是她不来。他又哭着，尖声喊叫"你怎么待人她就怎么待你"夫人。

也许，这是他所能做的最好的事情了。因为，她立刻就来了。

"啊！"汤姆说："啊，天哪，天哪！我对艾丽太淘气了，我杀了她：我知道，我杀了她。"

"没这回事，"仙女说："我送她回家了，她不会再回来，我不知道要过多久。"

仙女这样一说，汤姆哭得非常非常厉害。咸的大海因为他的眼泪而膨胀起来，潮水因为他的眼泪而涨得比前一天更高。

"你把艾丽送走真是太残酷了！"汤姆呜咽道："无论如何，我要找到她，哪怕到世界尽头，我也要找到她。"

仙女非常仁慈地把他抱在怀里，就像她妹妹那样，让她明白，那为什么不是她的错，因为她里面上了发条，像手表一样，一件事无论自己是不是喜欢做，都无法不做。

然后，她告诉他，他已经受人照顾得太久了，如果他想成为一个男子汉的话，现在必须到外面的世界去闯一闯了。她对他说，他必须像每一个降生到这个世界上来的人一样，完全靠自己在外面闯。

用自己的眼睛看，用自己的鼻子闻，自己睡自己做的床，自己玩火就烫痛自己的手指头。

然后，她告诉他，世界上可以看到多少精彩的东西；如果一个人在里面还算勇敢、正直、善良的话，它将是一个多么奇异、有趣、有秩序、受人尊重、安排得井井有条的世界，总的来说，是一个多么成功，其实是要多么成功有多么成功的地方。

然后，她对他说，无论遇到什么事情都不要害怕，因为只要他记住自己所上过的课，做他知道是正确的事，什么东西都无法伤害他。

最后，小汤姆被她安慰得很安心了，急着要动身，想立刻就走。

"只是，"他说："如果在出发之前，我能够见艾丽一面该有多好！"

"为什么？"

"因为……因为如果能让我认为她原谅了我，我会非常非常快乐。"

一眨眼，艾丽就站在了汤姆面前，她微笑着，看上去非常快乐，汤姆忍不住要亲吻她，但他不敢，他恐怕会那样对她不尊重，因为她是出身高贵的小姐。

"我走了，艾丽！"汤姆说："我走了，哪怕走到世界尽头。但我还是不喜欢去，这是真心话。"

"啧！啧！啧！"仙女说："其实你会非常喜欢的，你这个小坏蛋，你在心底里知道这个。但是如果你不喜欢，我会让你喜欢的。来吧，来看看只做自己喜欢的事情的人会有什么结果。"

她拿出了一个小橱子，她在石头缝里藏着各种神秘的小橱子。

这个小橱子里放的是一本最最奇妙的防水书，上面有许多从没有见过的照片。

在书的扉页上写着："伟大而著名的为汝所乐者之族，因为想整天玩单弦口琴，从努力工作之国而来。"

他们在第一幅画上看到的是,那些为汝所乐者生活在"无忧无虑"

山脚下的"现成"之土上，那儿到处生长着胡扯；如果你想知道那是什么，你必须去读《彼得简单》。

他们所过的生活非常像西西里岛上那些快活的老希腊人，你可以从古老的花瓶上面的画上看到那些希腊人。他们似乎有很充足的理由那样生活，因为他们不需要工作。

他们不住房子，而是住美丽的多孔石石洞，每天在温泉里洗三次澡；至于说衣服，那儿很暖和，先生们走路只穿很少的东西，只有一顶三角帽、一双搭扣鞋、一些很薄的夏衣；女士们在不是很懒的时候，在秋天，收集蜘蛛丝来做冬衣。

他们很喜欢音乐，但是嫌学钢琴和小提琴太麻烦；至于跳舞，那要用很多力气。所以他们整天坐在蚂蚁窝上，玩单弦口琴；如果蚂蚁咬他们，他们就换一个蚂蚁窝坐；再被咬，就再换一个。

他们坐在胡扯树下，等胡扯掉进他们的嘴里；坐在葡萄树下，把葡萄汁挤进他们的喉咙；如果有已经烤好的小猪，在旁边跑，叫着："来吃我，"——这是那个国家的名产——他们就等小猪跑到嘴边来，咬上一口，感到心满意足。

他们不需要武器，因为没有敌人会到他们的国土旁边来；他们没有工具，因为任何东西都是现成的到他们手上来；那位严厉的"必然"老仙女从来不管他们，不来捉他们去，不逼他们使用他们的聪明才智，不叫他们死。

等等，等等，等等，世界上没有任何人有他们那样舒服、方便、无忧无虑。

"唉，那种生活真快活。"汤姆说。

"你这样想？"仙女说："你有没有看到后面那座高大的山峰，"她说："后面有烟从顶上冒出来？"

"看到了。"

"你有没有看到到处都是火山灰和火山渣？"

"看到了。"

"把书翻到五百年后，你会看到发生了什么事情。"

瞧，火山像一桶炸药似地爆发了，然后像开水壶似地沸腾着；三分之一的为汝所乐者被掀到了天上，另外三分之一被火山灰闷死，所以只有三分之一活了下来。

"你瞧，"仙女说："生活在燃烧的火山上会有什么结果。"

"啊，你为什么不警告他们？"艾丽说。

"我想尽办法警告他们。我让烟从山顶上冒出来，哪儿有烟，哪儿就有火；我让火山灰和火山渣落得到处都是，哪儿有火山渣，哪儿就会再有火山渣；但是他们不愿面对现实，亲爱的，极少有人愿意面对现实。

"他们编了一套纯属无稽之谈的故事，那肯定不是我讲给他们听的。他们说，烟是一个巨人的呼吸，那巨人是某个神埋在山下的；火山渣是矮神烤全猪时留下的，还有其他胡言乱语。当人们这样想入非非时，我是无法教他们的，除非用好宝贝老白杨木杖。"

她把书翻到再五百年之后。书上是活下来的为汝所乐者，他们像以前一样，做他们乐于做的事情。他们懒得从火山旁边搬走。

所以他们说："火山已经爆发了一次，这就足够说明不会再爆发了。"

他们的数量已经很少，但他们只是说："人多好作乐，人少好吃饭。"

但事情真相并不是这样，胡扯树已经被火山烤死，他们已经吃完了烤猪，当然，不能指望烤猪生小猪。这样一来，他们的生活就很难了，他们只有用小棍子从地里挖坚果和草根来填肚子。

他们中有人谈到了种粮食，就像他们来"现成"国以前，他们的祖先所做的那样。但是他们已经忘了怎样做犁，这时他们甚至连怎样做单弦口琴也忘了。

而且，他们已经把许多年以前从"努力工作"国带来的粮食种子全吃光了。当然，出去再找一些来是太麻烦了，谁也不愿意干。所以，他们只好很悲惨地靠吃草根和坚果活命，所有体弱的小孩子都死了。

"唉，"汤姆说："他们变得比野人好不了多少了。"

"瞧瞧他们全变得多么丑。"艾丽说。

"是啊，人如果没有烤牛排和葡萄干布丁吃，只吃蔬菜，嘴巴就会变大，嘴唇就会变粗糙。"

说着，仙女又把书翻到再五百年以后。这时，他们已经全在树上生活，做了巢来躲避风雨。树下是狮子。

"唉，"艾丽说："好像狮子已经吃掉许多人，因为现在活下来的已经非常非常少了。"

"是啊，"仙女说："你知道，只有最强壮、最灵活的人才能爬上树，免得被狮子吃掉。"

"他们都是些多高、多笨重、肩膀多宽的家伙啊，"汤姆说："我从来没有见过这么粗野的人。"

"是啊，现在他们都变得非常强壮了，因为女士们只愿意嫁给最强壮、最凶猛的先生，因为他们能够帮助她们爬到树上，不让狮子抓住。"

她把书翻到再五百年以后。这时，他们的人数更少了，变得更加强壮、更加凶猛。他们的脚变成了很奇怪的形状，这是因为他们像用手一样，用脚来抓住树枝，躺在树上；就像印度人用脚趾来穿针线一样。

两个孩子看了非常惊奇，问仙女是不是她干的。

"是，但又不是，"仙女说："只有那些能够像用手一样用脚的人才能活得好，只有他们才胜过别人活下来，其余的都饿死了。"

"他们中有一个人身上都是毛。"艾丽说。

"啊！"仙女说："他将成为他们时代的大人物，成为整个部落的首领。"

她把书翻到再五百年以后，上面的内容证实了她刚才说的话。

因为，那个身上长毛的首领生了身上长毛的孩子，这些孩子又生了毛更多的孩子；每个女人都希望嫁个身上长毛的丈夫，生下身上长毛的孩子，因为，气候已经变得非常潮湿，只有身上长毛的人才能活下去。

其他的男孩和女孩都咳嗽、打喷嚏、喉咙疼，还没有长大成人，就得了肺结核。

仙女把书翻到再五百年以后。他们的人数变得更少了。

"怎么，有一个人趴在地上拾草根，"艾丽说："他不能直着行走了。"

他确实不再能直着行走了，因为，就像他们的脚改变了形状一样，他们的背也改变了形状。

"唉，"汤姆说："他们全是猿。"

"像猿，像得不能再像了，"仙女说："他们变得很笨，已经不能思考问题；因为，他们全都有几百年没有用过自己的智慧。他们也差不多忘了怎样说话。每个笨孩子都从笨父母那儿学到几句话，没有聪明才智再变化出新的话了。

"另外，他们变得非常凶猛野蛮，互相躲避，独自闷闷不乐、气乎乎地待在黑暗的森林里，从来听不到别人说话；最后，连说话是怎么回事几乎都忘了。恐怕，他们很快就会完全变成猿了，这全是因为只做自己喜欢的事的缘故啊。"

再五百年以后，因为坏食物、野兽和猎人，他们几乎都死光了，只留下一个老得可怕的家伙，嘴巴长得像一只涂着柏油的皮革酒杯，站起来有七码高。杜差如大人①走到他面前，在他吼叫着、拍着胸脯的时候，向他开了枪。

他记得他的祖先曾经是人，想说："难道我不是人，不是一个兄弟？"

但是，他已经忘记怎样用舌头说话了；后来他想去找医生，但

---

① 杜差如（1835-1903 年）：法裔美国探险家和作家，生于法国，在旅行途中卒于非洲。

245

是他已经忘了医生这个词怎么说。

所以，他只能说一声："呜啵啵啵！"然后，死了。

这就是伟大而快乐的为汝所乐者民族的结局。当汤姆看到书的结尾的时候，他的样子非常悲伤和严肃。

"难道你不能救他们，让他们不变成猿么？"最后，艾丽问。

"首先，亲爱的，他们的行为得像人，决心做自己不喜欢的事情才行。但是，他们等得越久，行为越是像愚蠢的野兽那样，只做自己喜欢做的事情，就越变越傻、越变越笨。最后，就无药可医了，因为他们已经抛弃了自己的智慧。正是这种事情使我变得更丑，我不知道什么时候才能变漂亮。"

"现在他们到哪儿去了？"

"到他们应该去的地方去了，亲爱的。"

"是啊！"仙女合上书的时候，半是自言自语地、严肃地说："人们说，我能把野兽变成人。嗯，也许他们说得对，但他们又说得不对。这是禁止我说的七件事之一，无论如何，这与他们的事情无关。

"不管祖先是什么，他们是人，我劝告他们行为要像人，要照此行事。让他们记住这一点吧，每个问题都有两个方面，有上山的路也有下山的路；如果我能把野兽变成人，那么，按照同样的原则，我也能把人变成野兽。

"你有一两次快要被变成动物，小汤姆。其实，如果你不是下决心作这一次旅行，像一个男子汉一样出去闯世界的话，你最后会不会变成池塘里的一只水蜥，我就不知道了。"

"哦，天哪！"汤姆说："我得赶在变成水蜥之前，赶紧溜掉，我立刻就走，哪怕走到世界尽头。"

第七章

"现在，"汤姆说："我准备动身了，哪怕到世界尽头。"

"啊，"仙女说："这很勇敢，好孩子。但是，如果要找到格林姆，那你要去的地方比世界尽头更远，因为他在世外奇境。

"你必须到闪光墙去，通过永不打开的白色大门；然后再去和平池，去嘉莉妈妈①的安息所，那是好鲸鱼死的时候去的地方。嘉莉妈妈会告诉你去世外奇境的路，你在那儿可以找到格林姆先生。"

"天哪！"汤姆说："但是我不知道去闪光墙的路，也不知道它在什么地方。"

"小孩子必须不怕麻烦，自己找答案，否则就永远不会长大成人。所以，你必须向海里的各种兽和天上的各种鸟打听，只要你对他们好，他们中有的就能告诉你去闪光墙的路。"

"嗯，"汤姆说："那将是一个很长的旅行，所以我最好立刻动身。再见，艾丽小姐；你知道，我正在长成一个大孩子，我必须出去闯世界。"

"我知道你必须去，"艾丽说："但你不要忘了我，汤姆，我在这儿等你回来。"

她和他握了手，同他道了别。汤姆非常非常想吻她，但他认为那对她不尊重，因为她是小姐出身；所以，他只是保证不会忘记她。

---

① 嘉莉妈妈：从拉丁文 Mater Cara（意思是被爱戴的母亲）而来，该称号为地中海东部诸国和诸岛屿的水手所使用。暴风雨中的海燕被那些水手称作"嘉莉妈妈的小鸟"，他们也常常用这样来称呼雪花。

但是他的小脑袋里满脑子转着闯世界的念头，五分钟便把她忘了。

　　不过，我很高兴地说，尽管他脑子里把她忘了，心里却没有忘。

　　他向海里的所有动物和天上的所有鸟儿打听，但是谁也不知道去闪光墙的路。为什么呢？因为，他所在的地方离北边太远了。

　　他遇到了一只船，这只船比他从前见过的船要大得多。那是一艘巨大的远洋轮，拖着长长的烟云尾巴。他很奇怪，没有帆她怎么能航行，于是游到近旁去看。

　　一大群海豚在围着她赛跑，汤姆向他们打听去闪光墙的路。但是他们不知道。他想弄明白那船是怎么航行的，最后他发现，原来是螺旋桨在推动她。

　　他兴高采烈地整天在她船尾下面跟着游，差一点被她的螺旋桨碰掉了鼻子，这才想到自己该离开她了。

　　然后，他观察着甲板上的水手，还有戴着软帽、撑着花洋伞的女士；他们谁也看不见他，因为他们的眼睛没有开：其实，世界上大多数人的眼睛都没有开。

　　他继续向北游，一天又一天。有一天，他遇到了鲱鱼之王，他鼻子里长出一只马梳，嘴里叼着一条小鱼当雪茄。汤姆向他打听去闪光墙的路，他把小鱼吐出来，说：

　　"如果我是你的话，年轻的先生，我就去孤独石去问最后一只大海鸦。她是一个非常古老的家族的成员，几乎和我的家族一样古老。她知道许多许多现代人不知道的事情，就像老房子里的世家夫人常知道许多陈年旧事一样。"

　　汤姆向他打听到她那儿去的路，鲱鱼之王非常好心地告诉了他。因为，他是一个彬彬有礼的守旧派老绅士，尽管他长得丑极了，并且打扮花哨得稀奇古怪，就像一个懒洋洋地靠在俱乐部会所窗户上的老花花公子。

　　汤姆刚谢了他游开，他就在后面叫道："喂，我说，你会不会飞？"

"我没有试过，"汤姆说："干吗？"

"因为，如果你会飞，我劝你决不要对那个老太太说。记住，别忘了，再见。"

汤姆向西北方向游去，他游了七天七夜，最后来到了鳕鱼海岸，他从来没有见过这样的地方。海底躺着成千上万的鳕鱼，他们整天狼吞虎咽地吃海贝类动物；上百头蓝鲨游来游去，遇上鳕鱼就吃了他们。

他们就这样吃、吃、互相吃，开天辟地以来他们就是这样。还没有谁到这儿来捉他们，发觉老嘉莉妈妈是多么的富有。

在这儿，他见到了最后那一只大海鸦，她非常孤独地站在孤独石上。她是一个大个子的老太太，足足有三码高，站得笔直，就像古老的高地女酋长一样。

她穿着黑天鹅绒长袍，戴着白色的围脖，系着白色的围裙。她的鼻梁很高，这是不容置疑的高贵血统的标志。她鼻梁上还架着一副很大的白色眼镜，这使她看上去更加古怪，但这些是她的家族的古老风俗。

她没有翅膀，只是长着两只长羽毛的手臂，她用它们给自己扇风，抱怨天气太热；她一直在轻轻地哼一首老歌给自己听，那还是很久很久以前，她还是一只小娃娃鸟的时候学的：

"两个小鸟，在石头上坐着，
一个游走了，还留下一个；
和一位法啦啦女士。

"另一个也游走，石头上没鸟了，
留下可怜的石头孤零零地；
和一位法啦啦女士。"

鸟大概应该是"飞"走了，而不是"游"走了；但是因为她不能飞，她就有权利加以修改。无论如何，她唱这支歌很合适，因为她自己是一位女士。

汤姆很谦卑地走上前去，行了一个鞠躬礼。

她的第一句话是："你有翅膀么？你会不会飞？"

"哦，天哪，我没有，夫人；这个我想也想不到。"小汤姆狡猾地说。

"那我就很高兴和你说话了，亲爱的。如今，见到没有翅膀的东西可真让人长精神。现在，确实，每一种新贵的鸟都有翅膀，都会飞。向上飞，把自己抬高到在生活中的合适地位之上，他们又能得到什么？

"在我的祖先的时代，从来没有鸟会想要一双翅膀，而且没有翅膀过得很好；现在，他们都嘲笑我，因为我遵守古时候的好风尚。"

她还想说下去，汤姆却想插话；最后，他插上了话，因为这位老夫人终于说得透不过气来，又开始给自己扇风。乘这个机会，汤姆向她打听去闪光墙的路。

"闪光墙？还有谁知道得比我更清楚？几千年前，我们都是从闪光墙来的，那时那儿冷得还可以，气候还适合上流人士生活；可是现在，那儿真是热得要命，而且，长翅膀的下等东西飞上飞下，把什么东西都吃了。

"这样一来，上流人士的猎物被剥夺了，很难谋生；他们不敢离开石头出去冒险，因为害怕被什么飞着的东西撞上，那些东西一千年以前到一英里之内来也不敢——我说到哪儿了？

"唉，我们在世界上完全没落了，亲爱的，除了荣誉以外什么也没有留下。我是我们家族中剩下的最后一个了。我和一个朋友是在午轻的时候来这块石头上定居的，为的是避开那些低等动物。

"以前，我们曾经是最大的民族，遍布北方的岛屿；但是人类开枪打我们，敲我们的脑袋，拿走我们的蛋；你相信有这样的事么，他们说，在拉布拉多海岸；

"在拉布拉多海岸，海员们常常把木板从岩石上架到他们叫做船的东西上，沿着木板数百只地驱赶我们，把我们赶得成堆地摔倒在船舱里；然后，我想，他们吃了我们。

"嗯，但是，我说到哪儿了？最后，我们几乎全体覆没，只有在古老的大海鸦岛还有一些，那儿靠近冰岛海岸，什么人也爬不上去。

"即使在那儿我们也不得安宁。有一天，那时我还是一个小姑娘，突然地动山摇、海水沸腾、天昏地暗，空气中充满了浓烟和灰尘，古老的大海鸦岛陷进了大海。

"我们有的被撞成了碎片，有的被淹死，幸存下来的逃到了艾尔地，短嘴小海雀告诉我说，他们如今已经全死了。

"在以前的大海鸦岛旁边升起了一座新的大海鸦岛，但是那地方很破、很平，生活在那儿不安全，所以，我独自一个人待在这儿。"

这就是大海鸦的故事，这故事可能很奇怪，但是每个字都是真的。

"不过，请告诉我，到闪光墙的路怎么走？"汤姆问。

"哦，你要走了，我的小宝贝，你要走了。让我想想，我敢肯定，那是，真的，我的可怜的老脑袋十分糊涂了。你知不知道，我的小宝贝，我恐怕，如果你想知道，你得问那些下贱的鸟，因为我已经完全不记得了。"

可怜的老大海鸦开始哭，她流出的眼泪是纯油。汤姆为她很难过，也为自己很难过，因为他已经绞尽了脑汁，不知道再去问谁了。

就在这个时候，来了一大群海燕，他们是嘉莉妈妈自己的小鸟。汤姆觉得，他们比大海鸦女士漂亮；也许他们真的更漂亮，因为嘉莉妈妈发明海燕的时候，比发明大海鸦的时候多了许多许多的新经验。

他们像一大群黑燕子似地飞掠过去，从波峰之间跃过、滑过，小脚在身后举起，姿势那么轻灵优雅；他们还互相轻柔地叫唤着。汤姆立刻就爱上了他们，招呼他们，向他们打听去闪光墙的路。

　　"闪光墙？你想去闪光墙？那就跟我们走吧，我们给你指路。我们是嘉莉妈妈自己的小鸟，她派我们到大海的各处，给所有的好鸟指明回家的路。"

　　汤姆高兴极了，他对大海鸦行了个鞠躬礼，然后向他们游去。但是大海鸦并没有还礼，仍然笔直地站着，眼睛里流出纯油的眼泪，唱着：

　　　"留下可怜的石头孤零零地；
　　　和一位法啦啦女士。"

　　但是她这一句唱得并不对，因为那块石头并不是孤零零的，在汤姆下一次经过的时候，他会看到一幅值得看的景象。

　　那时老大海鸦已经过世，但是有更好的事物来取代她的位置。汤姆下一次来的时候，会看到成百的小渔船停泊在那儿。有从苏格兰来的，有从爱尔兰来的；有从奥克尼群岛来的，也有从谢德兰群岛来的。

　　还有从北部所有的港口来的，船上装满了大海的主人斯堪的纳维亚人的儿子。

　　那时候，渔夫们将捕捞成千上万的大鳕鱼，直到手酸得拉不起渔网才歇手。他们将制作鳕鱼鱼肝油和鱼肥，腌制咸鱼；将有一条军舰保护他们，一座灯塔给他们指路。

　　你和我，也许会有一天去孤独石，去赶夏季海上大集市，捕捞人们从来没有见过的海里的动物。

　　这就是汤姆下一次经过的时候会看到的情景，也许你和我也会看到。那时，我们不必为弄不到一只大海鸦做标本而遗憾。

　　更不必说，像老斯堪的纳维亚人那样，找到足够多的大海鸦，把他们赶进石头围栏，然后屠宰他们；或者像老英国海盗和老法国海盗常做的那样，沿着木板把他们赶下海，把他们装上满满一舱。

现在，汤姆急着动身到闪光墙去，但是海燕们说不行，他们首先得去大鸟岛。在夏季，所有海鸟都要向北方岛屿上的繁殖地迁徙；在这之前，他们要在大鸟岛进行大聚会。海燕要在那儿等他们，找到要去闪光墙的鸟儿。

他们要汤姆保证不说出大鸟岛在哪儿，否则人们会去那儿，用枪打鸟，把他们做成标本，放进愚蠢的博物馆。那样，他们就不能在嘉莉妈妈的水上花园里游戏、繁殖和干活儿了。那儿才是他们应该去的地方。

所以，大鸟岛在哪儿，谁也不能让他们知道。在这儿只能说的是，汤姆在那儿等了许多天。

不一会儿，海鸟们开始向岛上聚集了，黑压压一片，成千上万，遮天蔽日：天鹅和黑雁、秋沙鸭和斑头秋沙鸭、潜水鸟和阿比鸟、鹬和短嘴小海鸟、海雀和剃刀嘴鸟、塘鹅和海燕、贼鸥和燕鸥，还有各种各样叫不出名字、多得数不清的海鸥。

这些海鸟划着水、洗着、溅起水花，在沙子上梳头、刷身体，最后海岸上白花花一片全是羽毛；

他们嘎嘎嘎嘎、咯咯咯咯、咕咕咕咕、啾啾啾啾、吱吱吱吱、哇哇哇哇地说个没完，和朋友聊天，谈自己夏天去哪儿，在哪儿生孩子等等，一大片声音热闹得十里路以外也听得见。

海燕问这个、问那个，有没有谁带汤姆去闪光墙。但是这个准备去索色兰岛①，那个打算去谢德兰群岛②，另一个要去挪威，下一个计划去斯皮兹伯根群岛③，再有一个去冰岛，还有一个的目的地是格陵兰岛，就是没有谁去闪光墙。

---

① 索色兰岛：苏格兰最西北端的一个县。
② 谢德兰群岛：位于苏格兰北部。
③ 斯皮兹伯根群岛：北冰洋里的一组群岛。

于是，好脾气的海燕对汤姆说，他们自己带他一段路，但是只能带到央棉岛④，剩下的路只好他自己去漂了。

这时，所有的鸟儿都飞起来，排成长长的、黑压压的队伍，向北、向东北、向西北，穿过夏日明亮的蓝天，开始了长途跋涉。他们的叫声就像一万群猎狗和一万组编钟。

只有海鹦留在后面，他们杀死小野兔，把蛋下在小野兔的洞穴里。当然，这种行为很野蛮，但是，人们不妨回过头来看看自己又怎么样。

当汤姆和海燕们向东北方向前进的时候，开始刮起了大风。原来，有个穿着灰色大衣的老绅士在墨西哥湾照看大铜水壶，他的工作落后了，嘉莉妈妈送了个电讯给他，跟他要更多的蒸气。

现在蒸气来了，一个小时就来了原本一个礼拜才来的蒸气。噗噗噗、呼呼呼、嗖嗖嗖、飒飒飒地刮来，搅得你弄不清天在哪儿结束，海从哪儿开始。

但是汤姆和海燕一点也不在乎，因为吹的是顺风呀；他们从越过巨浪的峰顶上掠过，像许多飞鱼在欢快地飞行。

最后，他们见到了一幕难看的景象：一条巨轮的黑色船舷，浸在海水的浪槽里。

她的烟囱和桅杆倾覆在水中，在她避风的那一面的下面摇晃着，随波起伏；她的甲板被冲刷得什么也没有了，就像扫过的谷仓地板一样干净，船上已经没有任何活的东西。

海燕飞到船那儿，绕着她飞，哀哭着，因为他们心中真的非常难过；同时，他们也想找到一些腌猪肉；汤姆爬到船上，四处张望着，非常害怕，非常伤心。

那儿，在舷墙下面紧紧绑着的儿童吊床上，躺着一个熟睡的婴儿。

汤姆走过去，想弄醒他，但是，瞧，从吊床下面，窜出一条黑褐色的小狗，向汤姆吠叫着、冲过来咬他，不让他碰吊床。

---

④ 央棉岛：北冰洋中的一个岛，位于格陵兰岛以东三百英里。

汤姆知道，狗的牙齿伤不到他；但是狗至少可以把他推开，他来赶他了。汤姆和狗厮打着，他想帮那婴儿，但又不想把可怜的狗扔到海里。

正在他们相持不下的时候，一个绿色的大海浪打来，越过船迎风的一面，扑过来，把他们全都卷进了大海。

"哦，那孩子，那孩子！"汤姆尖叫着，但是接着，他就不叫了。因为，他看见那吊床在绿色的海水中稳稳地下沉着，婴儿在上面依旧睡着，脸上露着笑容。

他看见，仙女们从海水下面上来，用柔软的胳膊托着婴儿和摇篮，把他们接下去。这时，他知道，一切都平安无事了；在圣布伦丹岛，又会有一个新的水孩子。

那条可怜的小狗呢?

嗯，他被水呛了一下，咳了几声，很厉害地打喷嚏，把自己的皮都打掉了下来，变成了一条水狗。他跳过来，围着汤姆跳舞，在波浪的浪峰上奔跑，咬海蜇和鲭鱼。在汤姆去世外奇境的路上，他一路跟着。

他们重新上路了。最后，他们终于远远地看见了扬马延岛的山峰①，它像一块雪白的塔糖一样耸立着，高出云层两英里。

他们在岛跟前遇上了一大群莫莉鸟②，那些莫莉鸟正在啄食一条死鲸鱼。

"下面让这些家伙给你带路，"嘉莉妈妈自己的小鸟说："我们不能再带你向北了，我们不喜欢到浮冰群中间去，怕它们会冻坏我们的脚趾头。但是，这些莫莉鸟什么地方都敢飞过去。"

说完，海燕就呼喊那些莫莉鸟；但是他们正忙着呢，围着鲸鱼的肥肉，有的在狼吞虎咽，有的在一旁窥视，他们气急败坏地对骂，贪得无厌地争抢，对海燕丝毫不予理会。

---

① 扬马延岛：位于北冰洋的格陵兰海。
② 莫莉鸟：一种大海燕。

"过来，过来，"海燕说："你们这些又懒又馋的傻大个儿。这位年轻的先生要去嘉莉妈妈那儿，如果你们不照顾他的话，嘉莉妈妈就不会释放你们，你们知道的。"

　　"我们是馋，"一只很大很胖的老莫莉鸟说："可是并不懒。至于说傻大个儿呢，你们比我们也好不了多少。我们来看看这个小伙子。"

　　他拍着翅膀径直飞到汤姆面前，用最厚颜无耻的方式盯着他看（捕鲸人都知道，莫莉鸟都是些厚脸皮的家伙。）

　　然后，他问汤姆打哪儿来，最近见过什么陆地。

　　汤姆回答了他，他听了似乎很高兴，说他路远迢迢来到这儿，真是个有胆量的家伙。

　　"来吧，伙计们，"他对其余的莫莉鸟说："看在嘉莉妈妈的面上，把这个小家伙抛到浮冰那一边去。今天我们已经吃了够多的肥肉，稍微花些时间帮帮这个伙计也没啥。"

　　于是，这些莫莉鸟把汤姆背起来，笑着、闹着，飞了起来。他们身上一股子火车油的味儿！

　　"你们是谁，你们这些快活的鸟儿？"汤姆问。

　　"我们是当年老格陵兰岛的船长的灵魂，每个水手都知道我们的大名。几百年前我们在这儿捕鱼，捕露脊鲸和马头鲸。但是因为我们莽撞而贪婪，我们被变成了莫莉鸟，一辈子吃死鲸鱼肉。

　　"但我们并不是傻大个儿，就是现在我们也能驾船跟北方的任何水手比个高低。但我们对这些玩新花样的蒸气轮船并不欣赏。海燕那样称呼我们真是不像话，那些黑色的小魔鬼；他们仗着自己是夫人的宠儿，就随便骂人。"

　　这时，他们已经到了浮冰的边缘。透过雾气、雪花和风暴，已经可以看见浮冰那一边闪光墙那巨大的幽影。

　　但是，那些巨人般的冰块在搏斗着、怒吼着、挤压着、撞击着、互相碾成齑粉。汤姆不敢到当中去冒险，否则，他也会被碾成齑粉。

再仔细一看，他更害怕了。他看见，在那些冰块中间，漂着许多巨轮的残骸：有些船上桅杆和帆桁还竖在那儿，有些船上水手牢牢地冻在甲板上。啊，啊，他们真令人感慨！

他们都是热血男儿，为了寻找那扇至今也没有打开的白色大门，像善良的漂游骑士一样从容就义。

善良的莫莉鸟们把汤姆和他的小狗背起来，带着他们平平安安地飞过浮冰，飞过那些怒吼着的冰巨人，把他们放在闪光墙的脚下。

"门在哪儿？"汤姆问。

"没有门。"莫莉鸟们说。

"没有门？"

"没有，连一条缝也没有，整个墙的秘密就在这儿。小伙子，那些比你强的家伙吃尽了苦头，也是一无所获。如果有门的话，他们早就进去，把墙里边的大海上游着的好鲸鱼全杀光了。"

"那我怎么办？"

"如果你有胆量的话，当然可以从浮冰下面潜水过去。"

"我大老远来到这儿，现在哪里有回头的道理，"汤姆说："现在我就一头栽下去。"

"祝你一路交好运，伙计，"莫莉鸟们说："我们知道你是个好样儿的。再见。"

"你们为什么不一起去？"汤姆问。

莫莉鸟们哀叫着："我们还不能去，我们还不能去。"

他们飞回浮冰那一边去了。

汤姆潜下水去，潜到那扇从未打开的白色大门的下面，在黑暗中前进；在海底，行了七天七夜。但是他一点也不害怕，他怎么会害怕呢？他是个勇敢的小伙子，他的志向就是出去看看整个世界。

最后他见到光亮了。头顶上是无比、无比清澈的水。他从一千呎深的海底升上来，脑袋周围飘荡着海蛾形成的云。

有粉红色脑袋、粉红色翅膀、火红色身体，慢慢地拍动翅膀的海蛾；有棕色翅膀、很快地拍动翅膀的海蛾；还有黄色的海虾，跳过来，蹦过去，速度比谁都快；还有各种颜色的海蜇，不跳也不蹦，只是在那儿闲荡着、打着哈欠，不肯给汤姆让路。

小狗对着他们一个劲儿地乱咬，咬得嘴巴累了才住口。但汤姆对他们却一点也不在意，他急着要到水面上去，去看看好鲸鱼的水池。

这是一个巨大的水池，方圆有许多英里。但这里的空气太清澈了，对面的冰山峭壁好像近在眼前似的。

环绕水池的都是高高耸立的冰山峭壁，上面装点着冰墙、尖塔、城垛、山洞、拱桥、楼宇和长廊，那是冰山仙女所住的地方。她们在那儿驱赶风暴和乌云，让嘉莉妈妈的水池一年到头都保持安静。

太阳充当警察，每天都出来巡视，从冰墙的顶端察看一切是否正常；他偶尔也变几个魔术戏法，放一些烟花爆竹，让仙女们高兴高兴。

有时，他还会一下子变出四五个太阳，或者用白火在天幕上画一些圆环、十字和月牙，自己站在中间，向仙女们眨眼睛；我敢说，她们肯定很开心，因为这个国度里的一切都令人愉快。

在水池里，在静谧的、像油一样的海面上，躺着好鲸鱼。他们是一些幸福的、睡意蒙眬的巨兽。你要知道，这些都是脾气好的鲸鱼，有脊鳍鲸、剃刀鲸、槌鲸，还有身上有斑点的、长着乳白色长角的海中独角兽。

但是抹香鲸这种家伙喜欢暴跳如雷、横冲直撞、狂吼乱叫，如果嘉莉妈妈让他们进来，和平池就再也没有和平了。所以，她把他们单独关在南极的一个大水池里。那个水池在艾里伯斯山[①]东南二百六十三英里，艾里伯斯山是冰雪世界中的大火山。在那个水池里，他们一年到头都在用他们的丑鼻子互相撞。

这个水池里只有好的、安静的动物。他们躺在那儿，就像单桅

---

① 艾里伯斯山：南极大陆上的一座大火山。

259

小帆船的黑色船体，不时地喷出白色的蒸气；或者张着巨大的嘴巴，像船一样航来航去，让海蛾游到他们的喉咙下面去。

在这儿，他们十分安全、十分幸福，他们所要做的唯一事情就是：静静地在和平池里等着，等待嘉莉妈妈召唤他们去，把他们从旧动物变成新动物。

汤姆游向离他最近的一条鲸鱼，向他打听去嘉莉妈妈的路。

"中间坐着的就是她。"鲸鱼说。

汤姆张望着，但是水池中央除了一座矗立的冰山以外，他什么也没有看到；他就这样对鲸鱼说了。

"那座山就是嘉莉妈妈，"鲸鱼说："你到她跟前去就会看清楚的。她坐在那儿，一年到头都在把旧动物变成新动物。"

"她是怎么变的呢？"

"那是她的事，我就不知道了。"老鲸鱼说。

说着，他张开大嘴打了个哈欠。他的嘴太大了，嘴里一下子就游进了九百四十三只海蛾，一万三千八百四十六只针头那么大的海蜇，九码长的一串锤囊虫和四十三只小冰蟹。

那些小冰蟹一个个互相夹了一下作为道别，把小腿缩在肚子下面，决定像裘利斯·恺撒①一样，死得体面一些。

"我猜，"汤姆说："她大概是把你这样的大鲸鱼切割成整整一大群海豚吧？"

鲸鱼听了忍不住大笑，把所有动物都咳了出来。这一下，他们免遭了一场葬身鲸鱼巨腹的噩运，感到非常庆幸，赶快游走了。

汤姆好奇地向冰山游去。

他到冰山前抬头一看，冰山已经变成一位老夫人，他从来没有见过这样庄严的一位夫人。她像白色大理石一样，坐在白色大理石宝座上。从宝座脚下，新生的动物不断地、不断地游出来，游向大海。

_____

① 裘利斯·恺撒：古罗马第一个皇帝，即恺撒大帝。

他们千姿百态、五光十色，是人类做梦也想象不到的。

他们是嘉莉妈妈的孩子，是她整天不断地用海水造出来的。

当然，人长大了就应该懂得更多；所以，汤姆本来以为，一定会看到她在裁剪、打洞、配制、缝纫、修补、码线、锉、设计、敲、转、打磨、上模子、测量、凿、修剪等等，就像人们动工制造产品时那种样子。

但是，一点点这种迹象也没有。她只是坐在那儿，手托着下巴，两只大大的、深沉的、像海水一样蓝的蓝眼睛俯视着大海。

她的头发像雪一样白，因为她已经非常、非常老了，事实上，和你可能碰上的任何最老的事物一样老，只有对与错之间的差别的存在比她更加古老。

当她看见汤姆的时候，她用非常仁慈的目光看着他。

"你想要什么，我的小小伙子？我在这儿已经很久没有看到水孩子了。"

汤姆对她说了自己的使命，向她询问去世外奇境的路。

"你自己应该知道，因为你已经到过那儿。"

"我去过么，夫人？可是，我想我一定全忘记了。"汤姆说。

"那就看着我。"

汤姆看着她的大大的蓝眼睛，立刻就清清楚楚地记起了那条路。

难道这不是很奇怪么？

"谢谢你，夫人，"汤姆说："那我就不麻烦你了，太太。我听说你很忙？"

"我从来没有现在这样忙过。"她说，连指头也不动一动。

"我听说，夫人，你一直在用旧动物制造新动物。"

"那是人们的猜想。其实我并不会找麻烦自己动手去造，我的小宝贝。我只是坐在这儿，让他们自己造自己。"

"你真是个聪明的仙女，"汤姆心想。他的想法十分正确。

这是善良的老嘉莉妈妈的一个最非凡、最了不起的法术。偶尔有几次，她在傲慢无礼的人身上使用过这种法术。

例如，有一次，有一个仙女很聪明，发明了制造蝴蝶的方法。我说的不是假蝴蝶，而是真的活蝴蝶，会飞、会吃东西、会产卵、会做一只蝴蝶应该会的一切事情。

她对自己的技术感到非常骄傲，径直飞到北极去，向嘉莉妈妈夸耀自己如何会制造蝴蝶。

但是嘉莉妈妈只是笑笑。

"要知道，傻孩子，"她说："任何人只要肯下足够的功夫、花足够的时间、不怕麻烦，都能制造出东西来。但是，并不是任何人都能像我一样，让他们自己制造自己。"

人们并不相信嘉莉妈妈有这么聪明，如果不作一次去世外奇境的旅行，他们是永远也不会相信的。

"那么，我的可爱的小小伙子，"嘉莉妈妈说："你有把握，自己真的知道去世外奇境的路么？"

汤姆想了一下；瞧，他又彻底忘记了。

"那是因为你的目光离开了我。"

"那我怎么办，夫人？如果我走了，我就不能一直盯着你看了。"

"你必须不依靠我也找得到路。大部分人，九万九千九百世都是只有这样做的。你看着那条狗吧，他对那条路知道得非常清楚，而且永远不会忘记。

"另外，你在那儿会遇到一些脾气很古怪的人，如果你没有我给的这张护照，他们是不会放你过去的。这张护照你要挂在脖子上，好好当心它。而且，当然，因为狗总是跟在你后面走的，所以，你一路上都得倒着走。"

"倒着走！"汤姆嚷道："那我就看不见路了。"

"相反，如果你朝前看，前面的路你一步也看不到，一定会走错路；你要看着身后，仔细观察你经过的一切事物，特别是眼睛要盯着狗，他是凭着直觉走的，永远不会错；那样，对于下面的路你就会一清二楚，就像用望远镜观察一样。"

汤姆非常惊奇，但是他听从了她；因为，他已经学会了永远相信仙女说的话。

"就是这样，亲爱的孩子，"嘉莉妈妈说："我讲一个故事给你听，你听了就知道，我这样说是完全正确的，用讲故事来说明道理是我的习惯。

"从前，有两个兄弟。一个叫普罗米修斯①，他叫这个名字是因为他总是向前看，吹嘘说他先知先觉。另一个叫埃庇米修斯②，他叫这个名字是因为他总是向后看，从来不吹嘘什么；只是很谦虚地说，他能很快地后知后觉。

"嗯，当然，普罗米修斯是一个非常聪明的家伙，他发明了各种美妙的动物。但不幸的是，派这些动物去工作的时候，工作正是他们不愿做的事情。所以，他们几乎没有什么用场。现在，他们中几乎没有哪一种留传下来，谁也不知道他们是什么。

"当然，埃庇米修斯是一个非常迟钝的家伙，他跟着大家去找一块泥巴、一个皮手筒、一个慢性子的人，等等。许多年里，他只做了极少的事，但他做过的事他从来不用再返工。

"结果怎么样呢？有一天，两兄弟面前来了一个美丽的造物，这么美丽的女人是人们从未见过的。她的名字叫潘多拉，这名字的意思是：'神所赐的所有礼物'。

"这女人带着一个奇怪的盒子，一向对要发生的事情先知先觉的普罗米修斯看到了，就不愿意理睬潘多拉和她的盒子。

"埃庇米修斯接受了她，也接受了盒子，准备接受一切后果，不管将来好坏和她结了婚。

---

① 普罗米修斯：希腊神话中的巨人，他从神那儿盗来火种，造福人类，受到众神之主宙斯的残酷惩罚，但不屈不挠。
② 埃庇米修斯：普罗米修斯的兄弟。他不听普罗米修斯的劝阻，接受神创造的美女潘多拉为妻，因此给人类带来了灾祸。危害人类的各种疾病正是潘多拉从盒子里放出来的。对这个神话的叙述各有差异，本书作者金斯莱的说法与神话教科书上的一般说法稍有不同。

"他们把盒子放在两人中间，把它打开，想看看里面是什么。因为，除此以外，这个盒子对他们还可能有什么用途呢?

"从盒子里飞出来的是一切的疾病，它们侵入了人的肉体。还有一切有四大鬼怪附身的孩子，那四大鬼怪是任性、无知、恐惧和肮脏。更糟糕的是，还有淘气的小男孩和小姑娘;

"但是，在盒子底里还留下了一样东西，那就是希望。

"这样一来，就像这个世界上的大多数人一样，埃庇米修斯遇上大麻烦了。但是，另外他也得到了世界上三样最好的东西:好妻子、经验和希望;

"而普罗米修斯遇上的麻烦并不比他少，你会看到，他自己还制造了更多的麻烦，而他什么也没有得到;他只是从自己的脑子里织出了幻想，就像蜘蛛从肚子里织出蜘蛛网一样。

"普罗米修斯一直看他前面很远的地方。他有一个火柴盒，那是他发明的唯一有用的东西。它有多大用处，就有多大害处。

"当他带着这个盒子到处跑的时候，他踩着了自己的鼻子，摔倒了;这样一来，他就把泰晤士河烧着了[①]，这火人们到现在还没有扑灭。

"所以，只好用铁链子把他锁在山上;一只兀鹰看守着他，只要他一动，鹰就去啄他。除非他用自己的预言和理论把整个世界翻个个儿，他是休想逃脱了。

"在妻子潘多拉的帮助下，愚笨的老埃庇米修斯继续刻苦工作，他总是看看后面发生过什么事，最后，他不时真的能知道下面会发生什么了。

"他懂得了自己的利益所在，懂得了观望形势后再作决策，开始制造会派用场的东西，并且继续不断地工作:

"耕种土地,给土地排水,发明创造纺织机、轮船、铁路、蒸气犁、

---

① 把泰晤士河烧着了:这本是一个花哨的说法，意思是"做了一件非同寻常的事"，这里作者借用了字面上的意思。

264

电报和其他一切你在大型展览会上看到的东西，预报饥荒、坏天气和公债价格。

"最后，他变得像犹太人一样富有，像农场主一样肥胖，人们要干涉他必须三思而行，要求他帮助却尽管开口、不用费脑筋。因为他善于挣钱，也善于花钱。

"他的孩子成了科学家，在世界上得到了稳定持久的好工作；而普罗米修斯的孩子却成了理论家，成了惹人厌烦的人，成了吵吵嚷嚷、夸夸其谈的人，他们去告诉愚蠢的人们会发生什么事，而不是看看已经发生了什么事。"

嘉莉妈妈的这个故事难道不是很有趣么？我很快乐地说，汤姆对这个故事的每一个字都相信。

因为，在汤姆身上也发生了这样的事。

小狗跟在他脚跟后面，或者不如说在他脚趾头前面，因为他不得不倒着走。这样，小狗朝什么路上走他可以看得很清楚；但是，倒着走总是比顺着走慢得多。所以，他非常地刻苦努力。

我骄傲地说，汤姆尽管没有在剑桥读过书，但他是个顽强、坚毅、不屈不挠、率直、勇猛的小男孩。

从和平池去世外奇境的一路上，他的头一次也没有转过去，而是眼睛一直盯着小狗，只凭他辨别气味寻找道路：他们不论季节冷热，不管道路曲直，不问气候干湿，上高山下溪谷，只管按着应该走的路一路走去。

所以，他一次也没有走错，而且看到了到今天为止凡人连想也想不到的奇妙事情。

第八章

在去世外奇境的路上，汤姆见到了许多奇妙的事情。现在要对这些事情的第九百九十九部分进行描述了。

这些内容要求所有的好小孩都读一读。他们很可能也会去世外奇境，所以先了解一下情况很有必要，如果有朝一日他们真的去了那儿，就不至于一会儿忍不住放声大笑，一会儿吓得想逃走；就不至于做出什么愚蠢、不文雅的事情，冒犯"你怎么待人她就怎么待你"夫人。

汤姆一离开和平池，就来到了伟大的海洋母亲的白色裙兜里。它有一万英寻深，在这儿，她一天到晚不停手地制造世界的熔浆；让蒸汽巨人们去搓捏，让火焰巨人去烘烤，做成面包和饼；最后它们就升上来，变硬；面包变成山，饼变成岛。

汤姆差一点被熔在世界的溶浆里搓捏，变成水孩子化石。要是那样的话，几十万年后，一定会让新西兰地质学会大吃一惊的。

当时，他正踏着柔软的白色海底，在寂静的大海的曙光中走着；突然，传来一阵嘭嘭嘭、呼呼呼、砰砰砰、哗哗哗的声音，就像全世界的引擎同时发动了一样。

他走近那种声音时，海水变得滚烫，这一丁点也没有伤着汤姆；问题是，海水变得很污浊，像粥一样粘。他不断地被死海贝、死鱼、死鲨鱼、死海豹和死鲸鱼绊倒，那些动物都是被热水烫死的。

最后，他撞上了一条大海蛇。他是死的，躺在海底。他的身体非常粗，汤姆爬不过去，只好多走了四分之三多英里路，绕过去。

这样一来，他离开自己的路线很厉害了。

当他回到原来的路线上时，来到了一个叫"止步"的地方。他就在那儿止住了脚步。

这真是非常及时。因为，他所站的地方，是海底一个大洞的边缘。从洞中呼呼地向上喷着水蒸气，它们足以同时发动世界上所有的引擎。

这些水蒸气非常清澈，真的非常清澈，连海底都在瞬间变得明亮起来。向上看，汤姆的目光几乎可以到达海面；向下看，那个洞到底有多深，谁也不知道。

他刚刚弯下腰，从洞边伸着头向洞里看，鼻子就被里面喷出来的卵石狠狠地打了一下，他连蹦带跳地缩了回去。

原来呀，水蒸气向上喷时，把洞壁冲坏了，把它们卷上来，在海水中形成了一个泥浆、砂石和灰烬一同喷射的壮观景象。

它们喷上来以后，向四周弥漫开来，然后又沉落下去，很快就把死鱼盖住了。汤姆站在那儿还不到五分钟，沙泥就已经埋到了他的脚踝，他真害怕自己会被活埋。

也许他真的会被活埋，他正想到这个，脚下的那块地方就整个地被从海底扯掉，掀了起来；汤姆被弹上去，钻过海水，升了一英里高；当时，他真不知道下面会遇上什么事。

他终于停了下来：砰！他发觉自己紧紧地缠在一些腿中间了，它们是一个海怪的腿，他从来没有见过这样的怪物。

我不知道它有多少翅膀，它们像风车叶子一样大，像风车叶子一样张开成一个圆。凭着这些翅膀，它在冲上来的蒸汽上翱翔着，就像喷泉上的一只翻滚的球一样。

每一个翅膀下面，都长着一条腿；每一条腿的尖端，都长着一只像梳子一样的爪子；每一只爪子的根上都长着一只鼻孔。中间没有肚子，只有一只独眼。至于嘴巴，它的许多嘴全长在一边。

嗯，它真是一个奇怪的动物。不过，比起你可能见到的动物，它也奇怪不到哪儿去。

"你想干什么，"它十分不高兴地说："干吗挡我的路？"

它想甩掉汤姆，但是汤姆觉得还是这样安全些，就紧紧地抓住它的爪子，不肯松手。

汤姆告诉它自己是谁，带着什么使命。

那怪物眨了眨它的独眼，以轻蔑的口吻说："我年纪并不小了，你的鬼话休想骗过我。你是冲着金子来的，我知道。"

"金子？金子是什么？"

汤姆确实不明白，但那多疑的老怪物怎么会相信。

过了一会儿，汤姆有些开始明白了。蒸汽从洞里喷上来时，那怪物就用它的许多鼻子去嗅，闻闻看属于什么品种；接着用它的许多像梳子一样的爪子去梳理和分类。蒸汽通过分门别类以后，冲上去碰到它的许多翅膀，就变成金属，像大雨一样落下来。

一只翅膀上落下来的是金雨，第二只落下来的是银雨，另一只落下来的是铜雨，再一只落下来的是锡雨，还有一只落下来的是铅雨，等等。这些金属雨落下来以后就沉入软泥里面，变成矿脉和分馏物，凝固下来。这就是岩石中间有许多金属的原因。

突然，有谁在下面把蒸汽给关掉了。一刹那间，洞里变得空空荡荡。

水很快就倒灌进洞里，形成一个很急的漩涡，弄得那怪物在上面团团打转，快得就像一只陀螺一样。但是对于他来说，这是家常便饭，就像骑马纵狗打猎哪有不摔跤的一样。

他就像什么事也没发生一样，只是对汤姆说："年轻人，现在是时候了；如果你真心想下去的话，就下去吧，我才不信你会动真格。"

"你很快就会看到的，"汤姆说。

说完，他就纵身跳了下去，像德国军人和冒险家巴隆曼·乔森一样勇敢；他随着那道洪流像箭一样射下去，就像波里索戴尔瀑布里的一条鲑鱼。

到达洞底以后，他游啊游啊；最后，终于平平安安地被冲到了世外奇境的岸边。就像大多数人那样，他惊奇地发现，事情并不像自己原先总以为的那样。

这个世外奇境和我们的大千世界倒是很像。

他经过的第一个地方是废纸国。此地成堆成堆地都是无聊的书，满山遍野，就像冬天树林里遍地的落叶一样。他看见人们在里面挖呀，掘呀，拱呀，从坏书中编出更坏的书来。

他们打的是谷糠，留下来的却是灰尘。奇怪的是，他们的生意却做得红红火火，在孩子们中间特别有市场。

然后，他到了污水海。他沿着海边走，来到胡乱饭菜山和糖果糕点地。此地的地面黏糊糊的，因为是用坏奶糖做的，当然不是爱弗顿太妃糖。

地上到处都是深深的裂缝和洞穴，里面全是风吹落的烂果子、生的醋栗、黑刺李、酸苹果、荆豆浆果、蔷薇果、野山楂等等一切有害的东西。这些东西孩子们只要弄得到手，就会吃下去的。

那个国家的仙女们只要一看到它们，就尽快地把它们藏起来，不让孩子们看见；她们的工作非常辛苦，但却没有什么效果。仙女们藏旧渣滓有多快，那些愚蠢邪恶的人造新渣滓就有多快。

他们在那些东西上涂满石灰和有毒的颜料，而且竟然到科学老夫人的大书里偷来配方，根据它们发明出给孩子吃的有毒的食物，在集市和糖果店出售。

很好，让他们干吧。现在时候还没到，时候一到，举着白杨木杖的仙女就会把他们全捉住，逼着他们从店里的这一头吃到那一头，全部吃下去；那时，他们就会肚子疼了，这是医治他们毒害小孩子的毛病的好办法。

然后，他看见了世界上的所有小人。他们在写世界上所有的小书，书里写的是世界上其他所有小人的事，也许是因为他们那儿没有大人可以写。

书名不是《吱吱叫》，就是《抽水机里的驳船》，或者就是《狭小、狭小的世界》，要不就是《唠叨个没完的小山包》，再不然就是《孩子们的废话日》……总之就是这一类的名字。

这个世界里的其他小人就读这些书，把自己想得和总统一样了不起；也许他们是对的，因为自己的事情自己最清楚。但是汤姆却不以为然，他情愿看一本写巨人杀手杰克，或者写美女和野兽的好童话，从那种书里他可以学到一些自己不知道的东西。

然后，他来到了发明中心。当地人叫它哈博，它位于北纬 42.21 度，东经 108.56 度。

然后，他来到了普鲁普拉格莫辛岛。有些人叫它无赖岛，这样叫是错的，因为那地方是在布拉姆希尔灌木林的中央；并且，很久以前郡里的警察就已经对它进行了清剿。

岛上每个人都对别人的事情比对自己的事情更清楚。而且，所有居民都依据职权，呆在"人类议会和世界同盟"房子的外边，扭歪了嘴，叫嚷仙女的葡萄是酸的。考虑到这一点，就可以想象到，那是一块非常嘈杂的地方。

在岛上，汤姆看见犁拉马，钉子敲锤子，鸟巢掏孩子，书写作者，公牛开瓷器店，猴子给猫刮胡子，死狗训练活狮子，等等。简短地说，大家都做自己不会的事；因为，在自己会做的事情、或者假装会做的事情上，他们都失败了。

汤姆来到镇子中央的时候，他们立刻都围了上来，给他指路，或者不如说指出他不认识路；在指教他之前，他们至少应该先问一问他想去哪儿吧；可是对于这个，他们才不管呢。

一个拉他走这边。

另一个拽他去那边。

第三个嚷道："千万不能向西走，我告诉你；向西走你就完了。"

"你瞧，我并没有向西走呀。"汤姆说。

另一个就说："东在这边呢，亲爱的；我向你保证，这边是东。"

"我也不想去东边。"汤姆说。

"好哇，那么，无论如何，不管你走哪条路，你都是错的。"他们齐声嚷嚷道。

这是他们唯一一致的观点。他们同时指着罗盘针上所有的三十二个点，弄得汤姆以为英国所有的路标都到了一块儿，打起了架。

如果不是那条小狗，到今天为止，汤姆是不是能够脱身就很难说了。小狗脑子里产生了一个想法，他觉得，那些人要把主人撕成碎片，就非常凶狠地去撵他们；这样一来，他们不得不考虑考虑自己的事情了；乘着他们去揉自己被狗咬伤的小腿的当儿，汤姆和小狗安全地离开了。

在岛的边缘，汤姆发现了愚人村，那是聪明人住的地方。正是那些聪明人，因为月亮掉进了水里，就去挖池塘；正是他们，为了四季如春，就种了一圈树蓠，把布谷鸟围在里面。

他发现他们用砖头把城门堵起来，因为它太宽了，小个子的人走不过去。汤姆只管走自己的路，因为那不关他的事；但他忍不住嘀咕道，在他的国家，如果小猫进不了大猫的洞，那就只有在外面喵喵叫了。

当他来到试金岛的时候，他看到了这些家伙的结局。岛上一片荒凉，只有遍地生长的蓟。原来，他们在那儿都被变成了耳朵有一码长的驴子，就像《木偶奇遇记》里的坏蛋卢歇斯一样。谁让他们瞎搅和自己不懂的事情的呢。

他们像卢歇斯一样，要等到蓟草变成玫瑰，才能从驴子变回来。在那一天到来以前，他们只有用这样的想法来安慰自己：耳朵越长，皮越厚，一顿好打也伤不了自己。

然后，汤姆来到一个名叫"听说"的大地方。这个国家有不下三十几个国王，另外有六七个公民；也许，下一回路过那儿的时候，公民人数会多一些。

在这个国家，汤姆陷入一场难以和解、黑暗、致命、毁灭性的战争。战争的一方是王子们和站在他们一边的君主，战争的另一边是谁呢？有一件事情我很有握，那就是，如果我不告诉你，你永远也猜不着。

　　他们的战争是单方面的，他们的全部军事战略和战术由下面的安全而容易的过程组成：堵住耳朵，尖叫着："啊，别告诉我们！"，然后逃跑。

　　当汤姆来到这个国家的时候，只看见他们全体，不论是高是矮，不管是男人、女人还是孩子，都在日夜不停地逃命，乞求别人不要把他们不知道的事情告诉他们。

　　不过，这个国家是个岛国，他们又不喜欢水，大部分水都腐臭了；所以他们只好永远沿着海岸转圈子。那个岛的环境，和我们有幸居住的这个星球一模一样，所以，那是一项很艰苦的工作，尤其是对那些有事务要照管的人。

　　在他们后面，日夜奔跑着一位模样可怜、身体干瘦、衣衫褴褛、工作辛苦的老巨人。这样一位老先生，本来应该好好地收养起来，给他吃一顿好饭，找一个好妻子，派他跟小孩子一起玩玩的。

　　那样，他才能算是一个体面的老家伙；因为，虽然他的大脑过于发达，他也是有情感的人。

　　所有的好人都逃避他，只有汤姆是个例外。他守在自己的地方，只是移动着两条腿，左闪右躲。巨人经过他身边时，俯视着他，好像很高兴、很欣慰地嚷道："怎么？你是谁？你竟然没有像其他人那样逃跑？"

　　汤姆注意到他在取眼镜，否则他看不清汤姆是什么样子。

　　汤姆告诉巨人自己是谁，巨人立刻掏出一只瓶子和一个软木塞，想把汤姆收集在里面。

　　汤姆是何等的机灵呀，他身子一晃，到了巨人的近前，这样，巨人就找不到他了。

"别，别，别！"汤姆说："我跋涉万里，走遍世界，还到过嘉莉妈妈的安息所，怎么能让你这样的老巨人用网儿捉住，起一个海参、乌贼之类的名字，关在瓶子里。"

当巨人明白过来，汤姆是一个多么伟大的旅行家时，便立刻和汤姆休战。找到了一个人，可以从他那儿听到许多自己从来不知道的事情，他太高兴了；他多么希望把汤姆留住，一直留到今天，听他讲自己的经历呀。

"啊，你这个幸运的小狗！"最后，他十分纯朴地说。

是啊，他是曾经无意中将世界翻了个个儿的巨人中，那位最纯朴、最令人愉快、最正直、最仁慈的夫子大力士。

"啊，你这个幸运小狗！要是我到过你去的那些地方，见到你见过的东西，那该多好！"

"嗯，"汤姆说："如果你想这样，最好就像我那样，把脑袋在水底下浸几个小时，变成一个水孩子，或者其他什么孩子，那样你就有机会了。"

"变成一个孩子，呃？如果我能那样做，并且有一个小时知道自己身上发生了什么事，我就会知道一切，就可以歇一歇了。

"但是我不能；我不能再变成小孩子了，假如我能够，也无济于事，因为那样一来，我对自己身上发生的事就一无所知了。啊，你这个幸运的小狗！"可怜的老巨人说。

"但是，你为什么追所有这些可怜的人呢？"汤姆说，这时他已经非常喜欢巨人了。

"亲爱的，是他们追我，子子孙孙都在追我，追了好几百年好几百年了。他们用石头砸我，把我的眼镜砸掉了五十次。他们转圈子逮我，但是他们逮不住我，因为每当我转到原来的地方，我就跑得比上一次更快，变得比上一次更高大。

"我只是想和他们交朋友，告诉他们一些对他们有好处的事情，只是他们总是害怕听我说，这真是太奇怪了。"

"那你为什么不转过身来告诉他们？"

"我不能。你知道，我是埃庇米修斯的儿子之一，如果要跑，只能这样往回跑。"

"嗯，"汤姆心想："这不关我的事。"

确实不关他的事，因为他是一个水孩子。

巨人就这样转圈子追那些人，那些人就那样转圈子追巨人，就这样追呀追，据我所知或者据我所不知，到今天还在追；要到他和他们有一方，或者双方都变成小孩子，这种情形才会结束。那样的话，就像莎士比亚说的，因为是莎士比亚说，所以是真的：

少年将会配上少女，

没有什么会出问题，

公的会重新拥有母的，一切都会皆大欢喜。①

然后，汤姆到了一个非常著名的岛。在伟大的旅行家格列佛船长②的时代，它叫做拉普达岛③。但是"你怎么待人她就怎么待你"夫人已经给它改了名字，叫做头无托底子岛，意思是只有脑袋，没有身体。

汤姆走近那个岛的时候，听到一种声音：唉哟唉哟、嗯哟嗯哟、哼哟哼哟、哎呀哎呀、啊呀啊呀、苦呀苦呀。汤姆还以为是有人在给小猪穿鼻孔套鼻环，或者在小狗耳朵上剪口子作记号，或者在淹死小猫呢。

但是，当他再走近一些的时候，他在那一片闹嚷嚷的声音中听清楚了几句话，那是他们从早到晚、通宵达旦唱个不停的，唱给考试神听的头无托底子歌：

"我学不会功课哟，考官要来了呀！"

---

① 引自莎士比亚喜剧《仲夏夜之梦》第三幕第二场。

②③ 格列佛船长：斯威夫特名作《格列佛游记》(即"大人国小人国的故事")中的主人公。他出游四次，其中一次发现了拉普达岛，它是一座飞岛，岛上的居民把所有的时间都用来进行科学思考。

这是他们会唱的唯一的歌。

汤姆来到岛上的时候，看见的第一样东西是一根大柱子，它的一面刻着"此地禁止携带玩具"；汤姆看了，心中一惊，不愿停下步子，看看它的另一面写着什么了。

他的目光到处搜索，想看看岛上住些什么人。但是，没有男人，没有女人，也没有孩子；他只见到一些大萝卜、小萝卜、好甜菜、赖甜菜，这些大头菜上面一片叶子也没有，而且一半已经开裂、腐烂、从里面长出了伞菌。

另一半活着的，立刻开始同时用六种语言向汤姆哭诉。

他们说话全都口齿不清："我学不会功课哟，快来帮帮我！"

一个嚷嚷道："你能教我怎样开出这个平方根么？"

第二个叫道："你能告诉我天琴座阿尔法星和鹿豹座贝塔星之间的距离么？"

另一个喊道："美国俄勒冈州诺曼县斯诺克斯威尔镇的经度是多少，纬度是多少？"

又一个大呼："墨西攸斯·斯卡渥拉① 的第十三表弟的祖母的女佣的猫叫什么名字？"

还有一个问："在一个还没有发现的国家里，什么事情也没有发生过的，一个没有人听说过的地方，它叫什么名字，你能告诉我么？"

等等，等等，等等。

"如果我告诉了你们，对你们到底有什么好处？"汤姆说。

嗯，这个他们不知道；他们只知道，考官要来了。

接着，在一片种着瑞典芜菁的田里，汤姆撞上了一个大萝卜。你从没有见过萝卜有它那么大、那么软，它整整填满了一个洞。

它向汤姆哭叫着："随便你愿意教我些什么，请教我一些，行么？"

"告诉你什么呢？"

---

① 墨西攸斯·斯卡渥拉：古罗马神话中公元前十六世纪的英雄。

276

"你乐意说些什么，就说些什么，反正我学一点就忘一点；所以我妈妈说，我得去将就了解一些常识。"

去将军了解一些上士？汤姆对他说，他不认识什么"将军"、"上士"，什么军官也不认识，只有一个朋友在军队里当过鼓手。不过，他来这儿的路上遇到过许许多多稀奇古怪的事情，倒是可以讲给他听听。

汤姆把自己的经历一股脑儿地都讲了，那可怜的萝卜听得很仔细；他听得越多，忘记得得就越多，身上流出的水也越多。

汤姆以为他在哭，其实，那是他用脑过度，控制不住了。汤姆一边讲，那不幸的萝卜就一边外下淌汁水。他裂开，萎缩，最后简直不成样子了，只剩下一层皮和一泡水。

汤姆见了，吓得拔腿就跑，他很害怕被逮起来，说他杀害了那只萝卜。

但是事情恰恰相反，那萝卜的父母高兴极了。他们把自己的孩子看成了殉难的圣人，在他的墓碑上刻上了一长串的碑文，赞扬他的天才，他的早慧，说他是一个无与伦比的神童。

这对夫妻难道不是很愚蠢么？但是，旁边的一对夫妻还要愚蠢。他们正在打一个倒霉的小萝卜，它还没有我的大拇指大呢。他们责怪他闷声不响，脾气倔强，不求上进。

他们根本不知道，它读书读不进去，甚至连话也不说，是因为它里面有一只虫，把它的脑子吃空了。

在这儿见到的一切，使汤姆感到迷惑不解，非常害怕；他很想找谁问一下，这是怎么回事。

最后，他遇上了一根半截埋在土里的、很庄严的老手杖。它不但很结实，而且很有价值；因为，从前，它的主人是英国学者和作家、好人罗杰·阿斯堪，它头上刻着一幅画，是爱德华六世手拿圣经。

"你瞧，"手杖说："从前，他们是一些要多么可爱就有多么可爱的孩子。只要让他们像正常人一样成长，然后交给我，到现在他们也还是可爱的孩子。

"但是他们的父母太愚蠢，不让他们做小孩子做的事情，比如采采花儿、做做泥饼、捉捉蚱蜢，在醋栗丛里跳跳舞什么的，而是一个劲儿地管束他们，逼他们做功课，做啊，做啊，做啊，每个上学的日子做上学的功课，每个礼拜天做礼拜天的功课，一天也不歇着。

"每一周有周末考试，每个月有月底考试，每一年有年终考试。每门功课至少考七遍，好像一次还不够，不够他们享受似的。最后，他们的脑袋越长越大，身体越长越小，全变成了萝卜大头菜，里面什么也没有，只有一泡水。

"但是他们的父母还嫌不够，只要他们的叶子一长出来，马上就给拔了，不让他们身上有一点带绿意的东西。"

"唉！"汤姆："如果亲爱的"她怎么待你你就怎么待人"夫人知道这件事，她一定会送许多陀螺、皮球、玉石和九柱戏玩具给他们，让他们快活得要命。"

"这没有用处，"手杖说："他们现在有得玩也没法子玩了。你没有看见他们的腿都变成菜根、长到土里去了么？这都是不锻炼的结果。这样一来，他们只能待在原地用功读书、闷闷不乐。"

"不好，考官大主考来了，我说，你最好还是走开吧，否则，他会顺便也考考你和你的狗，再派你的狗去考其他所有的狗，派你去考其他所有的水孩子。

"谁也逃不出他的手心，他的鼻子有九千英里长，他能够下烟囱、穿钥匙孔、上楼梯、下楼梯、钻进太太的卧室，考所有的小孩子，还考所有小孩子的家庭教师。

"但是，"你怎么待人她就怎么待你"夫人答应过我，总有一天他会挨棍子的，到时候就由我来执行。要是我不遵命痛打他一顿，那才可惜呢。"

汤姆走了，可是他一肚子的气，走得很慢；因为他多少有些意思要会一会那位考官大主考。那不是，他正在可怜的萝卜们中间昂首阔步地走着呢。

他走到近前了，这时，他的模样真是大得要命，狠得要命。他对汤姆大喊大叫，命令他过去考试；吓得汤姆赶快逃命，小狗也拔腿就溜。

汤姆逃得真是及时。因为，这时候，那些可怜的萝卜正又急又怕，忙不迭地往自己里面塞东西，来应付考官。这样一来，他们成打成打地在他四周砰砰砰砰地爆掉了。一时间，汤姆真以为，他和小狗还有那儿的一切，都要被炸上天去了。

然后，他来到了"长舌老妇无稽国"。他看见，道路中间坐着一个小男孩，哭得很伤心。

"你为什么哭呀？"汤姆问他。

"因为我没有像他们希望的那样害怕。"

"不够害怕？你可真是个奇怪的小家伙；如果你想害怕，那就来吧：砰—啪！"

"啊，"小男孩说："你真是个好心人，但是我觉得那一点也没有什么可怕的。"

汤姆提议掀他个头朝地、揍他、踩他、用砖头砸他的头，随便干什么都行，只要让他稍微舒服一些。

但是，他只是很有礼貌地谢谢汤姆。他用的都是很长的字眼，他听见别人就是这样说话的；所以，他觉得自己也应该那样说，那才合适。

他仍然哭个不停，最后，他的爸爸妈妈来了，马上派人去请巫医。他们是温厚的绅士和太太，非常愉快地和汤姆谈论他一路上的见闻。终于，来了一个男巫医，那人胳膊底下夹着一个滚雷箱。

起初，汤姆有些害怕，他以为那人是格林姆呢。但是他很快就发现自己搞错了，因为格林姆看人总是看着人家的脸，那人却从不正眼看人。而且，那人说话时，嘴里出来的是火和烟；那人打喷嚏时，喷出来的是烟花爆竹；那人一碰就叫，一叫就喷出沸腾的沥青来，有些还真粘人。

"我们又碰头了！"他叫道，就像童话剧中的小丑一样："那么说，你无法感到害怕，我的小宝贝，呃？让我来。我会对你产生影响的！呀！嘭！哗啦啦！呼噜啪啦！"

他又是摇，又是乱敲，又是大嚷大叫，又是嚎，又是跺脚，又是胡说八道；然后，他碰了滚雷箱上的一个弹簧，里面立刻砰地跳出来魔法灯笼、纸糊的妖怪、脚后跟装弹簧的纸牌杰克，各种鬼怪。

一时间，叮叮咚咚、铿铿锵锵、当当啷啷、轰隆轰隆、吱嘎吱嘎、呜哇呜哇，闹得人心惊肉跳；那个小男孩两眼翻白，顿时不省人事。

啊！你是否希望有人去感化那些可怜的野蛮人，教他们别再吓唬自己的小孩子，让他们抽筋、昏倒？

"那么，现在，"巫医对汤姆说："难道你不想也这么来一下，受一场惊吓么，我的小宝贝？我一眼就看出，你是个淘气、粗野的小男孩。"

"你才是，"汤姆说，根本就不买他的账。

那人向他冲过来，叫着："呸呸呸！"

他就迎上去，对准他的脸，也叫着："呸呸呸！"

并且，他叫狗也冲上去，去咬他的腿。

你信不信，这样一来，那家伙夹着他的滚雷箱和所有行当，掉头就跑，"汪！"地叫了一声，只顾逃命了。

他一边逃，一边尖叫着："救命啊！抓贼啊！杀人啦！放火啦！他要杀我！我破产啦！他想谋杀我，他要打破、焚烧、毁掉我的价值连城的宝贝滚雷箱呀！那样你们在这地面上就再也没有雷阵雨了呀！救命！救命！救命！"

平安地离开那个国家后，汤姆心里真是说不出的高兴，那儿的噪音快把他的耳朵都震聋了。

他经历了无数次的冒险，一次比一次奇妙；最后，他看见前方出现了一座巨大的房屋。他向它走过去，心中在想它究竟是什么东西，脑子里产生了一个奇怪的念头。

他觉得，他会在里面找到格林姆先生。

这时，有三四个人向他奔过来，叫喊着："站住！"

他们跑近了一些，汤姆才发现，那不过是几根警棍，没有胳膊没有腿地向他跑过来。

汤姆并不感到吃惊；他早就过了吃惊的时候了。他也不害怕，因为他并没有做过坏事。

他站住了。跑在最前面的警棍问他有何公干，他就拿出了嘉莉妈妈给的护照。

那警棍看护照的样子非常古怪，因为他只有一只眼睛，它长在它上端的中央；这样一来，因为身子直挺挺的，无论他看什么，他都只好倾斜着，向前伸着脑袋。真奇怪，这样他竟然不会栽跟头。

"行；去吧，"最后他说，但又加了一句："我最好和你一起去，年轻人。"

汤姆没有表示异议，因为这样的伴儿既令人尊敬，又让人感到安全。刚才奔跑的时候，那警棍的皮带松了；这时，他把皮带在把柄上绕绕整齐，和汤姆并肩向前走去。

"为什么没有警察拿着你们？"过了一会儿，汤姆问道。

"我们和陆地世界里的那种生来愚笨的警棍不一样，他们没有人提着自己就不能走。我们独立地办事，而且办得很不错；当然，我本不该这样自吹自擂。"

"那么，你为什么在把柄上绕一根皮带？"汤姆问。

"好把自己挂起来，当然，是在下班的时候。"

汤姆得到了回答，就不再开口。最后，他们来到了监狱的大铁

281

门跟前。警棍用自己的头在门上敲了两下。

大铁门上的一扇小窗子打开了，一杆大得吓人的铜制旧式大口径短枪伸出头来张望着。他就是守门人，汤姆猛然之间看到他，不由得向后一缩。

"犯的什么罪？"他问。从他那大钟一样的嘴里出来的声音非常深沉。

"对不起，先生，不是罪犯。这位年轻的先生从老太太那儿来，他想看看格林姆，那个扫烟囱的师傅。"

"格林姆？"旧式大口径短枪说，枪口缩了回去，他也许是在查阅犯人名单吧。

"格林姆在第三百四十五号烟囱上面，"他在门里面说道："因此，那位年轻人最好从房顶上走。"

汤姆望望那面高耸入云的墙，它看上去至少有九英里高。他心想，这可怎么上去呢？汤姆向警棍做了个暗示，警棍立刻就把问题解决了。

他飞快地划了个圈子，在汤姆身后猛推了一把，汤姆不知怎么一下子就上去了，胳膊下面还夹着小狗。

汤姆沿着铅皮屋顶向前走去，路上又碰到另一名警棍。他把自己的使命对他说了。

"很好，"他说："跟我来吧。不过，那是没用的。他是我见识过的犯人中最最铁石心肠的一个，除了啤酒和烟斗以外，他什么也不想。当然，那些东西在这儿是不允许的。"

他们在铅皮屋顶上向前走，屋顶上落满了烟灰。汤姆心想，这儿的烟囱一定有许多时候没有打扫了。

但是，他很惊奇地发现，烟灰并不沾他的脚，一点也没有把它们弄脏。还有，烧红的煤到处都落了很多，但却没有烫伤他的脚，因为他是个水孩子啊。

最后，他们来到了二百四十五号烟囱跟前。在烟囱顶上，直挺挺地插着可怜的格林姆先生。他只有头和肩露在烟囱外面，满头满脸的烟灰，丑极了，那副模样让汤姆真不忍心看。

他嘴里叼着烟斗，它并没有点着，但是他仍然一个劲儿地吸。

"放规矩些，格林姆先生，"警棍说："有一位先生来看你。"

但是，格林姆先生只是骂骂咧咧地，满口脏话，一个劲儿地嘟囔："我的烟斗抽不动，我的烟斗抽不动。"

"嘴里不要不干不净，放规矩些！"警棍说。

说着，他像木偶剧《潘奇和朱迪》中的小丑潘奇一样，向上一纵，"啪"的一声，用自己的身子在格林姆脑袋上敲了一下。

格林姆想抬起手，揉一揉被敲疼的地方；但是，他办不到，因为，他的手紧紧地夹在烟囱里，抽不出来。

现在，他只好放规矩一些了。

"嗨！"他说："哦，是汤姆！我看，你是来嘲笑我的吧，你这个怀恨在心的小侏儒？"

汤姆向他保证，自己不是来嘲笑他，而是想来帮助他。

"我什么都不要，只要啤酒，可是我得不到；还有这个可恶的烟斗，没有火来点它，我没办法。"

"我来给你点个火，"汤姆说。

地上多的是燃着的煤，汤姆捡了一块，凑到格林姆的烟斗上，但它立刻就熄了。

"没有用的，"警棍说，身子靠在烟囱上看着他们："我告诉你，这没有用。他的心太冷了，任何东西一靠近他，都会冻成冰。你马上就会知道这一点的，再清楚不过了。"

"哦，当然，这是我的错。什么都是我的错，"格林姆说。

这时，警棍站正了，样子很凶。

格林姆赶忙说："别再碰我，你知道，如果我的双手是自由的话，你碰也不敢碰我。"

警棍重新靠在烟囱上，对个人所受的委屈一点也不计较；他是

一个训练有素的警察，这正是一种有教养的表现。

"我不能在别的方面帮助你一下么？我能不能帮你从烟囱里面出来？"汤姆说。

"不行，"警棍插言道："他已经到了只有自己帮助自己的地步；我希望，他在对付我以前，能够明白这一点。"

"哦，是啊，"格林姆说："当然是我的错。是我自己请你们把我弄到监狱里来的么？是我自己要求扫你们的臭烟囱的么？是我要求你们在下面点着稻草，迫使我到顶上来的么？

"是我自己要在这第一个烟囱里就被直挺挺地夹住的么，这个丢人的堵满了烟灰的烟囱？是我自己请求待在里面的么？我已经待了不知多久，我相信，总有一百年了吧。喝不到啤酒，烟斗点不着，什么也没有，这种日子畜生都受不了，何况是人？"

"没错，"一个庄严的声音在后面说："汤姆也受不了，可是，当初你正是用同样的方式对待汤姆的。"

说这话的是"你怎么待人她就怎么待你"夫人。警棍一见到她，立刻站得笔直：立正！并且深深地鞠了一躬。如果不是他心中充满了正直的精神，他这样做准会一头栽到地上，说不定还会弄伤自己的一只独眼。汤姆也行了个鞠躬礼。

"啊，太太，"他说："别考虑我了，一切都已经过去了，好日子、坏日子、所有的日子都已经过去了。我可以帮帮可怜的格林姆先生么？能不能让我搬掉一些砖头，让他的胳膊活动活动？"

"你当然可以试一试。"她说。

汤姆抠住砖头，又拽又拉，但是砖头纹丝不动。他又去擦格林姆先生脸上的烟灰，但是一丁点烟灰也不掉下来。

"啊，天哪！"他说："我历尽千辛万苦，走了那么多路，经过那么多可怕的地方，到这儿来帮助你，结果，我什么忙也帮不上。"

"你最好还是别管我吧，"格林姆说："你是个宽宏大量、生性忠厚的小家伙，这是实话。你最好还是走吧，就要下冰雹了，它们会把你的眼珠从你的小脑袋里打出来。"

"什么冰雹？"

"唉，是这儿每天晚上都下的冰雹。它下来的时候是暖和的雨，可是一到我头顶上，就变成了冰雹，打在我身上就像小炮弹一样。"

"冰雹不会再下了，"那奇异的仙女说："以前我告诉过你那是什么。那是你母亲的眼泪，她在床边为你祈祷时流下的泪。但是你的心太冷了，使它们变成了冰雹。

"现在她已经升天了，不会再为她的道德败坏的儿子哭泣了。"

格林姆沉默了一会儿，然后流露出伤心的神情。

"我母亲去世了，我一句话也没有和她说上！啊！她是个好女人。如果不是为了我，不是因为我走了坏道，她在温德尔的小学校里，本来是可以很快乐的。"

"温德尔的学校是她开的么？"汤姆问。接着，他把自己如何到了她的家，她看到扫烟囱的如何受不了，后来她又是如何好心地待他，他如何变成了水孩子，一五一十都告诉了格林姆。

"啊！"格林姆说："她是完全有理由讨厌见到扫烟囱的人的。我离家出走，和扫烟囱的混到了一起，从来不让她知道我在哪儿，一个便士也不捎给她。现在已经太迟了，太迟了！"格林姆先生说。

他哭了起来，哭得抽抽搭搭，像个大孩子似的；哭得烟斗从嘴里掉下来，摔成了碎片。

"天哪，要是我能够重新变成一个小家伙，在温德尔，看看清清的小溪，看看苹果园，看看紫杉树围成的树蓠，我会走一条多么不同的路！

"但是现在已经太迟了。你还是走吧，你这个好心的小家伙。别站在这儿看一个男子汉哭泣，依他的年龄足够做你的父亲了。现在我垮了，我是罪有应得。我自己做的钉床，就得我自己去睡。

"我自己要脏臭，现在脏臭了；从前一个爱尔兰女子这样提醒过我。可是当时我只当耳旁风。这全是我自己的错，但是已经太迟了。"

他一边说一边哭，那模样真是惨痛，弄得汤姆也跟着哭了起来。

"没有太迟的事，"仙女说。

她的声音那么奇异、那么柔和、那么陌生，汤姆忍不住抬起头来望着她，有一刻，她竟是那样地美丽，汤姆差不多以为那是她妹妹了。

确实不是太迟。可怜的格林姆哭泣抽噎的时候，他自己的眼泪做了他母亲的眼泪没有做到、汤姆没有做到、世界上任何人也做不到的事。他的眼泪洗掉了他脸上和衣服上的烟灰，然后冲掉了砖头缝里的泥灰。

烟囱塌了下来，格林姆从里面脱身了。

警棍跳起来，准备狠狠地给他当头一棒；像把软木塞摁进瓶子里去一样，把格林姆赶回烟囱里去。但是，那奇异的夫人把他支到一边去了。

"如果我给你一个机会，你是否愿意服从我？"

"听您吩咐，太太。你比我强，这个我清楚得很，你比我聪明，这一点我也清楚得很。从前我一意孤行，现在吃苦头已经够多了。所以，您太太尽管吩咐我好了，我已经垮了，这是实话。"

"那好，那么——你可以出来了。但是记住，如果再违抗我，就让你去一个更糟的地方。"

"请原谅，太太，据我所知，我并没有违抗过您。在来到这个受罪的地方之前，我从来不曾有幸见过您。"

"没见过我？是谁对你说'想脏臭的人会脏臭'的？"

格林姆仰起脸来，汤姆也仰起脸来。因为，刚才说话声音，正是那天他们一起去哈塞沃的路上遇到的爱尔兰女子的声音。

"那时我警告过你，但是你前前后后有一千次不把我的话放在心上，只顾干自己的。你说的每一句脏话，你做的每一件残酷下贱的事，你每一次喝醉，你每一天所干的肮脏勾当，都是在违抗我，不管你是否知道。"

"当时我只要知道，太太……"

"你完全清楚自己在逆天行事，只不过不知道是在违抗我而已。好了，你出来吧，去试一试我给你的机会。"

格林姆从烟囱里走了出来。说实在的，如果他脸上没有那些伤疤，现在他看上去还真够干净体面，够得上一个扫烟囱的师傅的派头。

"把他带走，"她对警棍说："给他一张释放证。"

"让他去干什么呢，太太？"

"叫他去打扫艾特那火山口①；到那地方以后，他会找到一些以干活儿打发时光的人，那些人一直很老实地待在那儿，他们会教他怎样干活儿。

"但是要记住，如果火山口再堵塞、引起地震的话，就把他们全带到我这儿来，我会很严厉地进行查处的。"

格林姆先生被警棍押走了，温顺得就像一条淹死的虫子。

也许，说不定，直到今天为止，他还在打扫艾特那火山口呢。

"现在，"仙女对汤姆说："你在这儿工作已经完成，也该回去了。"

"我当然是非常高兴回去的，"汤姆说："但是，那个洞里已经不再向上面喷蒸汽了，我怎么才能上去呢？"

"我会带你从后楼梯上去，但先得蒙上你的眼睛，我决不让任何人看到我的后楼梯。"

"如果你不把我的眼睛蒙上，我肯定不会向任何人说后楼梯的事，太太。"

"啊哈！你现在是这样想的，我的小小伙子；但是，你回到陆地世界以后，很快就会忘记自己的诺言。

"一旦人们知道你上过我的后楼梯，漂亮女人就会跪在你面前，富人就会在你面前把钱袋里的钱全倒出来，政治家就会向你献上官位和权力。

---

① 艾特那火山口：在意大利西西里岛东部。

288

"无论老少贫富，都会向你哭求：'只要把后楼梯的大秘密告诉我们，我们愿做你的奴隶；我们请你做贵族、国王、皇帝、主教、大主教、教皇，随便你愿意做什么，只要告诉我们后楼梯的秘密。

"'几千年以来，我们一直在供养、宠爱、服从和崇拜一些江湖骗子，他们对我们说，他们知道后楼梯的秘密，并且能偷偷地带我们上去，最后我们总是失望。

"'但是我们仍然愿意试一试，也许你真的知道一些后楼梯的事情；我们愿意给你荣誉，让你飞黄腾达，对你崇拜得五体投地。如果你告诉了我们，我们就可以全部去那儿朝圣，即使不能上去，也总可以躺在后楼梯脚下叫喊：

啊，后楼梯，
珍贵的后楼梯，
无价之宝后楼梯，
不可少的后楼梯，
温厚的后楼梯，
宽宏大量后楼梯，
教养好的后楼梯，
舒服的后楼梯，
高尚仁慈后楼梯，
通情达理的后楼梯，
朝思暮想的后楼梯，
让人垂涎三尺后楼梯，
高贵的后楼梯，
令人尊敬的后楼梯，
绅士一样的后楼梯，
淑女一样的后楼梯，

经济的后楼梯，

实惠的后楼梯，

全知全能的后楼梯，

等等。

让我们能够随心所欲，而免于自食其果；让我们跳出那残酷的仙女的手掌心，那个"你怎么待人她就怎么待你"夫人！'

"碰到他们这样求你，你是否觉得，你心里有一点儿打算告诉他们你知道的秘密呢，小男孩？"

当然，汤姆没有否认。

"不过，他们为什么这么想知道后楼梯的秘密呢？"他问。

刚才仙女说的一大串话使他稍微有些害怕，而且一点也弄不懂。他并不打算泄露秘密，你也不会。

"这我不告诉你。我从不往小家伙的脑子里灌东西，除非他们自己快要明白了。好了，来吧，现在我得蒙上你的眼睛了。"

她一只手将绷带扎在汤姆的眼睛上，另一手把它解下来。

"现在，"她说："你已经平安地上了后楼梯了。"

汤姆瞪大了眼睛，张大了嘴。因为，在他想来，他一步也没有动过啊。但是，他向四周看看，没错，他已经平安地上了后楼梯了。

后楼梯到底是什么，没有人会告诉你；原因很简单：这没有人知道呀。

汤姆第一眼看到的是黑幢幢的雪松，它们沐浴在玫瑰色的晨曦里，在天空的映衬下，身影高大而清晰。宁静、宽广的银色海水，一平如镜，倒映着圣布伦丹岛的倩影。

风儿在雪松的枝叶间轻轻歌唱，海水在那些洞穴中间唱着歌；一连串的海鸟一边飞向海洋，一边唱歌；陆地上的鸟儿一边在树枝中间聚集，一边歌唱。

空中充满了歌声，连沉睡在树荫下的圣布伦丹和他的隐士们，也被惊动了,开始在梦中张开善良而古老的嘴唇,唱他们的晨之礼赞。

但是,有一支歌透过所有的歌声,越过海水传来。那是一支最甜美、最清纯的歌,因为那是一个年轻女郎的声音。

她唱的是一支什么歌呢?啊,我的小小伙子,我已经太老了,唱这支歌不合适;你呢,又太小,听不懂它。不过,耐心些,让你的目光保持单纯,让你的双手保持干净;总有一天,你自己会学会唱这支歌,并不需要什么人来教你。

汤姆靠近仙岛的时候,看到岸边岩石上坐着一位女郎,他从没见过这么优雅、这么漂亮的女郎。她垂着眼睛,一只手支着下巴,两只脚打着水。

当他来到她跟前的时候,她抬起了头,原来是艾丽。

"啊,艾丽,"汤姆说:"你长得多高啊!"

"啊,汤姆,"艾丽说:"你也长得多高啊!"

这一点也不奇怪,他们都长大了,他长成了一个高大的男子,她长成了一位美丽的女郎。

"也许我已经长大了,"她说:"我的日子已经过得够久了,我坐在这儿等你已经有好几百年,都快以为你永远不会回来了。"

"好几百年了?"汤姆有些诧异,但是,他在旅途上长了那么多见识,很快就不再去想这个了。

何况,这时候他什么也顾不上去想了,脑子里只有艾丽。他就那样站着,看着艾丽,艾丽也看着他。他们觉得这样太美妙了,就站在那儿,互相看着,七年多没有说一句话,也没有动一动。

最后他们听到仙女说:"听着,孩子们!你们不想再看看我了么?"

"我们一直在看着你呀。"他们说,他们一直以为自己看的是仙女呢。

"那么,再看我一次。"她说。

他们看着她,立刻一同嚷道:"啊,你到底是谁?"

"你是我们亲爱的"她怎么待你你就怎么待人"夫人。"

"不，你是善良的""你怎么待人她就怎么待你"夫人，但是你现在变得十分美丽了！"

"在你们看来是这样，"仙女说："再看看。"

"你是嘉莉妈妈，"汤姆说，声音非常低，非常严肃。他悟出了什么东西,感到非常幸福,同时又比从前任何时候都更加感到害怕。

"但是你变得年轻多了。"他说。

"对你来说是这样，"仙女说："再看。"

"你是我去哈塞沃那天碰到的爱尔兰女子！"

他们看着她，她谁也不是，一会儿又谁都是。

"我的名字写在我眼睛里，如果你们有眼力看到的话。"

他们看着她那大大的、深邃的、温柔的眼睛，它们变幻着各种色彩，就像钻石的光芒一样。

"现在把我的名字读出来。"最后她说。

一刹那之间，她的眼睛闪出两道清澈、炫目的白光；但是，孩子们没有能读出她的名字，他们感到耀眼，用双手捂住了眼睛。

"还没到时候，年轻人，还没到时候。"她微笑着说。

她转过脸来对艾丽说："从现在起，你礼拜天可以带他回家了，艾丽。他打了一场大战，赢得了奖品，变成了一个男子汉，有资格和你一起去了。因为他做了自己不喜欢做的事。"

于是，汤姆礼拜天和艾丽一起回家了，有时不是礼拜天也去。

现在他成了一个大科学家，能够设计铁路、蒸汽机、电报和步枪等等，他知道一切事物的一切原理，只有两三件小事没有搞明白：例如母鸡的蛋为什么孵不出鳄鱼等等，在可卡克西格斯①来到以前，那些事谁也弄不明白。

他的本领都是他在大海里做水孩子的时候学到的。

"汤姆和艾丽当然结婚了吧？"

---

① 可卡克西格斯：杜撰的不知什么怪名字，不存在的人。

292

亲爱的孩子，这个念头多么傻呀！你不知道，在童话里，王子和公主以下的人，是从来不结婚的么？

"汤姆的狗呢？"

哦，在七月里任何一个晴朗的夜晚，你都可以在天上看到他。因为，在过去三个炎热的夏天，旧的天狗星烧坏了。天上没有狗怎么行呢？他们只好把他取下来，让汤姆的狗来代替他。新官上任三把火，今年，我们可以指望有个温和的气候了。

我的故事讲到这儿就结束了。

道德教训

那么，亲爱的小小伙子，从这个寓言里，我们能学到什么呢？

我们可以学到三十七或三十九件事情，到底是多少，我也说不准。但我们至少可以学到一件重要的事情，那就是：

如果我们在池塘里见到水螈，决不要向他们扔石头，不要用钩针去捉他们，也不要把他们和刺鱼一起关在动物园里，因为刺鱼会刺穿他们可怜的小肚子，弄得他们从玻璃缸里跳出来，落到什么人的工具箱里，结局很悲惨。

那些水螈并不是别的什么东西，而是水孩子啊。只不过他们很笨、很脏，不肯上学、不肯保持干净；他们的脑壳变平了，嘴巴向外突出来了，脑子变小了，尾巴长出来了，肋骨消失了；我敢肯定，你不会愿意自己的肋骨消失。

他们的皮肤上变得脏乎乎的、长出了许多斑点，他们从不到清爽的河水里去，更不用说去浩瀚、宽广的大海了，而只是在肮脏的池塘里沉浮着，呆在烂泥里，吃虫子，他们只配那样。

但是，这并不能成为你虐待他们的理由；相反，正因为如此，你应该同情他们，对他们好，希望他们总有一天会醒悟过来，对自己的肮脏、懒惰和愚蠢的生活感到羞愧，重新变成某种比较好的东西。

也许，如果那样，他们的脑子就会长大一些，嘴巴会缩回去，肋骨会再长出来，尾巴会萎缩掉，重新变成水孩子；然后，也许，变成陆地上的孩子；然后，也许，长大成人。

你知道他们不会？很好，我敢说，你知道得很清楚。但是你看，有些人对那些可怜的小水蜥喜欢得不得了。水蜥从不伤害任何人，或者，即使他们想伤害谁，也伤害不了。

他们唯一的错在于他们毫无用处，就像成千上万比他们高级的动物一样。但是鸭子呢？狗鱼呢？刺鱼呢？水甲虫呢？淘气的小男孩呢？像苏格兰人所说的那样，他们"被人家整治得很惨"。

这是不公正的。有些人忍不住向善良的巴特勒主教提出，希望再给他们一次机会，在某个地方、某个时间、以某种方式，把事情做得公平一些。

至于你，你要好好地学习你的功课，感谢上帝给你那么多的凉水洗东西，也洗你自己，像一个真正的英国人那样。

那样的话，即使我的故事不是真的，也有一些更好的东西是真的；即使我说的不十分正确，你依然是正确的，只要你坚持努力工作、坚持使用凉水。

但是要记住，千万别忘记，就像我开始所说的那样，这完全是一个童话，只是说说玩玩而已。所以，你一个字也不必相信，即使它是真的。

图书在版编目（CIP）数据

绿野仙踪/（美）鲍姆（Baum, L.F.）著；张炽恒译. 水孩子/（英）金斯利
（Kingsley, C.）著；张炽恒译. -- 北京：光明日报出版社，2013.6
（光明岛）
ISBN 978-7-5112-4736-0

Ⅰ.①绿…②水… Ⅱ.①鲍…②金…③张… Ⅲ.①童话 – 美国 – 近代②童话 –
英国 – 近代 Ⅳ.①I712.88②I561.88

中国版本图书馆 CIP 数据核字（2013）第126451号

绿野仙踪 水孩子

著　者：（美）鲍姆　　　　　　　译　者：张炽恒
　　　　（英）金斯利

出　版　人：朱庆　　　　　　　　终　审　人：温梦
责任编辑：靳鹤琼　　　　　　　　责任校对：傅泉泽
封面设计：沈加坤　　　　　　　　责任印制：侯艳芳

出版发行：光明日报出版社
地址：北京市东城区珠市口东大街5号，100062
电话：010-57176893（咨询），57176926（发行），57176930（邮购）
传真：010-67078255
网址：http://www.gmisland.com
E-mail：gmcbs@gmw.cn　　　jinheqiong@gmw.cn
法律顾问：北京市洪范广住律师事务所徐波律师

印刷：北京楠萍印刷有限公司
装订：北京楠萍印刷有限公司
本书如有破损、缺页、装订错误，请与本社联系调换

开本：710×1000mm　1/16
字数：225千字　　　　　　　　　印张：19.5
版次：2013年6月第1版　　　　　　印次：2013年6月第1次印刷
书号：ISBN 978-7-5112-4736-0

定价：40.00元

版权所有　翻印必究

光明岛
GUANGMING ISLAND

成为光明岛岛民，参与互动出版

成就从读者到作者的跨越！

登录 www.gmisland.com 注册成为岛民

登岛参与活动，随时记录你阅读光明岛图书的见解和感悟，
也许你的大名和照片就会出现在图书上

想不想你的真知灼见能和名家大作一起流传？
来光明岛，就能实现！

☆ **光明岛四有原则** ☆

只出版最有价值的图书　只提供最有营养的知识
只招募最有思想的岛民　只交流最有影响的文化

☆ **光明岛岛民公约** ☆

热情向上 / 不墨守成规 / 勇于表达 / 敢于实践

www.gmisland.com

扫一扫
就能和光明岛互动了